NOVE MESI D'ESTATE

ISOBEL BLACKTHORN

Traduzione di
LUISA ERCOLANO

'Nove Mesi d'Estate ha tutti i miei elementi preferiti: politica, giustizia sociale e personaggi femminili forti. Apprezzo il fatto che Nove Mesi d'Estate chieda ai suoi lettori di mettere in discussione il sistema dei manicomi. Impeccabilmente scritto in una prosa chiara, succinta, ma sofisticata, Nove Mesi d'Estate è una lettura assolutamente piacevole'.

- JASMINA BRANKOVICH

'Nove Mesi d'Estate ci dà una prospettiva inglese su un argomento che è troppo spesso associato a popoli non anglofoni'.

- JASMIN ATLEY

'Non riuscivo a metterlo giù! Il mio giudizio dipende se un libro mi cattura o se posso prenderlo o lasciarlo. Nove mesi d'estate mi ha catturata per bene!'.

- MARGO SHAW

'È' stato un piacere leggerlo. Dopo poche pagine dall'inizio del libro sono stata coinvolta subito nella storia di Yvette e delle sue relazioni con donne permanenti e uomini di passaggio nella sua vita. Catturando le incoerenze della politica e il disgusto che molti provano per le attuali politiche di accoglienza in Australia, la storia si muove attraverso il paese. Non sono mai stata a Perth o Fremantle, ma mi sono sentita trasportata lì'.

- KATHERINE WEBBER

'Un romanzo molto leggibile, scritto in una prosa chiara e diretta. La storia farà guadagnare molti seguaci a Isobel Blackthorn, soprattutto tra le lettrici; l'intero romanzo è modellato da una sensibilità decisamente femminile'.

- ROBERT HILLMAN

Per mia madre, Margaret Rodgers

RINGRAZIAMENTI

Con un ringraziamento speciale a mia figlia Liz Blackthorn per i suoi impagabili e astuti commenti e l'entusiasmo sconfinato per il lavoro. La mia gratitudine agli artisti visivi Jude Walker e Rhonda Ayliffe per aver condiviso con me i loro pensieri ed esperienze sull'arte. I miei più sentiti ringraziamenti a Georgia Matthey per aver descritto come ha composto la sua opera, *Not Saying No*. E molte grazie a Vanessa Mercieca per la sua assistenza con i dialoghi in italiano.

Finché non prenderai coscienza l'inconscio governerà
la tua vita e tu lo chiamerai destino.

CARL GUSTAV JUNG

PARTE UNO

1.1

Le concavità nel tappeto a pelo lungo indicavano il punto cui aveva poggiato le gambe dei mobili un tempo presenti. Le pareti, spoglie, erano tinte di un insipido color pesca. C'era un leggero odore di vernice acrilica. Serrandosi dentro, si chiuse la porta della camera da letto alle spalle, l'eco di schiaffi che giungeva beffardo, un clamore di voci recriminanti.

Non si sarebbe mai innamorata dei 'dovrei'.

Quello era un santuario. Una stanza per conservare il passato. Una stanza minuscola, che allora sembrava ancora più piccola con tutto quel disordine. L'ultima volta che Yvette era stata lì, una parete era occupata da un armadio in tek e una cassettiera in melamina bianca. Un letto singolo occupava l'intera lunghezza dell'altra. Sopra il letto era appesa una stampa stravagante di una ragazza con un vestito marrone malandato, in piedi su una strada acciottolata sotto un cielo grigio industriale, circondata su entrambi i lati da case vittoriane a schiera dalla facciata piatta che si ritirano fino a un punto dietro di lei. Quella stampa era appesa in tutte le camere da letto della sua infanzia. La cassettiera era coperta di manufatti. Il vaso sgargiante che aveva comprato un anno per il compleanno di sua madre. Il portagioie rosa con la ballerina di plastica che ancora volteggiava tremante sulle note di *Per Elisa* quando apriva il coperchio. Un soddisfatto Snoopy sdraiato in cima alla sua cuccia salvadanaio. La sveglia dalla faccia generosa che sua madre le aveva regalato a dieci anni e che lei aveva caricato così tanto che non aveva più fatto tic-tac e da allora era rimasta bloccata tra le otto e le nove. Yvette si era vergognata troppo per dirglielo.

Una lama di luce solare tagliò le sbarre di tessuto beige della finestra e le ferì gli occhi. Si sollevò dal letto e scostò la tenda.

La finestra era rivolta a nord-est, protetta dal sole intenso dell'estate dal fogliame di una betulla argentata. Non aveva dubbi che sua madre avesse allineato gli angoli per essere sicura. La luce frizzante del primo mattino brillava attraverso i rami, ora spogli d'inverno, creando un disegno a filigrana sull'erba bruciata dal gelo. Due pappagalli, vivaci e acuti, si lisciavano le piume su uno dei rami inferiori. La betulla si trovava in un giardino ordinato di prato tosato e aiuole di rose. Punteggiate qua e là c'erano grevillee e scovolini, tutte pulite e ordinate. Sua madre aveva una predilezione per i rossi, rossi maestosi, tradizionali e ricchi. Avrebbe dovuto esserci la topiaria. Siepi di bosso e cascate di glicine. E steccati bianchi. Invece il giardino era circondato da filo spinato teso tra pali di eucalipto rosso, elettrificato per tenere fuori il bestiame. Al di là, c'era uno sfondo di paddock ondulati punteggiati di maestosi eucalipti rossi. L'intera valle abbracciata da una poltrona di montagne boscose. Un paradiso bucolico, degno delle pennellate di Alfred Sisley.

L'aria era calma. La rugiada scintillava su una ragnatela appesa sotto la veranda. Il gracchiare in crescendo di un kookaburra ruppe il silenzio.

Costringendosi ad affrontare la giornata, si tirò in testa un maglione rosso largo e si infilò i jeans taglia 38 che indossava da adolescente. Stentava a credere che sua madre avesse conservato i suoi vecchi vestiti. Ma ne era grata. Non possedeva altro che la manciata di parei e vestiti estivi che aveva infilato nella sua borsa da viaggio blu cobalto quando aveva lasciato Malta, aspra e secca, per l'umida e feconda Bali. La stessa borsa da viaggio blu cobalto che aveva usato per portare le sue cose a casa di Carlos. Il suo amato Carlos. Non sopportava di guardare la borsa. L'aveva infilata dietro alcune scatole di scarpe in fondo all'armadio appena arrivata.

Dov'era lui ora? Ancora a Bali? Stava tornando a Malta? Senza dubbio sbavava guardando il sedere di ogni hostess sul volo.

Si sedette sul bordo del letto senza sentire i jeans stretti contro la pancia. Non erano quelli che chiudeva con il gancio di una gruccia? Era magra, un fuscello, sicura di vagare qua e là, trascinandosi dietro il cuore come un'anatra di plastica sbattuta su ruote di legno cigolanti.

Sentendo un rumore di piatti, chiuse la porta ai suoi malumori e si diresse verso la cucina.

La presenza di sua madre permeava tutta la casa prefabbricata a pianta aperta. Era nella suite in tre pezzi, nel focolare e nel tavolo da pranzo di pino, così ben lucidato che il riflesso del sole mattutino abbagliava Yvette quando vi passava accanto. Era in ogni stampa incorniciata appesa alle pareti, in ogni ornamento e soprammobile, dai piatti Spode, i piattini Wedgewood e le statuette di porcellana, fino al mattarello di vetro che teneva in un cassetto della cucina. Persino lo zerbino aveva la sua impronta. In quella casa Yvette non poteva che essere sua figlia, la prodiga tornata dopo dieci anni di assenza.

Sua madre, Leah, si stava chinando per raggiungere l'armadietto sotto il lavandino. Le sue natiche sporgevano come panini dal fondo dei pantaloni blu opaco che indossava in casa. Sentendo Yvette entrare in cucina, si voltò e si sollevò in tutta la sua altezza, molto più bassa di quanto Yvette ricordasse, e sorrise prima che il suo sguardo scivolasse via. Leah era invecchiata. I capelli corti e ricci, dieci anni prima una zazzera marrone nocciola, ora erano sottili e bianchi. Le lentiggini sul suo viso si erano unite, dando alla sua pelle chiara una patina sabbiosa. I suoi occhi nocciola erano ancora vigili, ma più morbidi, più rassegnati. C'era una leggera flessione della bocca. Il suo viso aveva linee, rughe e pieghe dove prima non ce n'erano. Yvette faceva fatica ad abituarsi ai cambiamenti. E c'era una lentezza nel modo in cui sua madre si muoveva. Yvette ricordava la sua energia, sempre in movimento, non proprio agile, ma abile. Si sentiva distante. E ne era rattristata. Troppi anni vissuti intensamente mentre sua madre coltivava verdure. Yvette era un'estranea per lei, ma sembrava non saperlo.

Prese una ciotola di cereali dalla credenza accanto al fornello aprì la porta della dispensa.

'Tè?'

Yvette si voltò per vedere sua madre che versava acqua bollente in una seconda tazza.

'Compileremo i moduli per l'immigrazione dopo colazione', disse Leah, dirigendosi verso la porta sul retro con un contenitore di scarti di verdura. Sua madre era la donna più pratica che Yvette avesse mai conosciuto. Aveva mandato a prendere i moduli per la residenza permanente nel momento in cui Yvette le aveva detto che sarebbe venuta.

Doveva andarsene da Bali. Era troppo angosciata per restare. Così angosciata che l'agente di viaggio di Kuta, un uomo piccolo e smagrito con un sorriso permanente e follemente largo, l'aveva portata per tutta Denpasar sul suo scooter per aiutarla a ottenere il visto per le vacanze e il biglietto di sola andata per Sydney.

Yvette andò al tavolo da pranzo con la sua colazione, sedendosi con le spalle al sole. Sfogliò il modulo. Voleva ottenere la residenza attraverso la porta posteriore bloccata. Pensava di essere idonea nella categoria del ricongiungimento familiare. Lesse le istruzioni e scoprì che non lo era. Suo padre era ancora in Inghilterra. Non lo vedeva da anni e non aveva intenzione di farlo, ma era un genitore di sangue.

Sua madre tornò dentro e la raggiunse. Yvette le passò il modulo e la guardò sfogliare le pagine, scrutando le istruzioni, con le labbra serrate.

'Forse c'è una scappatoia', mormorò.

Una scappatoia che avvantaggia un rifugiato? Nel sistema di regole draconiane del Dipartimento dell'Immigrazione e della Protezione delle Frontiere? Impossibile. Inoltre, non poteva certo affermare che se fosse tornata a Malta la sua vita sarebbe stata in pericolo. Che quando Carlos aveva allungato la mano sul tavolo di quel ristorante a Bali e le aveva tirato i capelli, il suo scatto di frustrazione avesse costituito un atto di persecuzione o di tortura. Yvette stava cercando rifugio dal naufragio della sua vita.

Leah sfogliò di nuovo le pagine. 'Potrebbero esserci motivi umanitari o di compassione.'

'Mamma, io non...' Smise di parlare. Entrambe sapevano che non c'era un briciolo di compassione nelle ossa istituzionali del Dipartimento dell'Immigrazione.

Si scolò la tazza e riportò le sue cose per la colazione in cucina, poi attraversò il soggiorno e guardò fuori dalla finestra. Una lunga ciocca di nebbia andava alla deriva nella vallata, scivolando tra un banco di eucalipti rossi.

Leah la osservava attentamente. 'Dovrai sposarti', disse con tono deciso, come se nel tempo che Yvette aveva impiegato per andare e tornare dalla cucina avesse concepito la soluzione.

"Sposarmi?'

'È l'unico modo'.

'Non potrei', disse con enfasi, scioccata dal fatto che sua madre potesse anche solo considerare l'idea. Non era l'inganno che la preoccupava. C'era una parte di lei, quella romantica e sciocca, convinta che il matrimonio dovesse essere un contratto fondato sull'amore, non sulla convenienza.

Senza un'altra parola, Yvette compilò il modulo e lo infilò in una busta insieme a una vaga speranza di un miracolo e alle relative pagine fotocopiate del suo passaporto britannico - il visto per le vacanze, la pagina con la foto del suo viso con il suo sorriso di legno e gli occhi marroni tormentati. Sapeva di essere molto più bella di così.

Ci sarebbero voluti mesi prima di conoscere il risultato. Nel frattempo, aveva bisogno di un lavoro. Per quello, Leah le disse che aveva bisogno di un numero di identificazione fiscale. Anche per il più umile dei lavori occasionali.

'L'ufficio postale avrà il modulo', disse lei. 'Ti accompagno in città?'.

'Andrò a piedi'.

Si infilò la busta in tasca e uscì. L'aria era fresca, la mattina luminosa. Sedendosi su una delle sedie di plastica accanto alla catasta di legna, infilò i piedi in un paio di vecchie scarpe da ginnastica di Leah e legò stretti i lacci per compensare la differenza di numero. Leah portava il 40, Yvette il 39.

Il gatto di sua madre, un tartarugato paffuto, le si strofinò contro il polpaccio. Lei gli scompigliò la pelliccia. Il gatto la seguì fino al recinto, poi perse interesse e tornò a casa trotterellando.

Chiuse il cancello dietro il giardino e si fece strada

attraverso il recinto, evitando gli spruzzi di letame di mucca, e attraverso la griglia del bestiame. La fattoria si trovava a cavallo delle colline più basse a circa due chilometri a nord di Cobargo. Dirigendosi verso l'autostrada, risalì il sentiero sterrato che si snodava attraverso la proprietà di un vicino. I suoi recinti erano distrutti. Gli alberi morti, di un bianco spettrale, con le membra contorte che si protendevano verso il cielo, si ergevano come monumenti alla foresta precedente agli abusivi. Gli unici alberi sopravvissuti erano i meli che crescevano sulle creste di batolite delle colline. Le loro radici erano soffocate da cumuli di sterco di mucca ammassati da generazioni di contadini che avevano ripulito i paddock.

Lasciandosi alle spalle i paddock, seguì una strada sterrata che costeggiava una collina di cespugli, e raggiunse un incrocio a T. Direttamente dall'altra parte della strada, in una fascia di erba tagliata, il cimitero mostrava le lapidi dei defunti a tutti i veicoli che andavano su e giù per quel tratto remoto di strada. Da qualche parte, tra le tombe cattoliche, giaceva il suo patrigno.

Girò a destra e si diresse verso il villaggio rannicchiato in fondo alla valle, un pittoresco insieme di negozi di souvenir e caffè ospitati in edifici storici in legno e mattoni. Attraversò la strada all'edicola e passò davanti alla galleria d'arte, un tempo stazione di servizio. Sul piazzale, all'ombra di una profonda tenda da sole, un'elaborata scultura che usciva da un vecchio cerchione di ferro sedeva accanto a due pompe di benzina in disuso. Più avanti, dall'altra parte del torrente, c'era l'hotel, un pub di mattoni e tegole, senza dubbio frequentato dai scanzonati bevitori di birra e dalle loro donne che bevono whisky e coca cola. Su un'altura, a breve distanza dalla strada che si snodava a ovest verso l'entroterra di fattorie lattiero-casearie e di natura selvaggia, c'erano la scuola elementare e la chiesa cattolica. La chiesa anglicana guardava piamente dalla sua posizione altrettanto elevata a est. Il villaggio, con una storia radicata nella mungitura delle mucche, rimase autosufficiente come sempre, provvedendo ai bisogni dell'uomo e delle bestie. C'era un ambulatorio medico, una clinica veterinaria, una stazione di polizia e persino una piscina. Le poche strade secondarie contenevano un'infarinatura di cottage d'epoca in legno e di case contemporanee in mattoni e Hardiplank, intervallate da blocchi vuoti. Il villaggio non era cambiato di una virgola dall'ultima volta che era stata lì. Il macellaio, il panettiere, il supermercato e l'ufficio postale erano esattamente come li ricordava. Le ampie vedute che circondavano il villaggio non riuscivano a ispirarla. Potevano benissimo essere dei murales appesi alle pareti del soggiorno di sua madre.

L'anno in cui Saddam Hussein è stato dichiarato colpevole di crimini contro l'umanità, sua madre partì per la seconda volta per una vita migliore in quella terra di abbondanza, stabilendosi a Cobargo con il patrigno e la sorella di Yvette, Debbie, nel momento in cui erano arrivati in Australia, rinunciando a tutte le opportunità che Sydney poteva offrire per un sogno pastorale. Non un cambio d'albero, erano troppo convenzionali per le alternative. Abbatterono gli alberi rossi rimasti nel loro isolato di cento acri prima che Yvette li seguisse, e sei settimane dopo se ne andasse, prima che il suo patrigno, Joe, un tipo robusto con la propensione a tracannare birra, perdesse la vita con una motosega. Leah e Joe non erano stati insieme a lungo. Un incidente improvviso e raccapricciante, il tipo di tragedia che lacera tutto ciò che è morbido e vulnerabile. Ma sua madre era una donna che taceva, le sue lettere non menzionavano mai il suo dolore. Con Yvette di nuovo in Inghilterra, si rivolse all'unica famiglia che aveva lì, Debbie.

L'ultima volta che Yvette l'aveva vista, Debbie era una sedicenne compiaciuta, orgogliosa di essere fidanzata con un ragazzo del posto. Aveva la sua storia; distinta da quella di Yvette come l'ovatta e le schegge, una narrazione morbida di stabilità e armonia coniugale. Ora Yvette non poteva camminare per la strada principale del paese senza essere identificata come la sorella di Debbie. Nel momento in cui entrava nell'ufficio postale una donna formosa, che le passava accanto mentre usciva, la guardò dall'alto in basso e disse: 'Sei la sorella di Debbie?

'Sono io,' disse con un sorriso forzato, pensando, no in realtà, lei è *mia* sorella dato che sono nata per prima. Anche se le parole le scorrevano nella mente, si sentiva contrita. Il risentimento non le si addiceva. Eppure, la gente lì intorno non aveva la minima idea di chi fosse *lei*. E lei non aveva intenzione di dirglielo. Solo che non voleva essere definita come la figlia di sua madre o la sorella di sua sorella, sullo stesso piano della segretaria della società delle mostre agricole e la moglie del produttore di latte.

Sua madre stava lavorando allo spettacolo dell'anno successivo quando Yvette tornò. Quaderni, moduli, vecchi programmi, biglietti della lotteria e una cassa erano sparsi sul tavolo da pranzo. Yvette si sedette sulla sedia più lontana da Leah e lesse i requisiti di identificazione sul modulo del numero di identificazione fiscale. Conto bancario, patente di guida e tessera sanitaria, nessuno poteva essere acquisito senza mostrare il suo stato di immigrazione.

'Non serve a niente, mamma' disse, lasciando cadere il modulo sul tavolo e appoggiandosi allo schienale della sedia. 'Non posso ottenerne uno'.

Sua madre sbirciò oltre l'orlo degli occhiali. 'Lo immaginavo'. Mise giù la penna e piegò le braccia sotto il seno. 'Avremmo dovuto diventare cittadini prima di tornare in Inghilterra'.

'Non potevi saperlo.'

'All'epoca non avrei mai pensato di tornare. Ne avevo abbastanza. Ho passato gli ultimi anni qui a pulire i corridoi e le aule della tua vecchia scuola elementare".

'E ho preso lo scuolabus'.'

Aveva iniziato la scuola l'anno in cui Alanis Morissette gareggiava con Celine Dion per il primo posto nelle classifiche. Su quell'autobus Yvette doveva aver ascoltato *Ironic* e *Because You Loved Me* due volte al giorno per mesi. Anche allora preferiva la satira al sentimentalismo.

Quei primi anni di scuola furono favolosi. C'erano i pigiama party a casa della sua migliore amica Heather McAllister. Il divertimento nel parco dall'altra parte della strada. L'albero di arance accanto alla casa, carico dei frutti più succosi e dolci. Aveva passato un anno fantastico. Sua madre il peggiore.

Fu sua madre a decidere di emigrare, entrambe le volte. La prima fu nel 1993. Leah voleva lasciare la Londra delle case popolari. Comune come il letame, avreva detto lei. Leah aveva lasciato la scuola a sedici anni per passare qualche mese a fare la segretaria d'ufficio prima di passare a lavorare in un chiosco di cinema e in un negozio di scarpe, per poi diventare vigile urbano, una carriera che le piaceva perché lavorava all'aperto e da sola, indisturbata da colleghi stronzi, avventori inquietanti e clienti indecisi con i piedi puzzolenti. Il padre di Yvette, Jimmy, era un abile operaio. Era nato cockney, la sua famiglia si era trasferita nel sud di Londra durante gli sgomberi dei bassifondi del dopoguerra. Leah voleva rendere Jimmy migliore. Pensava che l'Australia avesse la promessa di una vita migliore per lei. Questo è quello che le dicevano gli opuscoli. Così compilò i moduli e volò in Australia con lui.

La migliore amica di Leah alle elementari, Gloria, insieme alla sua famiglia, era emigrata a Perth vent'anni prima. Erano Poms da dieci sterline. Gloria aveva scritto a Leah regolarmente da allora. Una delle piccole storie della famiglia Grimm riguardava la fortuna che avevano avuto nell'evitare le capanne Nissen di Graylands. La povera Gloria - così sua madre chiamava la sua amica - era passata da una casa a schiera con tre camere da letto a Londra ai letti a castello di un ostello per migranti. Leah pensava che le condizioni fossero scandalose. La capanna aveva pareti di ferro ondulato non rivestite e nude assi di legno. E la famiglia di Gloria doveva condividere i pasti e le abluzioni comuni con tutti gli altri migranti dall'Europa e dal Medio Oriente. Pentonville, la chiamava Leah. Pentonville. Per anni Yvette aveva pensato che sua madre intendesse uno dei set azzurro pallido del Monopoli. Leah si riferiva alla prigione. Ci si poteva stare per mesi, una condanna volontaria, ma una settimana era stata sufficiente per la mamma di Gloria.

Era stata Gloria a organizzare l'affitto di tre camere da letto a Kwinana e a suggerire a Jimmy di fare domanda per un posto alla raffineria di alluminio. Leah continuò a comprare una casa di mattoni e tegole nella capitale degli immigrati inglesi di Perth, Rockingham.

Cinque anni dopo, Leah era pronta a tornare a Londra. L'Australia non aveva soddisfatto le sue aspettative. Non riusciva a trovare un lavoro soddisfacente. Non era felice. Non era felice con il padre di Yvette.

Tornata a Londra, Leah tornò alla sua carriera preferita di vigile urbano, con grande costernazione dell'adolescente Yvette. Mentre Yvette masticava le estremità delle sue biro in classe, la vita di sua madre si stava svolgendo rapidamente. Leah Grimm divenne Leah Betts. Con un nuovo marito al seguito, emigrò una seconda volta.

Yvette rimasea indietro, ed è rimasta Grimm.

Non riusciva a capire perché, a soli diciotto anni, sua madre avesse scelto di emigrare verso un paese dove aveva trovato così poca felicità la prima volta.

1.2

Un ceppo di eucalipto rosso bruciava dolcemente nella stufa a legna. Leah stava guardando *Il tempo della nostra vita*, i suoi giorni feriali divisi da un melodramma spumeggiante. Yvette guardò fuori dalla finestra. Non tollerava l'abitudine di sua madre. Per lei, le telenovele erano sciocchezze superficiali, recitate in modo eccessivo e con le labbra tremolanti. Non riusciva ad ammettere di averne abbastanza dentro di sé per riempire un'intera serie.

Fuori, un feroce vento del sud scuoteva le grevillee e i cespugli. Leah disse che perdeva un arbusto ogni anno. Si spezzava proprio alla base e rotolava come uno spinifex. Yvette guardava gli arbusti rannicchiarsi. Si sentiva alla deriva, le sue radici poco profonde, la loro presa nel terreno di una vita stabile era tenue. La dipendenza dal sapone che aveva sua madre rafforzava la sensazione di tremendo isolamento. Leah era un'ancora impossibile. Aveva una sorprendente capacità di andare avanti con la pratica quotidiana che alienava Yvette ad ogni passo. Avrebbe preferito che sua madre si dimenasse come un arbusto decapitato da quel vento intransigente. Almeno ogni tanto. Se solo avesse abbassato il suo riserbo.

Nel tentativo di migliorare il suo umore svogliato, Yvette sfogliò il giornale locale che sua madre aveva riportato dalla sua puntata bisettimanale in paese. Quando arrivò alle ultime pagine, scorse i piccoli annunci. L'hotel Cobargo aveva bisogno di una donna delle pulizie. Provò un turbine di disprezzo; la sua vita era arrivata a questo punto. Eppure, era l'unico annuncio. In ossequio a sua madre, aspettò la pubblicità e poi compose il numero, sperando che il lavoro fosse in nero.

Rispose una donna.

'Ciao', disse lei. Sono Yvette Grimm. Chiamo per il lavoro di pulizia'.

'Sei nuova in città?'

Sapeva subito di essere troppo eloquente per essere una del posto, e troppo eloquente per essere una donna delle pulizie, ma tenne questi pensieri per sé. 'Sono la sorella di Debbie Smith', disse, sapendo mentre lo diceva che l'affermazione era una richiesta di accetazione.

'Ah.'

La donna divenne più calorosa.

Forse c'era qualche vantaggio nell'essere conosciuta come la sorella di Debbie.

Cominciò a lavorare il giovedì successivo.

Era una giornata fresca e soleggiata. Dirigendosi verso l'hotel, Yvette scese verso il villaggio, dando un'occhiata alla chiesa cattolica mentre attraversava il ponte sul torrente. La fattoria di Debbie era poco più avanti. Dal suo ritorno, Debbie era stata via in visita alla cognata. Era tornata il giorno prima. E ora sarebbe stata a casa. I suoi ragazzi a scuola. Alan nei recinti con le mucche. La cosa da sorelle sarebbe stata andare da lei dopo il turno.

Aprì la pesante porta di legno dell'hotel ed entrò nel bar, lungo e scuro con troppe cromature pacchiane. Un odore nauseabondo di birra del giorno prima profumava l'aria. Fece un cenno al vecchio seduto su uno sgabello accanto al distributore di sigarette, che le rivolse un sorriso languido. Per il resto, il bar era vuoto.

In poco tempo apparve una donna di mezza età. Era sulla trentina, vestita come se fosse pronta per la spiaggia in maglietta, pantaloncini e infradito, i capelli biondi raccolti in una coda di cavallo. 'Buongiorno'', disse. 'Devi essere Yvette. Io sono Brenda'.' Sorrise mentre dava a Yvette una sola occhiata di valutazione. 'Vieni con me.'

Seguì Brenda attraverso il parcheggio fino al magazzino della ditta di pulizie, situato al centro di una fila di stanze del motel. Brenda le spiegò le procedure di pulizia, dettagliate ed esigenti, e le consegnò un mazzo di chiavi. 'I contanti vanno bene?'

'Va bene'. Grazie a Dio, ma già stava affondando alla prospettiva del lavoro che l'aspettava. La vista delle dolci colline e delle montagne non fece nulla per allentare il nodo di resistenza che le attanagliava le viscere.

Spostò il carrello delle pulizie da una stanza soffocante e color pastello all'altra. Disfaceva e rifaceva i letti, svuotava i bidoni, lucidava, puliva e passava l'aspirapolvere. Faceva tutto senza alcun entusiasmo. Guadagnava dieci dollari per stanza, un salario da schiava, e solo pulendo tre stanze all'ora sentiva che il lavoro si avvicinava lontanamente a valerne la pena. Lo odiava. La sua schiena lo odiava. La sua autostima si mischiava alla sporcizia sul fondo del secchio dello straccio.

Tornò a casa di sua madre senza dare neanche un'occhiata alla strada che portava alla fattoria di sua sorella.

1.3

Y vette trascorse le settimane del solstizio in una nebbiosa confusione. Aiutava in giardino, falciando l'erba, potando, diserbando e raccogliendo, tutto sotto l'occhio vigile di Leah, come se fosse pronta a uccidere o mutilare un caro membro del regno floreale in qualsiasi momento. Ben presto decise che la passione di sua madre per il giardinaggio era fanatica e insopportabilmente noiosa: che importava se i fiori di quest'anno vincevano il primo premio della mostra?

Un pomeriggio, non poté più sopportare che le facesse la guardia e smise di usare gli attrezzi, fingendo la stanchezza per sedersi al sole caldo con un album da disegno e una matita. Tracciò pigramente le linee di un albero morto nel recinto del vicino, sforzi patetici, sapendo di cosa era capace. Le mancava il lusso del suo studio e il rapido accesso ai materiali alla Goldsmiths e al Royal College of Art, lussi che all'epoca dava per scontati.

Più tardi, mentre sua madre si godeva le sue saponette, lei era stesa sul suo letto singolo, isolata e in disparte. Si sentiva a brandelli. Un orsacchiotto di peluche scucito. Tutta la sua imbottitura era sparita. A quest'ora avrebbe dovuto avere il pancione, il viso rosso, incinta e impegnata a lavorare scarpine a maglia. Incontrò lo sguardo della ragazzina disperata nella stampa sopra il suo letto. Povera bambina. Quale tragedia l'aveva distrutta?

Sapeva che si stava crogiolando nella sua tristezza. Eppure, si era aggrappata alla sua perdita con una stretta inesorabile. Doveva lasciarla andare, l'avrebbe lasciata andare, era pronta a farlo, ma non ancora. Anche se già adesso la sua tristezza ostinata aveva cominciato a sembrare ridicola.

Quando il soggiorno divenne silenzioso e sentì la zanzariera sbattere, vi si trascinò e si accasciò sul divano. Pochi istanti dopo la zanzariera sbatté di nuovo. Yvette non si mosse. Poi percepì sua madre in piedi sopra di lei. 'Su con la vita'.

'Sto bene', disse lei. Leah non aveva idea dell'aborto di Yvette e Yvette non aveva intenzione di confidarsi.

'Non hai visto Debbie da quando sei arrivata'.

'Sa dove sono", disse Yvette con amarezza.

'Sta aspettando un invito".

'È difficile. Non andiamo d'accordo".

Nella sua mente stava sottovalutando la distanza emotiva che era cresciuta tra loro. Yvette aveva deciso che erano estranee, essendosi affezionata al fatto che solo due volte nei loro dieci anni di separazione aveva ricevuto notizie direttamente dalla sorella e non attraverso la madre, un biglietto che annunciava la nascita di ciascuno dei suoi figli. Emise un pesante sospiro, ma sua madre fu ferma, agitando un dito in direzione del telefono. Forzando la propria resistenza, Yvette dondolò le gambe sul pavimento. Soddisfatta, sua madre uscì.

Senza aspettarsi nulla di buono da questa riunione forzata, Yvette sollevò il ricevitore e digitò i numeri sulla tastiera. Rispose una voce femminile.

'Ciao, sono Yvette", disse lei in modo chiaro.

'Yvette! Come *stai?*'

'Bene. E tu?'

'È bello sentire la tua voce. Bentornata!'

'Grazie.'

Chiacchierarono dei vecchi tempi che Yvette non voleva ricordare, dei loro giorni d'infanzia a Perth, degli anni dell'adolescenza a Londra. Dopo quello che sembrò un eone di chiacchiere, cedette all'impulso di essere conviviale e invitò Debbie a prendere un caffè.

Il pomeriggio seguente osservò un vecchio veicolo Holden che sbandava e rimbalzava per la lunga pista sterrata, fermandosi accanto alla rimessa dei macchinari. Una figura di corporatura media, con indosso pantaloni larghi e una maglietta celeste, si diresse a passi veloci verso la casa con l'andatura disinvolta della donna di campagna australiana. Yvette sapeva che la donna era Debbie, ma si sforzava di riconoscere in lei la Debbie con cui era cresciuta: una ragazza carina, con le lentiggini e un sorriso consapevole. Ora sembrava a Yvette come tutte le altre ventenni della zona, totalmente priva di stile. I suoi capelli erano lunghi, castani e tagliati in modo informe. La maglietta le pendeva floscia dal busto; i pantaloni, a un esame più attento, erano pieni di pelucchi; e le Crocs fulve che sfoggiava per completare il suo abbigliamento sembravano delle barchette per i piedi. Eppure il suo sorriso era caldo, i suoi occhi marroni sembravano genuini e Yvette si intenerì in sua compagnia.

Si sedettero nel giardino sul lato nord della casa, al riparo dal freddo vento del sud. Leah salutò dalla veranda e si offrì di preparare il tè. Tornò cinque minuti dopo con due tazze e un piatto di Monte Carlos.

'Perché non ti unisci a noi?' Disse Yvette, desiderando improvvisamente il sollievo dall'intimità di loro due sole.

Leah borbottò qualcosa sulla necessità di pulire la casa. Yvette sapeva che era una scusa. La casa era immacolata.

Debbie bevve qualche sorso di tè prima di blaterare sui suoi due ragazzi con quel familiare bisogno di dimostrare il suo valore che risuonava a ogni commento. Si rallegrava dei loro risultati a scuola: un premio al merito per questo, un premio al merito per quello, quanto era bravo Peter nella squadra di calcio giovanile, gli straordinari progressi che Simon stava facendo con il violino e quanto era meraviglioso che entrambi facessero parte del coro della scuola, che si sarebbe esibito al festival folk del prossimo anno che si sarebbe tenuto alla fiera. Coro? A un festival popolare? Dimenticando che un tempo amava cantare, Yvette non riusciva a immaginare un'attività più degna di nota. Non poteva tollerare di far parte di qualcosa di amatoriale e guardava dall'alto in basso chiunque, giovane o vecchio, lo facesse.

Fissava distrattamente le colline lontane, facendo del suo meglio per essere educata mentre respingeva la gelosia per l'interesse che Debbie aveva per i suoi ragazzi. Sua sorella non aveva la grazia discorsiva di chiedere degli ultimi dieci anni della sua vita. Ma d'altronde, probabilmente era meglio che Debbie non sapesse quanto la sorella si fosse allontanata dalla retta moralità della madre, delle avventure nel campus mentre saltellava da un fidanzato all'altro, e a Malta, dove aveva portato l'anticonformismo al precipizio con i suoi flirt nell'iniquo mondo sotterraneo della droga e del crimine. Era stato facile da fare. Troppo facile. Facile anche nascondere loro la verità. Le sue lettere contenevano lo strato superficiale dei suoi studi alla scuola d'arte, poi le sue scappatelle con la sua migliore amica Josie e la loro gloriosa vita al sole. E per quanto riguarda sua madre e sua sorella, nessuna delle due era andata a trovarla una volta in tutti quei dieci anni. Neanche una volta.

Una coppia di pappagalli, splendidamente rossi e verdi, si

appollaiò sul posatoio degli uccelli, ridacchiando tra loro. Yvette alzò una mano per farsi scivolare i capelli dietro le orecchie e loro volarono via. Si stava chiedendo come distogliere l'attenzione della sorella dalla sua prole, quando Debbie mise la tazza ai suoi piedi e disse: "Ti ho sognato la scorsa notte". La sua voce aveva un tono intimo. 'Eri in piedi sulla mia veranda in un lungo vestito rosso, con un bellissimo giovane accanto a te'.

Cos'è successo?

Debbie arrossì. Sembrava impacciata. 'Niente', disse lei, distogliendo lo sguardo. 'Ma avevo la forte sensazione che foste destinati a stare insieme'.

Il vento soffiava da sud, sbattendole in faccia una ciocca dei capelli di Yvette. Si passò una mano sulla guancia, sentendo nella pancia l'eco del brivido infantile di prendere in giro la sorella. Si sedette sul bordo della sedia e abbassò la voce a un sussurro. 'Questo è strano'. Allargò gli occhi. 'Forse è una premonizione'.

'Non ci provare.'

'Almeno è una coincidenza". Yvette si godeva il gioco. Debbie si era sempre spaventata facilmente. 'Una sensitiva mi ha letto la mano prima che lasciassi Malta. Ero in un locale notturno e una donna anziana con la pelle coriacea e uno sguardo mistico negli occhi mi prese la mano. Disse che avrei incontrato il padre dei miei figli prima dei trent'anni". E mentre parlava, le parole presero una potenza che non avevano mai avuto prima di quel momento. Come se nel raccontare stesse impregnando la profezia di tutto il significato del cosmo.

'Probabilmente era ubriaca", disse Debbie.

'Non lo era. Era enfatica. Mi prese il braccio e mi disse che lui non era assolutamente l'uomo con cui stavo".

'Carlos?'

'Carlos.'

'Ha azzeccato quella parte".

"Cosa ne sai tu?". Yvette disse bruscamente.

'Scusa.'

La gatta della loro madre si buttò ai loro piedi e inarcò la schiena.

'Forse ero destinata a venire in Australia per trovarlo". La sua voce era diventata nebbiosa.

'Chi?'

'Il padre dei miei figli".

Sapeva che era ridicolo, ma la previsione le aveva improvvisamente dato speranza. Anche se non poteva immaginare di incontrare un uomo australiano che avrebbe trovato desiderabile. Nessuno degli uomini australiani che aveva incontrato aveva carisma, misticismo o originalità. Avevano un aspetto generico, una voce generica ed erano tutti appassionati di sport.

1.4

Yvette era seduta in salotto, prendendosi a tormentarsi per mostrare meglio le mezze lune. Leah era incollata a *Febbre d'amore*. Il telefono squillò. 'Rispondi tu', disse senza spostare gli occhi dallo schermo.

Prese il ricevitore aspettandosi di sentire la voce di sua sorella. Debbie era l'unica persona che osava chiamare durante la maratona quotidiana di soap opera. Invece, Yvette sentì una voce maschile dall'accento pesante che chiedeva di parlarle. Era Carlos. Fu attraversata dalla passione. Scivolò lungo il muro fino a sedersi sul pavimento con le ginocchia tirate al petto. Non era nemmeno sicura di poter parlare. 'Ciao', riuscì a dire.

'Ciao, amore mio.'

Lei rimase in silenzio. Lui la chiamava 'il suo amore', ma lei sapeva che non c'era sostanza nelle parole. Lui non la amava. Non sapeva come amarla. Non era capace di amare nessuno se non se stesso. Ma lei non poteva fermare le sue budella dal fare le capriole.

'Sono qui', disse, aggiungendo in un inglese dall'accento rilassato, 'Nella Gold Coast'.

Era lì?

'Yvette. Vieni con me".

Andare con lui? 'No. Non posso.' Doveva resistere.

'Ho bisogno di te.'

Aveva bisogno di lei?

"Mi dispiace", disse lei. Era una risposta vuota. Non le dispiaceva affatto. Era combattuta.

Ci fu una pausa. Poi disse: "Per favore".

Perché insisteva?

'*Ti prego, l'autobus*', disse in italiano.

'No. Non ho soldi, Carlos.' Quello era vero. Era al verde.

'Yvette. Ti amo.'

'Non ho soldi.' Cercò di sembrare insistente. Si sentiva floscia. Voleva correre da lui, con tutte le sue forze, voleva passare tutta la vita al suo fianco, vivere nella sua casa, mettere al mondo un mucchio dei suoi bambini, essere immersa per sempre nella cultura che amava. Invece, riattaccò il telefono desiderando di non avergli mai dato il numero di sua madre, e si accasciò sul divano con un duro groppo in gola, sapendo che sarebbe stato difficile bandire quell'uomo dal suo cuore.

Debbie chiamò durante i titoli di coda dell'ultima soap del giorno e invitò Yvette a cena a casa di un'amica. 'Tracy ti piacerà', disse. 'È un'artista. È il tuo tipo".

Yvette ne dubitava. Non poteva immaginare che qualcuna delle amiche di Debbie fosse il suo tipo. 'Grazie per aver pensato a me. Ma...'

'Verrò a prenderti alle cinque'.

'E Alan e i ragazzi?'

'Alan li sta portando in un campo scout".

Non aveva voglia di andare, preferiva la familiarità della sua tristezza. Eppure, non riusciva a pensare a un modo per rifiutare, così accettò e riattaccò il telefono.

'Chi era?' Disse Leah, spegnendo la televisione.

'Debbie'. Proseguì spiegando l'invito.

'Ti farà bene", disse Leah.

Non era convinta.

Non si preoccupò di togliersi i vecchi jeans che indossava da adolescente e il maglione rosso largo che era diventato per lei un simbolo come la coperta di Linus. Quando sentì l'auto di

Debbie, lasciò sua madre a metà a lavorare a maglia e a metà a guardare un documentario, intravedendo il relitto di una barca arenata su una spiaggia dal mare selvaggio, la voce fuori campo che annunciava almeno ventidue richiedenti asilo morti nel capovolgimento. Fece una pausa e poi uscì, assorbendo a malapena ciò che aveva visto. A Malta, gli arrivi in barca dalla Somalia erano frequenti e mai accolti calorosamente; il governo maltese sosteneva, con buone ragioni, che l'isola era in prima linea e che se non avessero imposto un deterrente si sarebbero aperti gli argini. Yvette era stata indifferente allora come lo era adesso, troppo occupata dai travagli della sua vita per preoccuparsi tanto della vita degli altri.

Invece, mentre apriva la portiera del passeggero, si chiedeva come sua madre affrontasse la sua piccola e squallida vita. Come lei non sarebbe mai, mai, finita a vivere così.

'Ciao sorellina. Sono così felice di riaverti qui', disse Debbie con affetto. 'Lo sono davvero."

'Grazie.' Si sforzò di sorridere.

'Come ti trovi qui? Un po' diverso dalla tua vecchia vita, eh?'

'È strano'. Non poteva fare a meno di sembrare distante.

Debbie mise la retromarcia e schiacciò l'acceleratore, l'auto si lanciò all'indietro verso l'aiuola di rose della madre. Frenò, cambiò marcia e schiacciò di nuovo l'acceleratore, il veicolo accelerò attraverso il recinto, scuotendo la griglia per il bestiame e sbattendo su ogni solco e buca della pista.

'Ti ci abituerai', disse Debbie. Si riferiva alla sua guida o all'Australia? In quel momento era difficile decidere quale fosse nella situazione più precaria.

Debbie rallentò mentre si avvicinavano all'autostrada, svoltando a destra e percorrendo l'asfalto liscio fino al villaggio. 'Forse ti sistemerai'.

Yvette non parlò. Andarono a passo di lumaca attraverso il

villaggio, Debbie accelerò forte sulla collina dall'altra parte. 'Pensi di rimanere qui?'

'Ne dubito.'

Questa volta Debbie non fece alcun commento.

Yvette fissò fuori dal finestrino il paesaggio: la maestosità della montagna a nord che presiedeva al paesaggio come una madre benevola, ora stagliata contro un cielo sempre più scuro; i fichi rossi e i meli che proiettavano lunghe ombre sui terreni agricoli ondulati; gli affioramenti di granito e le graziose case coloniche in legno; e le montagne a ovest che si assopivano sotto una larga fascia di morbido albicocca.

Dopo circa cinque chilometri, dopo una curva a sinistra, Debbie le disse di cercare una baracca rivestita di pannelli appollaiata su una collina.

'Ci siamo quasi', disse lei brillantemente.

'Allora, come fai a conoscere Tracy?'

'È un'insegnante volontaria di Sacre Scritture alla scuola elementare. Ha insegnato il buddismo a Peter e Simon".

Debbie passò accanto alla carcassa di un vecchio frigorifero e a un barile di latte arrugginito appoggiato su un tronco triforcuto, e si precipitò su un vialetto lungo e pieno di crateri.

Tracy le accolse alla porta. Era una donna tarchiata e segnata dalle intemperie, con capelli neri selvaggi. Indossava un maglione a strisce che pendeva mollemente sotto una salopette spruzzata di vernice, o era il tipo di artista a cui piaceva buttare in giro la vernice o era incapace a fare il suo mestiere. Le condusse in una stanza scarsamente illuminata che aveva un forte odore di Nag Champa. Una volta che gli occhi di Yvette si adattarono alla penombra, i suoi sensi furono assaliti. La stanza era piena di mobili squallidi e sporchi. Due divani dall'aspetto malconcio erano uno davanti all'altro, con in mezzo un tavolino basso, pieno di riviste e posacenere. Appoggiata su un cavalletto a sinistra c'era una grande tela striata di acrilico nero e grigio, con una figura semi-formata di una ragazza, a bocca aperta e con il viso stretto tra le mani. L'interpretazione di Tracy di un Edvard Munch. Era orribile. A destra c'era la cucina, separata dal resto della stanza da una panca di legno rosso cosparsa di tazze e piatti sporchi. Al centro della stanza un fuoco brillava in una stufa a legna.

'Questa è una casa incantevole', disse Yvette con artificioso entusiasmo, scrutando il disordine di libri, carte e cianfrusaglie ammucchiate su scaffali, tavoli e sedie.

'È così', disse la voce di un uomo. Lei sbirciò nella stanza e scorse la figura di un uomo che entrava dalla porta dal lato opposto della stanza. Alto, con i capelli scuri, il torso magro definito in una maglietta aderente, gli occhi nascosti dietro un paio di occhiali da sole con la montatura nera. Percependo di essere stata incastrata in un incontro al buio, rimase intrigata. Si fece strada tra il disordine di Tracy e tese la mano.

'Ciao, sono Yvette.'

'Lo so.' Lui si tolse gli occhiali da sole e la guardò intensamente, un sorriso gli illuminò il viso. Lei si sentì arrossire.

'Yvette, questo è Terry', chiamò Tracy dalla cucina. 'Terry Ford', aggiunse, come se il suo nome completo significasse qualcosa. Non lo fece, ma l'uomo davanti a Yvette improvvisamente sì. Aveva un viso largo e robusto, con labbra sottili e occhi marroni infossati. Dietro di lui, lei notò degli spiragli di luce crepuscolare che filtravano dalle fessure delle finestre. Immediatamente, diventò il soggetto di un Gainsborough, un nobile del Seicento agghindato in abiti rustici, una sega da taglio tenuta fieramente al petto come una pistola da caccia.

'Siediti', disse Tracy, indicando il divano. 'La cena non sarà lunga.'

'Ti darò una mano', disse Debbie.

Il divano era poco più di una poltrona da uomo grasso. Yvette si appollaiò sul bordo di un cuscino con le ginocchia premute insieme. Terry si sdraiò sull'altro con le braccia a cavallo dello schienale. Il ginocchio di lui le sfiorava la coscia.

'Tracy mi ha detto che sei appena arrivata in Australia'.

'Vivevo a Malta'.

'Prende il nome dalla croce?'

Entrambi risero.

'Sarebbe il contrario'.

'Ehm, Malta? La mia geografia mi tradisce'.

Non poteva credere alla sua ignoranza.

'Malta è un centinaio di chilometri al largo della Sicilia', disse lei, chiedendosi subito se lui sapesse dove si trovasse quell'isola. Forse menzionare l'Italia avrebbe potuto essere più utile. Fu subito malinconica, ricordando le antiche città, la pietra color miele, il turchese del mare. Immaginò la casa di Carlos, il tetto piatto, i vecchi muri di pietra e le finestre chiuse. E anelava Malta, al paesaggio aspro, alla libertà disinibita della sua vita lì.

'Cosa facevi lì?'.

Cosa dire? Artista? Troppo vago. Talpa della mafia? Troppo esotico.

'Commerciante al mercato. Vendevo i miei gioielli fatti a mano'. Collane multicolori e orecchini fatti con filo intrecciato. Aveva ritenuto quell'attività, anche all'epoca, come la sua fase hippy e senza dubbio la sua risposta evocò nella mente di Terry l'immagine di una ninfetta a piedi nudi con i capelli intrecciati che si poteva vedere spesso a Kuta. Eppure, l'artigianato vendeva bene. E lui sembrava soddisfatto. 'E tu?' aggiunse, desiderosa di allontanare la conversazione da lei.

'Sono un artista. Uno scultore di cuoio e pelle'.

'Affascinante', disse con entusiasmo, rimpiangendo in

privato di aver scelto di ritrarsi in un modo così banale anche se esotico.

'Devi vedere il suo lavoro, Yvette', disse Tracy, porgendole un bicchiere di vino rosso. 'È un genio'.

Un genio? Yvette soffocò un sorriso. Non riusciva a immaginare che qualcuno che viveva in questo sonnolento paesino non fosse altro che un bifolco.

Tracy distribuì fette di pane e piatti di stufato di fagioli. Poi alzò il suo bicchiere con un 'salute' e bevve il suo vino prima di sedersi con Debbie sul divano di fronte. Gli altri presero i loro bicchieri in risposta.

Tracy e Debbie fecero conversazione mentre sgranocchiavano il loro cibo. Terry mangiò con gusto. Yvette prendeva forchettate dai bordi del mucchio nel suo piatto, senza avere più fame. La presenza di Terry la rendeva stranamente nervosa. Lui aveva un certo fascino, ma lei non era sicura di trovarlo così attraente. Non era il suo tipo. Sicuramente non poteva essere l'adempimento della profezia della chiromante. Inoltre, pensò, lanciando un'occhiata a sua sorella, non si può forzare il destino.

Lasciando Tracy e Debbie ai piatti, seguì Terry fuori. L'aria era ferma e frizzante. Guardò le stelle nella volta celeste nitida e senza luna, colpita dalla luminosità e dalla profondità del nero, del vuoto.

Terry si stava rollando una sigaretta. 'Tracy mi ha detto che sei arrivata qui con un visto per le vacanze'.

'L'ho fatto'.

'E hai intenzione di rimanere?'

'Ci proverò'.

'Buona fortuna', disse lui dubbioso.

'Sì, grazie.'

'Per fortuna sei venuta in aereo'.

Lei si accigliò. 'Cosa vuoi dire?'

Fece un tiro di sigaretta e inspirò profondamente. 'Se fossi venuta in barca saresti stata detenuta su qualche isola infestata dalle zanzare, a sudare per mesi, se non per anni'.

Un'immagine della barca rovesciata le balenò nella mente. 'Non sono una rifugiata', disse freddamente.

'No. Certo che no.'

Rimasero insieme nel silenzio, rotto solo dall'esalazione vigorosa del suo respiro infuocato dal fumo. Poi da un fruscio proveniente da una catasta di vecchio legname accatastato accanto a un capannone. Nell'oscurità lei scorse la figura ombrosa di un gatto che strisciava verso un boschetto di alberi. Guardò Terry, il cui viso era inclinato verso il cielo. Consapevole del suo sguardo, lui sorrise, e con il tacco della scarpa spense la sigaretta su un pezzo di terra nuda.

'Vuoi vedere il mio studio?' disse con disinvoltura.

Va bene'.

'Ti chiamo domani'.

Non le chiese il suo numero.

1.6

Una mattina ventosa della settimana seguente, Yvette si recò sulla costa nella station wagon di sua madre. Era attesa allo studio di Terry alle undici. Fu un viaggio piacevole attraverso un paesaggio pittoresco, la montagna sempre alla sua sinistra, acacie punteggiate qua e là in piena fioritura, ma non poteva ammirarlo. Nella sua mente, in un ripetizione continua, c'era la consapevolezza che Debbie e sua madre avevano cospirato e che Tracy era stata coinvolta in tutta la faccenda. La situazione era una messinscena e non riusciva a credere che stesse andando fino in fondo.

Quando raggiunse Bermagui, era un groviglio di emozioni. Un tempo un isolato villaggio di pescatori che si rifugiava in una profonda baia sorvegliata dalla montagna a nord, la città era diventata un'ambita meta turistica e di pensionamento anticipato, soprattutto per quelli abbastanza ricchi da possedere una barca. Attraversò un lungo ponte e scorse un pellicano accovacciato su un palo sul bordo delle acque agitate della laguna. Superò gli yacht annidati nella marina. Passò davanti ai pettorali pubblicitari impilati come tessere del domino vicino a un seggio elettorale che mostravano le facce sorridenti di aspiranti e quasi ex politici federali in lizza per il potere con promesse vacue, e si sentì contenta di non poter votare. E mentre si avvicinava allo studio di Terry, passò davanti a una fila di negozi, accovacciati su un'altura bassa, ospitati in semplici edifici di cemento con facciate sgargianti che prendevano in giro la montagna, l'oceano scintillante e le sabbie color crema della baia. Main Street, che sfruttava l'orda di vacanzieri, osservatori di balene, amanti della natura e pescatori sportivi, che occupavano la città durante l'estate. Dall'altra parte della strada, all'ombra delle palme e dei robusti pini di Norfolk, attrezzature da gioco, panchine, tavoli da picnic e una toilette erano sparsi lungo una lingua di prato separata dalla spiaggia da una stretta striscia di dune. Ora il parco era vuoto. Nessun bambino che sgambettava, sfrecciando avanti e indietro sulle altalene o appeso a testa in giù sulle strutture da arrampicata, nessun cane che annusava e tiravaal guinzaglio, nessun genitore che spingeva i passeggini, che spalmava la crema solare ai suoi piccoli o stendeva coperte all'ombra. Persino i gabbiani, affamati di patatine indesiderate, erano volati di nuovo al largo.

Lo studio di Terry era in un caffè alla fine della parata di negozi, situato tra un motel e un parrucchiere. Il caffè era chiuso per la stagione. Lui le aveva detto di fermarsi in fondo al parco. Infilò il suo album di schizzi nella borsa e aprì la portiera del lato guida. Mise un piede sull'asfalto e una raffica scosse l'auto, minacciando di sbatterle lo sportello sulla coscia. Appoggiò la spalla alla portiera e la socchiuse in piedi. Volendo ritrovare la calma, si diresse verso le dune e fissò le onde che si infrangevano sulla riva, grata per l'ampiezza della sabbia dorata tra lei e quell'acqua senza freni.

Terry aprì la porta del caffè prima che lei bussasse. Doveva averla vista arrivare. Stava in piedi davanti alla porta, bloccando il suo ingresso. Una miscela inebriante di solventi e un ricco odore di cuoio aleggiava all'esterno. Lei era consapevole di sé e ancora piena di dubbi. Un colpo di vento la spinse in avanti e lui colse l'occasione per offrirle un abbraccio di benvenuto. 'Ciao', disse, e un'altra parte di lei voleva cadere tra le sue braccia.

Lo seguì in un vestibolo e attraverso una serie di porte di vetro. Il suo studio occupava circa la metà della zona pranzo del caffè, uno spazio cavernoso con un pavimento grigio industriale, pareti imbiancate e finestre a tutta altezza che davano sull'oceano. I tavoli spinti contro le pareti erano cosparsi di pelle in varie tonalità di marrone, da strisce strette a pelli intere. Terry la condusse al suo banco da lavoro, ingombro di ritagli di pelle e una serie di attrezzi manuali.

'Finisco subito', disse senza scusarsi.

Lo guardò tagliare un pezzo di cuoio. Aveva un modo di fare laborioso, concentrato e serio. Anche così, si chiese se il suo apparente impegno non fosse artificioso.

'Come hai iniziato a scolpire il cuoio?'

'Facevo il sellaio prima di frequentare la Canberra School of Art'. Fece una pausa. 'Lì sono stato ispirato dal lavoro di Rex Lingwood'.

'Rex Lingwood?'

'*Il* maestro scultore di cuoio'.

Senza alzare lo sguardo dal suo banco, descrisse a lungo i processi di lavorazione del cuoio, la bagnatura, lo stampaggio e l'allungamento, e l'incollaggio, l'intaglio e la lucidatura. Poi si pulì le mani su uno straccio e le passò una rivista d'arte aperta su una recensione di scultura in cuoio.

Lesse rapidamente l'articolo e poi iniziò a girare per la

stanza. Una pila di grossi quadrati di compensato era appoggiata a una parete. Alcuni pezzi mezzi finiti che non la attiravano. Poi notò un pezzo finito appoggiato al muro più lontano. Montato su un grande rettangolo di compensato dipinto di nero c'era la forma tridimensionale di un torso umano alato. Era sinceramente impressionata. 'Wow!' disse ad alta voce.

Terry alzò lo sguardo. 'È per una mostra a Sydney'.

'È straordinario'.

'È Eros'.

'Il dio del desiderio sessuale'.

'Il dio della passione'.

La maestria artistica di Terry pugnalò inaspettatamente la sua creatività. Messa sotto la sua luce, aveva poche ambizioni. I gioielli che faceva a Malta non facevano testo. E i suoi schizzi incompleti dell'albero morto e senza rami nel recinto del vicino non erano nemmeno da principiante. Si sentiva una dilettante. Non aveva fatto altro che far penzolare un pennino in acque artistiche da quando era arrivata in Australia. Non era sicura di volerlo fare. Aveva perso la sua passione, la sua creatività si era avvizzita come una prugna secca. Era una sciocca senza direzione. Si chiedeva se in lei la luce dell'eros brillasse fiocamente. Ma non poteva essere vero. La sua passione per Carlos era intensa.

Terry prese la sua borsa di pelle e le chiavi della macchina. 'Scusami. Ora, sono tutto tuo'.

Lei rimase in silenzio. Non aveva idea di cosa dirgli.

'Ti piacerebbe tornare a casa mia?'.

Esitò. 'Dovrò far sapere a mia madre quando tornerò'.

'Sei un'adulta, Yvette.'

'Si preoccuperà.'

Terry e un amico condividevano un cottage con una

struttura ad A costruito su un ripido pendio alla periferia della città. Yvette salì una scala di legno fino alla porta d'ingresso. Terry la seguì da vicino. Il lato nord della casa era rialzato, con una veranda che dava su alti eucalipti. All'interno, una zona giorno a pianta aperta conduceva alle camere da letto.

1.7

Nei giorni in cui non puliva le camere dei motel, andava in macchina allo studio di Terry. Dopo quella prima visita lasciò l'album da disegno a casa. Senza di esso era pigra e svogliata. Guardava Terry lavorare. Si sedette all'estremità di un tavolo e dondolò le gambe. Sfogliò le sue riviste d'arte finché la noia la portò fuori a vagare nel parco e sulla spiaggia, dando calci alla sabbia e raccogliendo conchiglie. A volte stava sulla linea di galleggiamento in soggezione alla pianura ondeggiante di zaffiro, allo schianto e al risucchio veloce delle onde. Quando si sentiva coraggiosa, immergeva le dita dei piedi nella spuma.

All'ora di pranzo andava dall'altro lato della strada alla panetteria per due pasticci di carne. Terry amava i pasticci di carne. Lei no. Andava al supermercato per la frutta.

Si era affezionata alla sua figura esile. Trovava che la sua taglia le desse forza. Anche a Terry piaceva la sua magrezza, ma per una ragione completamente diversa. Diceva che la sua forma era perfetta. Lui le stringeva le mani sui seni, mormorandole all'orecchio che se fossero stati più grandi di una mano sarebbero stati uno spreco. Le stringeva le natiche, le lisciava i palmi sulla pancia piatta e le circondava il polso con il pollice e l'indice. Quando lui le sussurrava di amarla, lei era sicura che intendesse solo il suo corpo.

Il che spiegava perché con Terry non le piaceva il sesso. Non poteva essere perché lui puzzava di pasticci di carne. Non era così volubile. E non poteva esserci altra ragione per la sua mancanza di desiderio per lui. Aveva un gran fisico. Era brillante, spiritoso e chiacchierone. E il suo amore era un balsamo per il suo cuore ferito. Ma lei non era in sintonia con lui. Il suo corpo era intorpidito. Terry non ne aveva idea. Fingeva di rispondere. Gemeva per le sue carezze. Gettava la testa indietro e ansimava per convincerlo che lui la soddisfaceva, ogni volta.

E aveva mentito quando gli aveva detto che lo amava.

Terry possedeva un blocco di cespugli di quaranta acri ai piedi di una montagna vicina. Un caldo giorno di primavera, quando il vento era calmo, suggerì a Yvette di dare un'occhiata. Dopo dieci minuti di viaggio, lei aveva perso la fiducia negli standard di guida australiani. Chiunque avesse concesso la patente a Terry era inimmaginabilmente permissivo o pazzo. Terry passava più tempo a guardare lei che la strada. Guidava troppo veloce. Teneva il volante a ore sei con la mano sinistra, sovrasterzando e virando verso la corsia d'emergenza e andando a sbattere sui catarifrangenti sul lato sbagliato dell'autostrada. Vedendola afferrare il sedile, le diede una pacca sulla coscia e disse: 'Fidati di me. Non ho ancora distrutto una macchina'.

Ancora?

Lasciando l'autostrada, si diresse su una strada sterrata che si snodava tra i burroni e gli speroni della montagna. Terry si fece strada a scatti intorno alle buche, sbandando sui corrugamenti e finendo sul lato sbagliato della strada. Quando arrivò a una curva e uscì dall'altra parte sbandando, lei sussultò.

Lui si mise a ridere. 'Sei al sicuro'.

Non si sentiva minimamente al sicuro. Poteva essere un'amante del rischio, ma questo non era il tipo di rischio che aveva in mente.

Si fermarono in una piccola radura accanto a una capanna di mattoni di fango senza tetto. Prima di aprire la portiera del passeggero si asciugò il sudore dai palmi delle mani. Si sentiva come una marionetta con i fili impigliati in un ventilatore.

Lui la prese per mano e la condusse su un ponte di legno rustico. Lei ficcò la testa in una delle cavità delle finestre. Non c'erano muri interni. Il pavimento era un incrocio di travi e travetti.

'Cosa ne pensi?' disse, sorridendo.

Era stupefatta. Raccogliendo l'entusiasmo disse: 'Fantastico', sperando privatamente che questo non portasse dove pensava.

Ritirò la testa e si guardò intorno. Il posto era inquietante. La foresta di alberi di gomma adombrava la casa, i loro rami contorti che andavano giù come dita di strega.

'Ti ho sognato la scorsa notte', disse. 'Eri qui in piedi in un lungo vestito rosso come una principessa delle fiabe. Ero in piedi accanto a te e ti tenevo la mano'.

Sentì un'increspatura di allarme mista a incredulità. Il sogno di Debbie era quasi identico. 'Che romantico', disse, mascherando il suo disagio.

'Sarò il tuo bel principe'. Le sollevò il viso verso di lui. 'E ti sposerò.'

Lei non rispose. Si conoscevano solo da poche settimane.

'Sei vulnerabile', continuò. Hai bisogno di qualcuno che ti protegga'.

Cosa gli aveva dato questa idea? Non si era innamorato di

lei. Era innamorato della ragazza nel bosco della sua fantasia. Il cavaliere su un destriero pronto a salvare la damigella in difficoltà. Lei sarebbe stata un'estensione del suo ego. Era una follia. Ma si sentì cedere. Era un uomo gentile, un uomo buono, orgoglioso ma sincero. Non l'avrebbe mai ferita come aveva fatto Carlos. Poteva costringersi ad amare un uomo per il quale non aveva sentimenti?

Tornata a casa, si sedette con le braccia conserte sul petto, le mani che stringevano la carne. Fissava fuori dalla finestra le montagne in lontananza, furiosa per il fatto che sua madre e sua sorella si fossero accordate per influenzare la sua vita. Non avevano il diritto di interferire. L'origine delle sue elucubrazioni era la perdita del suo bambino non ancora nato. Voleva disperatamente rimpiazzare il bambino che aveva abortito, che era stata spinta ad abortire, da Carlos. E non avrebbe mai rischiato di avere il figlio di Terry. Sulla via del ritorno dal suo blocco di cespugli, lui le aveva detto di aver scaricato la sua ultima ragazza perché la sua pancia post parto non era di suo gradimento. Lei aveva avuto un cesareo. Diceva che non gli piaceva una donna se la sua pancia non era piatta come un'omelette. Che razza di uomo pensa questo? Sicuramente quello profetizzato della chiromante. Si stese un braccio protettivo sulla pancia e decise di porre fine alla relazione e alla connivenza.

1.8

Senza Terry nella sua vita era di nuovo irrequieta. Non poteva sopportare un'intera estate a pulire camere di motel. Un pomeriggio, era seduta sul pavimento cercando di non impegnarsi con *Il tempo della nostra vita* quando il suo telefono squillò. Era Thomas, il suo amico di Londra che si era trasferito a Perth a luglio per stare con il suo ragazzo. Aveva conosciuto Thomas a un concerto di Noah and the Whale a Notting Hill sei anni prima. Era il suo ultimo anno di master. Dopo che la band di supporto aveva lasciato il palco e stavano aspettando l'atto principale, iniziarono una conversazione su David Hockney. Thomas aveva visto quel giorno le opere dell'artista alla Tate. Le era sembrato eccentrico ma gentile e da allora erano rimasti amici.

Dopo essersi aggiornati sulla sua nuova vita in Australia, lei fu reticente e vaga quando lui le chiese dove fosse.

'Australia? Pensavo fossi a Bali'.

'Storia lunga. Ho chiuso con Carlos'. Continuò a spiegare le sue circostanze nel modo più succinto possibile, omettendo l'aborto.

'Ma tu sei australiana. Doppia cittadinanza o qualcosa del genere'.

'Temo di no.'

'Ma non puoi prolungare un visto turistico. Avrai un bel daffare per ottenere la residenza se lo fai'.

'Lo so.'

'Dovrai trovare qualcuno da sposare'.

'Non mettertici anche tu. Questo è quello che dice mia madre'.

'Ha ragione. È una cosa risaputa'. Fece una pausa. 'Quindi dove sei esattamente, geograficamente parlando'.

'Nuovo Galles del Sud'.

'Beh, pensa un po'! Siamo vicini di casa'.

'Improbabile', disse lei, chiedendosi se lui sapesse anche dove fosse il Nuovo Galles del Sud.

'Potremmo almeno recuperare il tempo perduto'.

'Mi piacerebbe visitarla. La fattoria è, beh...' guardò sua madre per assicurarsi che non stesse ascoltando. Non stava ascoltando. 'Intollerabilmente noiosa'.

Le disse che aveva appena acquistato un bilocale in un sobborgo vicino al centro della città. 'Perché non ti trasferisci qui?'

'A Perth?'

'Puoi stare nel mio vecchio appartamento fino alla scadenza del contratto d'affitto'.

Dopo dieci anni di separazione, voleva davvero troncare di nuovo il rapporto con sua madre mettendo tra loro la tutto il continente? L'unico altro commento che la chiromante aveva fatto era che avrebbe fatto meglio a stare lontana dalla sua famiglia. All'epoca aveva ignorato l'osservazione, ma dopo gli avvenimenti più non poteva essere più d'accordo.

'Quando posso venire?'

'Quando vuoi'.

Aspettò che i titoli di coda iniziassero a scorrere e che Leah sparisse fuori prima di accendere il computer di Leah e cercare il percorso più economico. Prenotò l'autobus per Melbourne e un biglietto aereo di sola andata per Perth. Sarebbe partita quattro giorni dopo. Un rapido controllo della sua casella di posta elettronica - non c'era altro che spazzatura - poi uscì e vagò per il giardino, trovando sua madre che raccoglieva fave.

'Mamma'.

'Sì?' Sua madre non alzò lo sguardo.

'Mi trasferisco a Perth'.

Leah scacciò un'ape curiosa con un leggero movimento della mano, poi continuò a raccogliere fagioli. 'Perth?' disse. 'Perché Perth?'

Yvette glielo spiegò mentre lo scolapasta si riempiva di baccelli di fagioli.

'Sei sicura?'

'Non posso restare qui, mamma.'

'Non sei felice, è ovvio.'

'Mi mancherai'.

'Mi mancherai'.

'Almeno questa volta non è dall'altra parte del mondo'.

'Solo un intero continente'.

'Puoi venirmi a trovare.'

'Beh, buona fortuna'.

Seguì sua madre all'interno e l'aiutò a sgranare i fagioli, chiedendosi se avrebbe mai potuto affrontare il ritorno in questa sonnolenta e isolata zona di confine dove la sua famiglia, per una ragione che rimaneva inspiegabile, aveva scelto di svolgere le sue minuscole vite.

PARTE SECONDA

2.1

Stava in piedi nel corridoio accanto al suo posto in fondo alla fila. Dietro di lei, gli altri passeggeri si spintonavano per un posto nella coda serrata. Dopo dieci ore di autobus, un'altra ora di transito fino all'aeroporto di Tullamarine e una noiosa attesa di tre ore per un volo di quattro ore attraverso le viscere desertiche dell'Australia, la sua pelle si sentiva sporca e appiccicosa e desiderava ardentemente un posto, ovunque, tranquillo, fresco e calmo.

Invece lo steward aprì la porta posteriore dell'aereo e Perth la accolse con una folata di aria calda e secca. Novembre, e ci saranno stati quaranta gradi.

Il calore era allo stesso tempo esotico e familiare, il calore con cui era cresciuta a Perth, il tipo di calore che aveva desiderato tutti quegli anni a Londra, il calore che l'aveva attirata a Malta. Dirigendosi verso l'ombra dell'edificio degli arrivi in vetro e cemento, si sentì euforica, fino a quando il ricordo le trafisse la testa e, per qualche secondo, le venne la testa leggera. Rallentò il passo, respirò profondamente e fissò l'asfalto. Era tornata alla scuola elementare. Quanto aveva detestato quella scuola. Più di ogni altra cosa aveva detestato l'assemblea mattutina.

Il sole del mattino era caldo. Giovane com'era, ai suoi occhi inglesi il preside sembrava assurdamente casual in una camicia a maniche corte e pantaloncini e calzini accuratamente misurati. Ma Yvette lo prendeva sul serio mentre faceva la predica alle file di bambini con severa autorità. Solo che lei non poteva ascoltare. Stava in fondo alla coda della sua classe, con gli occhi incollati all'asta della bandiera, desiderando che la bandiera australiana sventolasse. La bandiera pendeva floscia, e lei si afflosciò all'interno e barcollò attraverso il parco giochi fino ai bagni.

Aveva sei anni, una inglesina timida e gracile, un facile bersaglio per quei chiassosi bambini australiani. Lei li evitava. A ricreazione e all'ora di pranzo si sedeva su una panchina all'ombra della menta piperita più lontana dal negozio di alimentari, e faceva scendere il groppone nella sua pancia insieme ai panini alla marmellata. Sua madre non riusciva a capire perché insistesse con la marmellata. Neanche lei riusciva a capirlo all'epoca. Ora lo sapeva. La marmellata era amara. Già allora aveva avuto il senso del simbolico.

Le settimane passarono e lei si adattò al caldo, agli edifici e all'odore delle foglie di eucalipto, ma non ai ragazzi australiani. Si fece due amiche, Melissa Kovac, una bella ragazza bosniaca dagli occhi grandi, e Heather McAllister, che divenne immediatamente la migliore amica di Yvette. Heather era una ragazza grassottella con i capelli neri ricci e gli occhi blu-verdi, la cui famiglia era arrivata in Australia dalla Scozia circa nello stesso periodo di Yvette. Heather era nella stessa classe e si sedettero insieme all'ombra degli eucalipti per mangiare il loro pranzo. Il panino di Yvette era passato dalla marmellata al burro al limone, ancora aspro ma liscio e cremoso.

La famiglia di Melissa si trasferì a Melbourne circa un anno dopo e Yvette non ebbe più sue notizie. E quando Yvette stava per compiere nove anni la sua famiglia partì per l'Inghilterra e lei perse i contatti con Heather.

Giovane com'era, Yvette avrebbe potuto cercare di tenersi in contatto. Eppure, aveva preferito tenere Heather chiusa nel suo passato. Per una ragione a lei sconosciuta, soffriva di un'assurda resistenza a mantenere le vecchie amicizie. Amici immobili come in una fotografia, con gli stessi valori, interessi e convinzioni che avevano avuto quando li aveva conosciuti, raccoglitori di muschio mentre solo lei rotolava nella vita come un sasso liscio. Anche Thomas. L'ultima volta che si erano incontrati si stava riprendendo dopo essere stato preso a pugni in faccia da una giovane donna arrabbiata nella metropolitana di Londra. Il suo orgoglio era più ferito del suo occhio. Ed era furioso con Yvette per aver riso così tanto da farle colare rivoli di mascara sulle guance. Ora era in apprensione. Doveva sforzarsi di accettare la possibilità che Thomas fosse un po' meno paranoico e un po' più fiducioso, e che nei sei mesi in cui aveva vissuto a Perth avesse assorbito un po' dello stile di vita rilassato australiano.

La grande camera acustica della sala arrivi ospitava una sommessa cacofonia di trambusto e chiacchiere, tonfi e cigolii di ruote di carrelli, e una voce chiara e alta che si stagliava sul resto con annunci. Yvette si strinse a un gruppo di donne con bambini piccoli e notò Thomas in attesa accanto a una fila di sedili. Lui la salutò con un leggero bacio sulla guancia. Il suo viso rotondo, le labbra carnose e gli occhi azzurri erano esattamente come lei li ricordava. Basso e robusto, vestito con una maglietta bianca aderente e dei jeans, con la testa rasata che gli incorniciava il viso incolto, aveva assunto una specie di stile alla George Michael, senza brio.

'È bello vederti', disse.

Lei non era convinta che lui dicesse sul serio. Gli occhi di lui passarono dal viso di lei ai suoi piedi e scorsero nervosamente il salone. Sfoggiava una maglietta viola larga che pendeva da un paio pantaloni aderenti punk, striature di nero e rosa lurido su uno sfondo bianco. Quando li aveva trovati nel negozio di Cobargo era rimasta estasiata, il villaggio era diventato immediatamente più attraente. Circondata ora da gente abbronzata in pantaloncini e infradito e da altri vestiti uniformemente in stile grande magazzino, si sentì improvvisamente ridicola. Sentiva un desiderio travolgente di fondersi, di appartenere all'ordinario. E un impulso altrettanto potente di stare in disparte.

'Andiamo'. Passò a Thomas la borsa di tela che le aveva dato sua madre, e afferrò una copia del *West Australian* piegata su un sedile vicino. Poi aggiustò i manici della borsa da viaggio che le pizzicavano la spalla e si diresse verso le porte d'uscita.

Thomas impiegò cinque minuti per rimuovere il pesante aggeggio di metallo che aveva bloccato al volante della sua Honda Civic. Un modello d'epoca dipinto di un verde pisello sgradevolmente intenso, l'auto aveva l'aspetto di una gelatina. Alla fine, avviò il motore e mise la leva del cambio in retromarcia.

Lei rimase seduta sul suo sedile in un silenzio perplesso, mentre lui manovrava l'auto fuori dal parcheggio, con il volto lacerato da una concentrazione tesa. Dirigendosi verso la città, lui guidava lentamente nella corsia interna di un tratto di strada a doppia corsia, con le auto che passavano sulla destra. Non le dispiaceva la sua prudenza. Le dava la possibilità di osservare con calma il paesaggio stradale. Ed era scioccata dall'espansione dell'occupazione americana che si era verificata in sua assenza, una carestia visiva che non aveva colto all'ottusa età di dodici anni, una distesa di autosaloni, stazioni di servizio, magazzini di discount, sale di esposizione di mobili, fast food e negozi di bottiglie drive-through per lavare le fesserie culturali. Tutti i tipi di imprese che si pubblicizzavano con palese disprezzo per qualsiasi estetica. O'Keeffe avrebbe impacchettato il suo cavalletto con disgusto.

'Non posso credere a quello che è successo a questo posto', disse. 'E non c'è coesione, solo un nastro di attività commerciali, ognuna con il suo parcheggio. Nemmeno un sentiero di collegamento. Cosa pensavano gli urbanisti?'

Senza muovere la testa, Thomas ridacchiò in quel suo modo distinto, familiare e confortante allo stesso tempo.

'Autopromozione all'americana', disse.

'Vistoso e rumoroso'.

'Carenza di stile'.

'Un'accozzaglia priva di orgoglio civico'.

Ridevano entrambi, ma un'altra parte di lei sprofondava piatta come il paesaggio, sperando ad ogni semaforo che l'aspetto di questa metropoli migliorasse più si avvicinavano al suo centro.

Un'ora dopo, Thomas svoltò in una strada alberata di Maylands e si fermò nel parcheggio davanti a un caseggiato di palazzine. Guardò con sgomento il semplice edificio di mattoni bordato da file di balconi di cemento, l'intero edificio totalmente privo di fascino.

Non c'era ascensore. Diede la borsa a Thomas e, seguendolo, portò il suo borsone su per sei rampe di scale di cemento, entrando in un corridoio di moquette che puzzava debolmente di acre, fermandosi circa a metà strada sulla sinistra. Si preparò a quello che sarebbe successo.

Certo, l'appartamento era ignobile. Una stanza rettangolare dipinta di un color crema istituzionale, divisa in fondo da una panca da cucina. Oltre la cucina c'era una porta scorrevole che portava ad un balcone. Di fronte al banco della cucina, una porta conduceva a una camera da letto e, attraverso questa, a un bagno senza finestre. Osservò in una sola occhiata il semplice divano grigio, il piccolo tavolo da pranzo in formica e tre sedie imbottite in vinile, e nella camera da letto, un armadio di melamina malconcio e un materasso a due piazze sul pavimento. La mancanza di sbarre alle finestre e di una chiave per aprire la porta d'ingresso furono tutto ciò che le impedì di gridare: 'Fatemi uscire di qui!'

Nascondendo il suo dispiacere, si rivolse a Thomas. 'Grazie mille per avermi permesso di restare'.

'Ho lasciato il frigo acceso'.

Mentre andava ad aprire la porta del frigorifero lui disse: 'Ma è vuoto'. Lui esitò. 'C'è un negozio dietro l'angolo'. Lui guardò l'orologio poi catturò il suo sguardo con un sorriso di scusa. 'Anthony dovrebbe venire a casa mia tra poco'.

Combatté l'impulso di piangere.

'Ti chiamo più tardi'.

E se ne andò.

2.2

Aprì la porta del balcone e fece un passo fuori. La vista era impressionante in un modo moderno, le jacarande e gli alberi della gomma, i tetti suburbani e lo skyline della città di Perth a ovest. C'era una profondità di campo soddisfacente, piacevoli variazioni di altezza, ma la luce era troppo sfacciata e i dettagli troppo insipidi per giustificare il temperare una matita.

Stava per sporgersi oltre il muro di cemento per esaminare il terreno sottostante, quando notò un sacchetto nero della spazzatura nell'angolo più lontano del balcone. Non era chiuso bene, il moscerino che vi ronzava intorno era sicuro di trovare un punto d'ingresso. Prese il sacchetto per il nodo e si ritrasse, gli odori distinti di cibo rancido e carne marcia erano così forti che le mancò il respiro. Andò a puntellare la porta d'ingresso, tornò di corsa a prendere la busta e si affrettò a scendere le scale. File di bidoni verdi erano allineati lungo una recinzione. Gettò il sacchetto in uno di essi e seguì una scia di goccioline fetide fino all'appartamento.

Decidendo di fare le cose al meglio, usò il secchio di detersivo e il vecchio straccio che Thomas aveva lasciato accanto al lavandino, e pulì le credenze, dentro e fuori, e le panche, il fornello, il frigorifero e il pavimento. Poi andò a fare la spesa. Non comprò molto. In parte perché era al verde, e in parte perché qualsiasi cosa comprasse doveva trascinarsela su per quelle scale. Tornò con due borse della spesa.

Entrando di nuovo nell'appartamento si ritrasse. Si trattava di una cospirazione di urbanisti e architetti per deprimere il gusto della popolazione, renderla ottusa, insensibile e compiacente, accettando passivamente l'istituzionalizzazione del mondo? Dovette raccogliere tutta la sua determinazione per sopportarlo.

Spogliò le borse della spesa del loro contenuto, mettendo il latte, il burro e le uova nel frigorifero insieme a una piccola selezione di verdure, e il tè e lo zucchero, e un barattolo di pomodori e un pacchetto di pasta in una delle credenze. Poi disfò le sue cose, liberando dai vestiti una manciata di posate, una ciotola, due piatti, due bicchieri e due tazze, e un vecchio bollitore e un tostapane che sua madre aveva conservato per l'eventualità che la figlia lasciasse la casa. Quando ebbe finito, riempì il bollitore e preparò una tazza di tè, prendendo una delle sedie di vinile e aprendo il giornale che aveva preso dalla sala degli arrivi, curiosa di vedere cosa passava per notizia in questo Stato.

Si fece largo tra le solite notizie di pestaggi, retate di droga, scandali ricchi e sfarzosi e tempeste politiche, fermandosi a leggere con lieve interesse una recensione di quel documentario sui richiedenti asilo che sua madre aveva guardato, il giornalista che spiegava alcune delle difficoltà umanitarie che si erano presentate nel corso degli anni, citando un esempio in cui c'era stato uno stallo tra Australia e Indonesia per una barca di richiedenti asilo, nessuno dei due paesi disposto a portare le persone a riva. Che scenario ridicolo. Qualcuno deve mostrare un po' di umanità, pensò. Altrimenti, cosa avrebbe dovuto fare quella gente? Rimanere nell'oceano per sempre?

L'articolo era lungo, troppo lungo per mantenere la sua attenzione. Chiuse il giornale con disgusto e si fece una doccia fresca. Poi rifece il letto con le lenzuola che le aveva dato sua madre e si sdraiò, fissando il globo luminoso appeso al centro del soffitto. E adesso? Pensò di leggere un libro, ma non ne aveva uno. Non poteva ascoltare la musica. Aveva lasciato i suoi CD, insieme ai suoi gioielli, al portatile, alle foto, agli schizzi, ai colori e ai pennelli a casa di Carlos. Non aveva nemmeno una radio. E il silenzio era claustrofobico. Prese la sua borsa a tracolla appoggiata al battiscopa e rovistò alla ricerca di una matita e del suo album da disegno.

Sfogliò dieci schizzi di alberi morti, nessuno degno dell'attenzione della sua matita. Giunta a una pagina bianca, fu inaspettatamente affollata di ricordi, prigionieri che mettevano a dura prova il recinto di corda che aveva eretto da tempo nella sua mente.

Forse tornare a Perth non è stata una buona idea.

Disegnò un grande ovale e segnò in quale punto del viso sarebbero andati il naso e gli occhi. Il suo ritratto. Quello che aveva dipinto nel suo primo anno lì. Era così orgogliosa. Gli aveva fatto un ciuffo di capelli neri, grandi orecchie, occhi rotondi e ravvicinati, un naso lungo con narici dilatate e una bocca larga piena di denti affilati come pugnali. Guardando indietro vedeva l'opera come il suo unico capolavoro espressionista. Sua madre pensava che lei lo avesse catturato alla perfezione. Effettivamente era così, pensava. Suo padre non era stupido, anche se a sua madre piaceva chiamarlo 'idiota'. Non era nemmeno pazzo, ma quando sorrideva aveva un'aria di folle stupidità, quel genere di sciocca, insensata follia che si trasfigurava, insieme al suo aspetto, in qualcosa di terrificante quando scattava la sua rabbia. Il che accadeva tanto spesso quanto l'alba. Non era un uomo potente, allampanato e con il torso a botte, con le spalle inclinate e i tic nervosi. Sua madre usa dei soprannomi con lui. A volte lo chiamava 'vecchio stronzo idiota o 'dito in culo. Doveva averlo odiato. Yvette lo aveva amato. Per questo, quando lui vide il suo ritratto e lo fece a pezzi, lei pianse.

Yvette chiuse l'album da disegno e poi gli occhi.

Thomas le telefonò in tarda serata.

'Come ti stai ambientando?', disse.

'Ho fatto un po' di pulizie', disse lei vivacemente. 'Ho tolto la busta della spazzatura che hai lasciato sul balcone'.

'Oh, quello? Non era mio. Era lì quando mi sono trasferito'.

Il labbro superiore di Yvette si arricciò in automatico. Thomas non era il più igienico degli uomini, le lenzuola del suo letto nel suo funzionale appartamento londinese sembravano così sporche e puzzavano così tanto che quando lui le offriva di scegliere tra il suo letto e il divano lei sceglieva sempre il divano.

Accettò il suo invito a cena a casa sua la sera seguente, curiosa di vedere che tipo di casa aveva ora, e riattaccò il telefono.

Quando decise che ne aveva avuto abbastanza della giornata, si girò per spegnere la luce della cucina. Qualcosa di piccolo e nero si mosse sul pavimento. Pensò che fosse meglio ignorarlo. Si lavò i denti e si mise una maglietta per andare a letto. Tornata in cucina, aprì una credenza per prendere un bicchiere. Dentro, sul retro della credenza, c'erano tre insetti neri e lucidi. Aprì le altre ante della credenza. Ed eccoli lì, tutti quanti, che strisciavano, si muovevano, si muovevano con le loro lunghe antenne.

Scarafaggi.

Si piegò con repulsione. Peggio delle formiche, peggio delle mosche, al primo posto insieme ai ratti nella sua gerarchia di parassiti vili e sporchi. Ed erano ovunque. Uno si era perfino fatto strada nel frigorifero.

Sbatté le ante del mobiletto e si sciacquò e riempì il bicchiere in bagno. Sperando che gli scarafaggi non avessero trovato la strada per la camera da letto, arrotolò un asciugamano e lo infilò nella fessura sotto la porta del soggiorno. Spense la luce e chiuse gli occhi. Non osò aprirli per paura di scorgere nell'oscurità uno scarafaggio che strisciava sul muro accanto al letto.

2.3

L'appartamento di Thomas era quattro isolati più vicino alla città, nel sobborgo adiacente di Mount Lawley. Era una serata calda. Yvette camminava lungo le piatte strade di periferia schivando gli spruzzi degli irrigatori da giardino che innaffiavano i prati tagliati con cura. Ammirava il baldacchino delle jacarande, il loro spettacolo floreale di trombe viola, i fiori caduti che spolveravano il marciapiede come grassi coriandoli. Se fosse stata più simile a Séraphine Louis e meno a Georgia O'Keeffe nel suo approccio artistico, più incline al caos che al controllo, sarebbe stata in un paradiso creativo proprio qui su questi marciapiedi.

Invece, continuò a camminare, decisa a sfruttare al massimo la sua nuova vita a Perth, decisa, quindi, a godere di qualsiasi piacere sociale che Thomas aveva da offrire.

Accessibile da una passerella esterna, l'appartamento di Thomas si trovava al secondo piano di un edificio di mattoni nello stile delle case popolari. La porta dell'appartamento era socchiusa, così lei la aprì ed entrò direttamente in una cucina piena di vapore. Thomas strappava freneticamente manciate di spaghetti dal lavandino e li gettava in uno scolapasta. Sul fornello, in piena ebollizione, una casseruola piena di sugo alla bolognese borbottava all'impazzata.

'Posso aiutarti?' disse lei.

Thomas emise un piccolo guaito prima di mettere un coperchio sullo scolapasta. Riprendendo la sua compostezza, disse: 'Sei in anticipo?'

'In perfetto orario. Ha un profumo fantastico'.

Gli baciò la guancia prima di sedersi a un piccolo tavolo di legno. Al di là della cucina, il soggiorno aveva le stesse dimensioni e lo stesso fascino del suo appartamento. Un'accozzaglia di libri, carte, vestiti e CD occupava ogni posto a sedere e tutto il pavimento, tranne una piccola area occupata da un leggio e dal violino di Thomas.

Thomas le porse un bicchiere di vino rosso.

'Dov'è Anthony?' disse lei.

'Non si è presentato'. Uno sguardo di sconforto apparve sul suo volto. Sembrava vicino alle lacrime. 'Non funziona'.

'Mi dispiace.'

Thomas si voltò a prendere lo scolapasta.

Yvette sorseggiò il vino. Aveva un retrogusto acuto e metallico.

'Qual è il problema?' chiese lei.

'Non vuole impegnarsi. Dice che vuole una relazione aperta'.

'Mi dispiace', disse di nuovo. Davvero, cosa poteva dire?

'Anche a me', disse lui dandole le spalle.

Mise gli spaghetti nei piatti, mise la pentola su un pezzo di legno al centro del tavolo e le offrì un mestolo.

'Serviti la salsa'.

'Grazie'. Desiderosa di rafforzare la sua solidarietà, disse:

'Non ti sei trasferito dall'altra parte del mondo per condividerlo con altri uomini'.

'E' sempre stato un farfallone. Ma pensavo che volesse me'. Thomas versò due mestoli di sugo sui suoi spaghetti, infilò la forchetta e la fece girare in tondo senza una pausa prima di ficcarsi in bocca una quantità sgocciolante. Girò alcuni fili di spaghetti sulla forchetta senza guardarlo. Povero ragazzo.

'Non so come fai a stare con lui', disse lei, realizzando, mentre parlava, che aveva fatto proprio questo con Carlos fino a quando non era rimasta incinta.

'Potremmo lasciarci'.

'Cosa farai? Tornerai in Inghilterra?' Dovette reprimere un'ingiustificata sensazione di abbandono.

'Ci ho pensato. Ma ora ho comprato questo posto'.

Non riusciva a capire come qualcuno potesse affezionarsi ad un posto del genere. Ma si sentiva sollevata.

'E poi c'è il mio lavoro', continuò, prendendo lo strofinaccio macchiato sull'asse di scolo alle sue spalle per pulirsi la bocca.

'Programmazione di computer? Pensavo che la odiassi'.

Lui evitatò il suo sguardo. 'Paga bene e i miei colleghi sono amichevoli. Sembra che mi trovi bene'.

Lei lasciò perdere le sue giustificazioni senza sfidarlo.

Passarono il resto della serata sdraiati in diagonale sul suo letto sfatto, discutendo di arte, poesia e musica, un elisir di conversazione. Finirono una bottiglia di vino e ne aprirono un'altra. Yvette si sentiva attratta da lui, non fisicamente, ma c'era un'intimità tra loro, nata dall'affetto e dalla storia condivisa. Ricordavano il passato. Lunghe passeggiate a Hampstead Heath. Le domeniche mattina al Camden Market. I cinema, i pub e i ristoranti economici che avevano frequentato. Delle due settimane trascorse con lei a Malta. Di come avevano visitato gli antichi templi e passeggiato lungo le spiagge rocciose dove le scogliere calcaree incontravano l'oceano, le loro voci alzate contro il vento, sezionando il corpo devastato della cultura dell'isola con le loro menti affilate come bisturi. Un'isola colonizzata da contadini dell'età della pietra migliaia di anni prima che arrivassero prima i greci, i fenici e poi i romani. Coinvolta nelle guerre bizantine, colonizzata dai governanti arabi dalla Sicilia, poi di nuovo in Occidente nelle mani dei Normanni, finendo infine per far parte dell'Impero britannico. Povera Malta assediata, nel sessantaquattro il suo popolo ottenne finalmente l'indipendenza dopo molte migliaia di anni, solo per essere colonizzata dai turisti, che almeno, dovevano essere d'accordo, tornavano a casa dopo i loro saccheggi generalmente meno dannosi.

'Mi identificavo così tanto con l'isola', disse Yvette. 'Mi rifiutavo di mischiarmi con gli stranieri. Anche i commercianti del mercato. Ma la gente del posto era un ghetto.

'Quindi, ti sei innamorata di Carlos'.

'Questo è un modo interessante di porla'.

Si puntellò su un cuscino. 'Ora sei qui. Malta è il passato'.

Lei si voltò verso di lui e si seppellì il viso tra le mani. Non aveva idea di quanto le sue parole bruciassero. Non poteva comprendere la profondità del suo attaccamento a quell'isola. E lei non gli aveva detto che era rimasta incinta. Non voleva che lui sapesse che Carlos l'aveva costretta ad abortire. Ora, con il cuore vuoto e la mente resistente, affrontava il blando paesaggio suburbano di Perth, con i suoi valori suburbani, le sue aspirazioni suburbane, inane, urbane e disgustosamente borghesi. Non aveva idea di come avrebbe fatto a trovare la sua strada. Una parte di lei desiderava sicurezza. Un'altra desiderava l'avventura. Entrambe erano attratte dal fascino della profezia dell'indovina. Era tutto ciò a cui poteva aggrapparsi.

Se ne andò poco dopo le undici. Avrebbe potuto rimanere sveglia tutta la notte, ma Thomas doveva lavorare il giorno dopo. E lei doveva *trovare un* lavoro. Un lavoro occasionale. Contanti alla mano. Ma non avrebbe più pulito camere di motel.

2.4

Con una tazza di tè in mano, Yvette sedeva sul pavimento del balcone, con la schiena contro il muro, scaldandosi le gambe al sole del mattino, e strizzando gli occhi ai piccoli annunci del giornale locale che aveva comprato ieri al supermercato. Un caffè turco a Leederville cercava delle cameriere. Mise da parte le sue perplessità, basate su una lealtà piuttosto superficiale verso gli abitanti originari della sua amata isola, Malta. Aveva acquisito la tendenza a diffidare di tutto ciò che era turco, in gran parte da Carlos che aveva una serie di pregiudizi roboanti, soprattutto verso i discendenti dell'Impero Ottomano. Sapeva già allora che il suo atteggiamento era ridicolo nella sua incoerenza. Seguendo quella strada, avrebbe dovuto diffidare dei francesi, dei libanesi e di chiunque venisse dall'Inghilterra. Ed era poco incline a diffidare di se stessa.

Entrò in casa e cercò Leederville sulla sua mappa stradale. Era a poche fermate di treno. Tornò fuori e compose il numero fornito nell'annuncio e fissò un colloquio più tardi quella stessa giornata.

Il caffè appena aperto si trovava in un centro commerciale

appena inaugurato, immacolato e odorante di vernice fresca, con pareti di vetro che davano sul parcheggio e sulla strada principale. La musica di sottofondo si mescolava a tutte le chiacchiere e al trambusto del centro commerciale, culminando in un muro di echi forti ma ovattati. I designer d'interni avevano fatto un tentativo nominale di infondere carattere a questa scatola intrinsecamente senza carattere, con filodendri torreggianti in grandi vasche di terracotta che facevano da sfondo alle panchine del parco. Ma per Yvette, l'attrazione singolare del posto era l'aria condizionata.

File di tavoli circolari riempivano lo spazioso interno del caffè. Alle tre non c'erano clienti. Il bancone era lungo con una macchina per l'espresso a un'estremità e un registratore di cassa all'altra. Dietro il bancone dell'insalata, una donna minuta di circa quarant'anni, con i capelli neri lisci tirati indietro, stava impilando baklava su un grande piatto.

Yvette si avvicinò con un sorriso allegro e disse: 'Ciao, sono venuta per il lavoro'.

La donna alzò lo sguardo, i suoi occhi scesero sull'abbigliamento di Yvette, osservando l'abito largo e lungo fino alla coscia e i sandali di cuoio che Yvette aveva ritenuto fino a quel momento adeguatamente eleganti.

La donna si pulì le mani sul grembiule e Yvette la seguì fino a un piccolo tavolo posizionato contro la parete di fondo sotto un vivace arazzo. La porta della cucina si aprì e un uomo dall'aspetto solido, anche lui con il grembiule, portò un piatto di dolci al bancone. La donna gli sorrise prima di riportare lo sguardo su Yvette.

'Mi chiamo Pinar,' disse con un marcato accento turco. 'Io e mio marito cerchiamo una bella cameriera'.

Fece alcune domande. Yvette creò degli aneddoti, tenendo lo sguardo di Pinar, facendo del suo meglio per trasudare fascino. Pinar sembrava dubbiosa. Yvette si chiese cosa dire per concludere il colloquio con successo. Alzando lo sguardo verso il muro appeso, disse con una certa sincerità: 'Che bell'arazzo'. Si mise una mano sul petto. 'Vorrei essere in grado di fare qualcosa di simile'.

Il viso di Pinar si illuminò di interesse. 'L'ha fatto mia madre'.

'Davvero? Lo adoro'.

Pinar guardò una donna con quattro bambini che camminava verso il bancone. Poi si sporse in avanti e disse a bassa voce: 'Ti pago in nero in contanti?'

'Sì.' Yvette era allo stesso tempo sollevata e perplessa. Pinar doveva correre un rischio enorme in questa nazione legata alle regole. Tuttavia, non aveva intenzione di mettere in dubbio i sotterfugi del suo nuovo datore di lavoro più di quanto avesse messo in dubbio quelli di Brenda all'hotel Cobargo.

'Cominci a lavorare domani?'

'Sì.'

'Vieni qui alle nove'.

Pinar disse a Yvette di vestirsi di nero con scarpe chiuse. Tornando a casa Yvette andò da Vinnies e si comprò un paio di scarpe nere da ginnastica e una maglietta nera aderente.

Fu un errore.

Quando Yvette arrivò al caffè per il suo primo turno, Pinar era in ordine, vestita con pantaloni neri su misura e una camicetta di cotone stirata. Guardò Yvette con una leggera disapprovazione prima di spingerla dietro il bancone. L'umiliazione si fece sentire nelle viscere di Yvette. Già rimpiangeva di essersi insinuata in un lavoro che sapeva avrebbe disprezzato.

Yvette seguì Pinar su e giù per il bancone, guardando attentamente mentre la donna le insegnava ad usare la macchina per l'espresso e ad assemblare e avvolgere i kebab.

Servì i suoi primi clienti con Pinar che la guardava con la stessa intensità.

Yvette era ansiosa di fare una buona impressione. Tagliava il pane pitta con finezza. Arrotolava i kebab in modo preciso. Era gentile con i clienti. Pinar sembrava soddisfatta e la lasciò in pace. Decisa a convincere Pinar del suo valore, Yvette sparecchiò i tavoli senza essere sollecitata. Puliva. Riforniva. Faceva tutto bene. Riusciva persino a fare dei caffellatte e dei cappuccini accettabili. Ma Pinar era orgogliosa del caffè perfetto, del latte sormontato da una schiuma vellutata e decorato con un motivo a forma di cuore. Yvette applicò tutto il suo allenamento e la sua determinazione, ma ogni volta che passava con una tazza in mano, Pinar sembrava delusa.

2.5

I clienti non sembravano badare ai cuoricini distorti di Yvette. Una donna di circa la sua età era entrata ogni mattina in quella prima settimana, aveva ordinato un caffellatte e si era seduta a un tavolo vicino alla finestra. Era una donna imponente dal viso gentile e aveva aperto un libro nel momento in cui si era seduta. Sembrava essere autonoma; Yvette non la degnò di una seconda occhiata. La loro unica interazione avvenne quando Yvette posò il suo caffellatte e la donna fece un breve commento sulla forma irregolare marrone che galleggiava sulla schiuma.

Venerdì, quando Yvette posò la sua tazza, la donna ridacchiò e disse: 'Diverso ogni volta, eh?'

'Non sono brava con i cuoricini', disse Yvette scusandosi.

'Sono sicura che lo sei.'

La donna trasudava bontà. Quel giorno era vestita con un morbido abito bordeaux. Lunghe collane di perline poggiavano sul suo seno pieno. Chiuse il libro e corrispose lo sguardo di Yvette. Incorniciata da ciocche di capelli neri e ricci, aveva un viso rotondo con un naso sottile, labbra da cupido e occhi verdazzurri. Yvette sentì un vago impulso di riconoscimento. 'Vive qui vicino?'

'Lavoro in quell'edificio dall'altra parte del parcheggio'. La donna indicò fuori dalla finestra un blocco di uffici bianchi.

'Cosa fai'

'Consulenza olistica. Sono Heather'. Le tese la mano.

'Yvette.'

'Yvette?' Heather fece una pausa e sembrò malinconica. 'Sono andata a scuola con una Yvette'.

'Rockingham Primary School?'

Uno sguardo di stupore apparve sul volto di Heather. 'Non sarai mica Yvette Grimm?' Guardò Yvette da vicino e con genuino riguardo.

'Sono io'.

'Ti ricordi di me?'

'Heather? Heather McAllister?' Lei represse una cascata di sentimenti, allo stesso tempo cauta e incuriosita. 'Sei ancora McAllister?'

'Sì. Dopo una breve parentesi con un altro nome. E tu sei ancora Grimm?'

Risero entrambe.

Heather emanava ancora la stessa vibrazione materna. Era stata, anche a sei anni, materna e protettiva, tenendo al riparo Yvette dai bulli del parco giochi. Heather non era rude, ma la sua mole e il suo sguardo infuocato quando si agitava erano sufficienti a fermare anche il teppista più volenteroso. Heather era stata la fortezza di Yvette. La vita scolastica non era stata facile a Londra; da sola aveva avuto poco successo nel respingere i duri.

'Dobbiamo recuperare il tempo perduto', disse Heather con entusiasmo. 'Mi piacerebbe sentire cosa hai fatto in tutti questi anni'.

'Dobbiamo assolutamente'. Yvette diede un'occhiata al

bancone. Pinar la stava guardando. 'Meglio che ora torni al lavoro'.

Una nuvola solitaria e vaporosa serpeggiava davanti al sole del pomeriggio. Il suo telefono squillò. Era sua madre.

Sì, si stava ambientando. Sì, le piaceva il lavoro. No, non aveva ancora sentito nulla. Poi Yvette menzionò Heather.

'Sono andata a scuola con lei. Andavo a casa sua per i pigiama party'.

'Quella ragazza grassa con gli occhi verdi?'

'Era la mia migliore amica'.

'Era scozzese, vero?'

'Era adorabile e gentile'.

'Ne sono certa. Comunque ti sei divertita con lei'.

Molto, molto di più che a casa. Non lo disse. Disse a sua madre che stava per farsi una doccia e riattaccò il telefono.

2.6

I turni di Yvette al caffè si illuminavano quando appariva Heather e si affievolivano di nuovo quando lei se ne andava, frammenti di conversazione suscitavano lampi di bei ricordi. Del giorno in cui il padre di Heather le aveva portate all'Underwater World, e si erano tenute per mano nel timore degli squali che volteggiavano sopra di loro, tutta una minaccia grigia oltre uno spessore di tubo di vetro. Le razze, con le loro pinne nastriformi e le code spinate, ombre incombenti che scivolavano. I cavallucci marini ornati di ornamenti sconcertanti che si libravano sopra fregi di corallo grazioso. Era arrivato anche Angus, il fratello maggiore di Heather, un adolescente imbronciato e brufoloso interessato solo a spaventare la sorellina e la sua amica pelle e ossa. Nonostante i suoi sforzi, si erano divertiti molto. Mangiarono gelati e fish and chips a cui seguì lungo viaggio di ritorno a casa.

Tornata all'appartamento, si applicò alla disinfestazione degli scarafaggi. Mise delle esche in angoli strategici, lasciò scie di polvere lungo ogni fessura, crepa e battiscopa, schiacciò del borace con della marmellata e ne mise delle dosi negli armadi e sotto il frigorifero. Niente funzionava. Per ogni scarafaggio che uccideva, ne apparivano altri dieci a rimpiazzarlo. Considerò di prendere in prestito la *Metamorfosi* di Kafka per sviluppare un po' di empatia, ma dovette ripensarci.

Una mattina, quando la prima luce dell'alba. entrò nella stanza, notò uno scarafaggio che strisciava sul muro accanto al suo letto. E un altro che camminava lungo un battiscopa. Pensava che gli scarafaggi fossero avversi alla luce, ma questi non avevano fretta di tornare nel buio. E si erano abituati alla sua presenza. Erano familiari, come gatti, e si avvicinavano a lei con fare indagatore. Forse le sarebbe piaciuto chiacchierare?

L'intero contingente di scarafaggi di quel miserabile edificio si era trasferito nel suo appartamento? O anche gli altri residenti erano afflitti da queste creature? Non ne aveva idea. Due settimane e non aveva incontrato i suoi vicini. Nessuno la incrociava nel corridoio o sulle scale. Poteva essere l'unica persona in tutto l'isolato, un singolo rappresentante umano che combatteva la peste.

Andò in bagno e diede un'occhiata al lavandino. Uno dei suoi indesiderati coinquilini si stava interessando al suo spazzolino da denti. La ripugnanza la attraversò. Dichiarò guerra. Li avrebbe bombardati tutti fino all'oblio.

Erano le nove quando uscì dall'edificio e marciò lungo diverse strade di periferia fino al negozio di ferramenta. Tornò circa un'ora dopo con due bombe insetticide.

Leggendo le istruzioni, le sembrava di essere in America: Aprire tutte le ante degli armadi, chiudere tutte le finestre e spostare i mobili dalle pareti. Doveva stare via per otto ore. Scorse la sua mappa stradale e trovò la biblioteca più vicina, a circa mezz'ora di cammino. Infilò un panino al burro d'arachidi e una bottiglia d'acqua del rubinetto nella borsa a tracolla, fece scoppiare le bombe e lasciò l'appartamento.

Questa volta quando aprì la porta in fondo alla tromba

delle scale si trovò di fronte a una raffica di aria calda, il parcheggio di cemento che irradiava la ferocia del sole. Non c'era brezza. Dirigendosi verso nord, camminò lungo l'anonima strada di periferia , ignorando con ostinazione le case di mattoni e tegole con i loro prati verdeggianti. Attraversò un parco dove alcuni alberi di gomma davano un breve sollievo dal sole e il prato era rigoglioso come quelli. che aveva appena superato.

Quando fu di nuovo sul marciapiede, il caldo era esasperante. Attraversò la strada a doppia carreggiata al semaforo e camminò lungo un'arteria priva di ombra e fiancheggiata da uno spruzzo di piazzali per auto grossolanamente presentati, stazioni di servizio, bar-pizzeria, latterie e discount pacchiani. Aveva nostalgia delle strade di Malta e si rimproverava di non essere tornata con Carlos. Poteva ancora farlo. Aveva un biglietto di ritorno da Giacarta a Roma che non scadeva prima di maggio. Ma c'era una voce dentro di lei che le intimava di restare. Una voce a cui diede ascolto, convinta che rappresentasse la parte sensata di lei.

Svoltò in una strada laterale e attraversò un altro complesso residenziale di mattoni e tegole. A Perth doveva esserci qualcosa di più di questo: non poteva immaginare l'uomo della profezia della chiromante dietro le finestre della periferia.

Attraversò le porte scorrevoli automatiche della biblioteca nel fresco dell'aria condizionata che avrebbe fatto resuscitare i morti, decisa ad occupare l'intera giornata qui. Si avviò verso la sala principale, passando per l'atrio dove scaffali di libri di consultazione fiancheggiavano la metà inferiore di una parete, quando tra una serie di enciclopedie e dizionari dalle costole spente e scure, un volume attirò la sua attenzione. Intuì che il libro non apparteneva a quel luogo. Bianco lucido con *Profits of Doom* in grassetto nero lungo il dorso. Fu la parola 'doom' che per prima catturò il suo sguardo, pensando ironicamente che forse il libro avrebbe spiegato come avrebbe potuto trarre profitto dalle sue circostanze. Prese il libro dallo scaffale e andò in fondo alla biblioteca, dove diverse poltrone si affacciavano su un tavolo basso di melamina.

Dieci pagine e i suoi sensi si animarono. Era proprio lì con l'autore, Antony Loewenstein, prima a Curtin poi a Christmas Island, con i rifugiati che erano arrivati in Australia via mare. Fino a quel momento aveva avuto poca idea della tragedia che soffriva quella gente. Stava diventando rapidamente incomprensibile che lei fosse riuscita a rimanere così ignorante, specialmente quando Malta era geograficamente in prima linea per gli infiniti migranti africani. Intrappolata nelle esigenze della sua laurea in arte, intrappolata nel suo amore ossessivo e poi ingabbiata in una camera di dolore, per tutta la sua età adulta non aveva mai prestato attenzione alla situazione degli arrivi via mare. Eppure, non si diede per vinta.

Grandi parti della narrazione scivolarono via senza la sua piena comprensione. La sua era una risposta empatica. In mezzo a tutti i dati c'erano le lacrime dei prigionieri, la loro angoscia, la loro perdita di speranza. L'autore si conteneva. Eppure, lei riusciva a sentire la sua frustrazione. Leggeva, e continuava a leggere, scivolando fuori per mangiare il suo panino sotto il sole violento, per poi tornare allo stesso posto, e dopo proseguire verso la Papua Nuova Guinea. Lì si fermò. C'era troppo da metabolizzare. Sfogliò e rilesse le descrizioni delle interviste ai prigionieri e al personale della prigione. Poi chiese di usare uno dei computer della biblioteca e cercò su Google le immagini di entrambi i luoghi.

Curtin si trovava in uno dei luoghi più caldi della terra, in una pianura piatta di macchia e polvere rossa. Un'alta recinzione di catene circondata da spire di filo spinato conteneva una concatenazione di edifici grigi smontabili. All'interno della prigione c'era poca ombra, tranne che per quella proiettata dagli edifici e da qualche albero qua e là. Il centro di Christmas Island non era migliore. Era circondato da una foresta lussureggiante, ma la bellezza si fermava alla recinzione. Ogni caratteristica di tutti quegli edifici schiacciati insieme era completamente grigia: i tetti, i muri, le tende da sole, i sentieri di cemento.

Mentre scorreva le immagini, apparvero altri centri di detenzione a Nauru e Manus Island. Le condizioni in entrambi i posti sembravano spaventose. Come poteva essere seduta lì in questa fredda biblioteca, quando il suo status non era diverso da quello di quelle persone? Anzi, quei rifugiati erano più legittimati di lei ad essere qui. Uomini, donne e persino bambini ammassati qui, rinchiusi e spogliati delle loro identità. Perché ci si rivolgesse a loro, aveva annotato Loewenstein nel suo libro, non con i loro nomi, ma con un numero, il loro numero di identificazione della barca. Questa era Auschwitz senza il gas.

Nella sua mente si stava già formando una bozza. Ma aveva bisogno di ispirazione. Era fuori allenamento, era passato così tanto tempo da quando si era sentita creativa. Vagò per gli scaffali della biblioteca nella sezione saggistica e trovò una piccola collezione di libri d'arte. Mettendo da parte il suo pregiudizio per tutto ciò che era australiano, pescò a caso un certo numero di libri sull'arte australiana e tornò al suo posto.

Mise i libri sul tavolo: *Cubismo e arte australiana, Joy Hester and i suoi amici,* un libro su Sidney Nolan e un altro su Russell Drysdale. L'Arthur Streeton lo chiuse subito, e il Tom Roberts lo mise da parte senza aprirlo.

Con le idee confuse su cosa stesse cercando, sfogliò le tavole a colori e le descrizioni delle opere di Arthur Boyd e Grace Cossington-Smith, Danila Vassilieff, Hester e Nolan. Questi erano alcuni dei pittori modernisti le cui opere sfidavano il realismo tradizionale, fortemente favorito dall'establishment dell'arte australiana dell'inizio del ventesimo secolo, così diceva un'introduzione, il punto di svolta arrivava tardi, ma c'era da aspettarselo. L'Australia, lei lo aveva deciso da tempo, era sempre stata culturalmente arretrata.

Imparò poco dal lavoro di Cossington-Smith, trovandone i dipinti troppo morbidi e accoglienti, quasi pittoreschi per tutta la loro tecnica post-impressionista. Il lavoro di Hester, invece, suscitò il suo interesse, poiché ritraeva emozioni intense attraverso pennello e inchiostro, e attraverso il suo uso di tratti espressionisti che ricordano Picasso; l'impegno dell'artista nei notiziari sui campi di concentramento nazisti sembravano toccare ferite scoperte. Eppure, sapeva di non avere alcuna capacità di rendere con tanta perfezione la tragedia umana.

Avendo lasciato per ultimi i paesaggi di Drysdale, senza sapere perché, passò a contemplare la cruda emozione delle scene di strada urbana di Vassilieff, seguite dalla serie Ned Kelly di Nolan e dalla serie Bride di Boyd, e assaporò l'impegno di ogni artista con il proprio soggetto, colpita dal modo in cui gli artisti trasmettevano le ansie, le tensioni e l'alienazione, e notò anche la critica sociale incorporata. Eppure, le loro rese espressioniste la lasciavano esteticamente indifferente.

Fu solo quando aprì il libro su Drysdale che sentì di aver trovato il suo posto. La sua combinazione di tecniche realiste e surrealiste nelle sue rappresentazioni dell'entroterra rieccheggiava il suo amore per le scene del New Mexico di O'Keeffe. Entrambi dipingevano olio su tela. Entrambi trasmettevano un'immobilità che era cruda ed evocativa.

Le venne in mente quel giorno del suo primo anno di università, quando una delle sue docenti, la dottoressa Faultone, una donna cinquantenne dai capelli selvaggi e senza reggiseno, chiese ai suoi studenti di fare una ricerca sul Modernismo. Gli studenti dovevano scegliere tra tre grandi artisti quello che meglio rappresentava la loro direzione artistica. La dottoressa Faultone insisteva sul fatto che tutta l'arte era derivativa, non esisteva l'originalità assoluta, anche gli innovatori contavano sulla loro esposizione a varie correnti culturali e intellettuali e a opere preesistenti. Per il compito precedente della dottoressa Faultone, gli studenti avevano tenuto un diario delle visite alle gallerie insieme alle loro impressioni su una serie di opere attraverso i secoli. L'annotazione più memorabile di Yvette registrava un momento di epifania che aveva vissuto quando aveva visto *Whistlejacket* di Stubbs alla National Gallery. Era stupita e un po' disturbata dal fatto che un dipinto di un cavallo potesse suscitare in lei una tale intensità di emozioni.

Per l'ultimo compito della dottoressa Faultone, Yvette si era seduta nella biblioteca universitaria circondata da libri d'arte, scartando opere di artisti su artisti, molti dei quali era stata costretta a emulare al liceo, soccombendo a una frustrazione crescente, convinta che non avrebbe mai trovato un solo artista modernista che corrispondesse alle sue aspirazioni. Finché non trovò e si innamorò di O'Keeffe.

Ora aveva trovato Drysdale e attraverso il suo lavoro aveva guadagnato un granello di apprezzamento dell'Australia.

I suoi sensi si risvegliarono, con la creatività che le scintillava, andò alla scrivania principale e chiese a un bibliotecario se poteva avere una tessera della biblioteca. Il bibliotecario le diede un opuscolo. Yvette scoprì presto che non aveva un documento d'identità. Riportò il volantino al bancone con disgusto. Non si può scoreggiare in Australia senza un documento d'identità. Tornò al computer che aveva usato e controllò velocemente le sue e-mail, delusa una seconda volta quando cliccò sulla sua casella di posta e non trovò nessuna notizia da Malta.

Appena rientrata nell'appartamento, spalancò tutte le finestre e spalancò la porta d'ingresso, poi si sedette sul balcone. Una tonalità magenta sfiorava l'orizzonte occidentale, accentuando le linee rigide dei grattacieli sullo skyline della città. Il cielo a est si oscurò mentre lei guardava, rivelando le stelle, punti indistinti di luce scintillante nel firmamento crepuscolare sopra la città.

Fissava e fissava, e mentre fissava soccombeva a uno straordinario senso di stupore, la sua realtà ordinaria si apriva, rivelando una tragedia umana di proporzioni inconcepibili, qui, a Malta, senza dubbio in molte terre del mondo, milioni di piccole luci spente. Aveva adottato ciecamente l'opinione promulgata dai media che i contrabbandieri di persone erano da biasimare, e aveva creduto alle affermazioni dei governi che se non avessero imposto severi deterrenti la loro nazione sarebbe stata invasa. Non aveva prestato attenzione alla situazione di milioni di persone, aveva una comprensione minima delle varie cause: guerra, carestia, disastro naturale. Ora cominciava a mettere in dubbio tutto. Era un orrore per lei e voleva affrontarlo.

Più tardi, telefonò a Thomas e gli diede attraverso una serie di frasi frettolose un resoconto dettagliato della sua giornata - il massacro degli scarafaggi, il libro, la sua ispirazione - era alle stelle.

'C'è una biblioteca a circa cinque minuti dal tuo appartamento'.

'Sono contento di non saperlo'.

'Perché?'

Perché? Non aveva sentito niente di quello che aveva detto?

'Cosa fai domani?' disse rapidamente Thomas.

'Niente.'

'Prendo un caffè con un amico, Dan. È un docente di giornalismo. Vuoi venire con me?'

'Va bene'.

'Lo incontrerò a Northbridge. Guido io. Vieni verso le due'. E riattaccò.

2.7

Era un'altra giornata calda e senza vento, il sole era un disco abbagliante nella vasta tela del cielo. Dopo mezz'ora di battibecchi sulla navigazione - quale strada a destra, quale a sinistra e il modo corretto di tenere uno stadario - Yvette fu sollevata quando Thomas guidò lungo una strada alberata aperta nel sobborgo evidentemente alla moda di Northbridge, fermandosi davanti al Café Mocha. Ospitato in un edificio neogotico inserito tra due basse vetrine di cemento, il caffè trasudava glamour cosmopolita. Lei ammirò la facciata, il rivestimento in stucco e le finestre alte e strette, mentre Thomas armeggiava con il bloccasterzo. Dovette reprimere l'impulso di dirgli che era sicura che l'auto non avrebbe avuto problemi; avrebbero potuto guardarla dalle finestre del caffè.

All'interno, il caffè era fresco. I ventilatori ronzavano nell'alto soffitto. Un lungo bancone scintillante si estendeva lungo la parete laterale e i divani accompagnavano i tavoli e le sedie standard da caffè. C'erano libri, riviste e giornali per l'edificazione degli avventori e vivaci opere d'arte coprivano ogni centimetro di spazio: stile espressionista, paesaggi desertici e marini, danze tumultuose di fiori selvatici sotto cieli blu, spesse macchie di ocra e cadmio non addomesticate dal bianco o dal grigio, eppure lei era invidiosa di tutta quella pittura a disposizione dell'artista. I quadri la prendevano in giro.

Thomas si diresse verso l'angolo posteriore, dove un uomo di bell'aspetto era seduto ad un tavolo.

L'uomo alzò lo sguardo dal suo giornale. 'Ehi, Thomas! Come stai?'

'Bene, grazie.' Si strinsero la mano.

L'uomo si voltò verso Yvette e fece un ampio sorrise. Lei sorrise di rimando.

'Sono Yvette.'

'Sono molto lieto di conoscerti'.

La sua stretta di mano era ferma e lei si scaldò immediatamente. Era alto, abbronzato, con i capelli color sabbia e un viso aperto e amichevole.

Si sedettero mentre una cameriera si avvicinava, e ordinarono il caffè e la torta della casa.

'Yvette, è un nome francese', disse Dan.

'Sì, infatti.'

'Hai dei legami con la Francia?'

'Temo di no.'

Sorprese Thomas a soffocare un ghigno. Poi diede un'occhiata al giornale e chiese a Dan cosa pensasse del nuovo primo ministro. Dan sgranò gli occhi. I due uomini cominciarono a chiacchierare di vari personaggi pubblici di cui Yvette non aveva sentito parlare e lei smise presto di ascoltare. Non si era mai occupata di politica locale da quando era arrivata in Australia. Era dell'opinione che un presidente in carica fosse peggiore di un altro e dato che non poteva votare, non aveva bisogno di farsi un'opinione. Fissava gli altri commensali e fuori dalla finestra la macchina di Thomas, chiedendosi chi, tra la folla di gente fresca che passava, avrebbe voluto rubare una Honda Civic.

Fu richiamata alla conversazione quando Thomas menzionò i richiedenti asilo e il rifiuto del Medevac. Yvette guardò i suoi compagni con curiosità.

'I richiedenti asilo tenuti in detenzione in mare avevano il diritto di essere trasportati in Australia per cure mediche', disse Dan. 'Non più'.

'I nostri politici sono specializzati in sadismo, Yvette.'

'Non ne avevo idea'.

'Nemmeno io, prima di emigrare qui'.

'Abbiamo avuto arrivi in barca a Malta'.

'L'Australia ha un modo speciale di trattare con loro'.

È iniziato con Tampa', disse Dan con amarezza.

Yvette sembrava perplessa.

'Il disastro dei bambini in mare. Non eri qui quando è successo?' disse Thomas.

'Quando è stato?'

'Circa diciotto anni fa'.

'Ehm, no.' Era a Londra, ad adattarsi al nuovo marito di sua madre.

'Il governo dell'epoca fece false accuse secondo le quali i rifugiati avevano minacciato di gettare i propri figli in mare per assicurarsi il salvataggio e il passaggio in Australia', disse Dan. 'Fu allora che i richiedenti asilo, i cosiddetti "boat people", furono portati in un centro di detenzione a Manus Island per essere processati'.

'La soluzione del Pacifico', disse Thomas.

Yvette si chinò in avanti. 'Che soluzione'.

Dan attirò la sua attenzione. Il suo viso aveva un'espressione solenne, il trattamento duro e ingiusto dei richiedenti asilo era chiaramente un'offesa al suo senso di giustizia. Le piaceva quell'uomo.

'Sta peggiorando', disse. 'A queste persone viene negato qualsiasi tipo di residenza permanente e ora anche l'accesso all'Australia per motivi medici. E poi? Sembra che molti non illuminati, o almeno l'attuale governo, vogliano che i rifugiati vivano il resto dei loro giorni su qualche isola remota che può a malapena sostenere la propria gente'.

'Terribile', disse lei, lottando per assimilare il tutto e tacendo.

'Peggio. Hanno chiuso tutte le vie della giustizia'.

'Intendi i diritti di appello?' disse Thomas.

'E qualsiasi accesso gratuito alla rappresentanza legale'.

'Sembra Guantanamo. Detenuti per sempre e poi processati da un tribunale militare'.

'Non proprio, ma potrebbe anche esserlo'.

'Un tribunale canguro, allora.'

'Benvenuti nella fortezza Australia'.

'Ho sentito che il governo obbliga i rifugiati a firmare un codice di condotta'.

'Stai scherzando?'

'No. Chiunque abbia un visto ponte deve conformarsi'.

'Cosa? "Non sputare"?'.

'O bestemmiare, o infastidire. O essere in qualsiasi modo antisociale'.

'Potremmo anche andarcene tutti adesso. Questo varrebbe per tutti nel paese'.

'Tutti tranne un santo'.

Thomas sembrava pensieroso. 'Eticamente e logisticamente brillante', disse, stringendo gli occhi.

'Degno del premio Adolph Eichmann Memorial', scherzò Dan.

Risero tutti, eppure Yvette si sentiva in colpa. Non le

sembrava giusto che fosse completamente libera di sedersi in questo caffè, uscire dalla porta e proseguire sul marciapiede, lavorare, fare acquisti, mangiare e dormire, tutto senza alcun tipo di repressione. 'È inconcepibile', mormorò, senza essere sicura, mentre parlava, se si stesse riferendo al trattamento dei richiedenti asilo o alle sue stesse libertà comparate.

'Lo è', disse Dan in risposta. 'Quelli che sono venuti in barca vengono usati come deterrente'.

'E i richiedenti asilo che arrivano in aereo?' Ce ne doveva essere qualcuno. O molti.

Nessuno dei due uomini sembrava interessato a rispondere alla sua domanda. Ci fu un momento di silenzio quando la cameriera, vestita ordinatamente in nero da bistrot, arrivò con la torta e i caffellatte, sormontati, notò Yvette con una fitta ironica, da un fiore squisitamente scolpito in marrone.

'Anthony è qui o a Kalgoorlie?' chiese Yvette a Thomas, guardandolo mentre dava una rigorosa mescolata al suo latte zuccherato, con la schiuma che scivolava lungo i lati del bicchiere.

'Qui', disse. 'Passa il fine settimana a casa mia'.

'Non lo vedo da secoli', disse lei.

Thomas non rispose.

'Ha intenzione di insegnare in quella scuola quando il suo tirocinio scade?' disse Dan.

'Tirocinio?' disse lei.

'L'unico modo per portare il personale nelle scuole rurali dell'Australia Occidentale è attraverso speciali tirocini per insegnanti qualificati'.

'Incentivi', disse Thomas, posando il bicchiere.

'Nessuno vuole andare là fuori'.

'È così male?' disse Yvette, passando il cucchiaino sulla schiuma sul suo cappuccino.

'Non lo definirei male. Ma anche così, gli insegnanti erano legati'.

'Legato? Suona tipo schiavitù'.

'Lo è stata in qualche modo. Da qui *Svegliarsi all'Inferno*'.

Thomas si mise a ridere. 'Un film brillante'.

'L'hai visto?'

'Il preferito di Anthony'.

'È un buon film. Se non ti dispiace il massacro', disse Dan.

Thomas si mise in bocca una fetta di mud cake. Dan mescolò il suo caffè e fece leva con i rebbi della forchetta sulla fetta di cheesecake al limone nel suo piatto.

'Allora, Anthony resterà là fuori?' disse tra un boccone e l'altro.

'Dubito che lo terranno', disse Thomas.

'Oh?'

'Si è fatto una bella reputazione'. Thomas si schermì, i suoi occhi sfrecciavano avanti e indietro da Dan a Yvette. Abbassò la voce. 'Durante una gita scolastica a Perth ha portato un gruppo di studenti in uno strip club'.

'Scandaloso', disse Dan. 'Erano ragazzi?'

'Si sente il pifferaio magico'.

'Adescare i giovani perché facciano un salto nell'ignoto', ha detto Yvette.

'Ed è ancora impiegato?' Dan scosse la testa incredulo.

Yvette era stupita che una persona così carica di professionalità scegliesse di comportarsi in modo così avventato. Eppure, avrebbe potuto trarre beneficio da quel cane sciolto. Invece, durante gli anni della scuola elementare, subì la signora Thoroughgood, la cui ira si abbatteva sui cuori teneri per la più lieve delle infrazioni. Fu una terribile introduzione all'Australia.

Thomas tranguggiò i residui del suo caffè e diede un'occhiata all'orologio.

'E' meglio che vada. Devo incontrarlo tra mezz'ora'. Qualcosa di simile al senso di colpa gli si palesò sul volto.

Yvette cedette alla delusione. Non aveva idea che sarebbe tornata a casa da sola. Non che le dispiacesse prendere il treno. Ma il pensiero di entrare in quell'appartamento per passare un'altra serata da sola era deprimente. Il suo sconforto doveva esserle apparso in faccia. Nel momento in cui Thomas se ne andò, pagando il conto all'uscita, Dan disse: 'Sei a Maylands?'

'Sì.'

'Posso accompagnarti a casa se vuoi'.

Esitò.

'È di strada', disse, alzandosi in piedi.

Lui andò al bancone e pagò per tutti e due, rifiutando il suo contributo con un gesto della mano. 'Grazie', disse lei, seguendolo fuori verso la sua macchina.

La guida di Dan era fluida. Lei si sedette sul sedile del passeggero e si rilassò. Si diressero verso Mount Lawley lungo Beaufort Street, una strada piatta e diritta che attraversava un'altra strada poco stimolante. La luce cruda del sole dell'Australia occidentale che rimbalzava sul cemento e sul vetro dava all'intero posto l'aspetto di una fotografia sovraesposta.

Rimasero entrambi in silenzio per un po'. Poi Dan disse: 'Cosa fai?'.

Yvette era sconcertata dalla domanda. Non sapeva come prenderla. Rispose a tentoni: 'Sono un'artista'.

'Incredibile! Pittura, disegno, scultura?'

Ora si sentiva imbarazzata. 'Um, pittura. O lo farei, se avessi della vernice'.

'Hai studiato?'

'Goldsmiths. Ho fatto il master al Royal College of Art'.

'Sono impressionato'.

'Non esserlo. Dopo cinque anni di studio sono partita per Malta e da allora non ho più dipinto nulla'.

'Perché Malta?'

'All'inizio per lavorare in un bar. Poi ho incontrato un uomo e tutta la mia vita è cambiata'. Spiegò la sua storia, da Carlos fino agli scarafaggi. Il suo interesse sembrava genuino e appassionato.

'Hai fretta?', disse. 'Vorrei passare dal mio ufficio. Ho qualcosa che potrebbe interessarti'.

'Non ho fretta', disse, la sua curiosità era stata stimolata.

L'ufficio di Dan era un rettangolo senza caratteristiche stipato con l'armamentario di una vita accademica. Si inginocchiò dietro la porta e tirò fuori da uno scaffale in basso una grande scatola. 'Non li sto usando. Dai un'occhiata'.

Si inginocchiò sul tappeto e aprì il coperchio.

Materiali artistici!

Yvette tremava come un cane costretto a sedersi davanti alla sua ciotola per la cena. Voleva divorare il contenuto in un sol boccone. C'erano tubi di acrilici di ogni colore, un vassoio di pastelli a olio, carboncini, acquerelli, pennelli di setola e di zibellino di tutte le forme e dimensioni, un pacchetto di Derwents, un piccolo fascio di carta per acquerello e, più eccitante di tutto, nascosto in un angolo, un vassoio di olii di alta qualità.

'Sei sicuro?' disse lei, stupita dalla sua generosità.

'Non li userò mai'.

'Ma...'

'Insisto'.

'Grazie mille'.

'Non c'è di che. Ho fatto un paio di corsi di introduzione all'arte nel mio centro comunitario locale. Ho comprato tutta l'attrezzatura e poi ho scoperto di non avere attitudine. Stavo per portare la scatola al negozio di beneficenza Vinnies'.

'Non hai idea di cosa significhi questo per me'.

'Magari ce l'ho. Tutto ciò di cui hai bisogno ora è carta e matite da disegno'.

'Ho le matite'. Non era mai stata senza la sua scatola di latta di matite assortite. Quella scatola di latta aveva fatto parte per anni della sua minuscola collezione di oggetti preferiti, sopravvivendo, insieme alla sua sveglia rosa e al pettine verde, a tutti i suoi abbattimenti pre-trasferimento.

2.8

Il colore tramonto era gradualmente mutato dal rosso cremisi a un albicocca pallido. Tornata all'appartamento, Yvette aveva disposto i suoi materiali artistici in fila sul divano. Un tenue bagliore riluceva nella stanza. Guardò con desiderio i suoi dipinti, ancora stordita dal regalo, e allo stesso tempo si meravigliò del surreale svolgersi della sua nuova vita a Perth; già piena di incontri casuali e fortuna, aveva assunto una sorta di realtà mitica, come se fosse scivolata tra le copertine di un romanzo di fantasia semplicemente attraverso la sua avventura per realizzare una profezia. Non riusciva a capire la causa degli eventi. Quell'indagine le sembrava un tabù. Si accarezzò distrattamente il mento, prima di prendere il carboncino.

La sua tecnica preferita era quella a olio, ma finora non aveva abbozzato niente che fosse degno della concentrazione e del lavoro necessari per un dipinto del genere. Inoltre, le mancava una tela.

Le idee le ronzavano intorno come api. Alla scuola d'arte aveva gravitato verso il Precisionismo dopo il suo primo incontro con le opere di O'Keeffe, e ispirata anche da Sheeler, il ritratto dei paesaggi industriali della modernità degli anni venti le sembrava allora adatto: il paesaggio urbano di Londra era cambiato con il nuovo millennio. C'era il Dome, l'Eye, il Gherkin e la Broadgate Tower. Il Precisionismo si accompagnava alla fredda indifferenza del moderno mondo aziendale. Eppure, ciò che una volta l'aveva attirata - le linee pulite, l'esattezza, la qualità a volte fotografica del suo lavoro - ora le sembrava sterile e privo di emozioni. E lì, a riverberare intorno alle pareti di quello squallido appartamento grigio c'erano i gemiti e le grida di tutti coloro che erano passati per Curtin e Christmas Island. Non sarebbe mai stata una pittrice espressionista - sarebbe andata troppo lontano nella direzione opposta - ma doveva trovare un modo per trasmettere la cruda emozione oscura, le immagini che la traghettavano come barche sull'Acheronte.

Alzò lo sguardo. Qualcosa di piccolo e nero si muoveva lungo il muro della cucina. Accese la luce in alto e aprì armadi, cassetti e porte per scoprire che gli scarafaggi erano sopravvissuti al loro Armageddon e avevano preso possesso di tutto l'appartamento.

Gemette. Era prigioniera in quella cella di cemento, intrappolata in un mondo sotterraneo alto sei piani. Era una moderna Persefone. E, notò con amara ironia, si era imbattuta per la prima volta nella Regina degli Inferi poco dopo aver incontrato Thomas. Una sera, in un pub, avevano ascoltato il brano 'Persephone' dei Cocteau Twins sul suo iPod, condividendo l'auricolare. Lei ne aveva pronunciato male il nome (pensava che la parola facesse rima con telefono) e Thomas, dopo aver ridacchiato tra sé e sé per un tempo umiliante, l'aveva corretta. Per-seph-oh-nee, disse, poi ridacchiò ancora più a lungo, prima di dirle il succo del mito. Lei non poteva sapere allora che lui l'avrebbe installata nel suo inferno pestilenziale.

Più tardi, incapace di dormire, passò tutta la notte a disegnare, alzando di tanto in tanto lo sguardo per controllare i movimenti degli occupanti.

2.9

La sua carica creativa svanì con la luce del giorno. Dopo una doccia e la colazione, mise via il suo materiale artistico e pulì l'appartamento, partendo per Leederville prima che il sole rendesse la giornata rovente.

Al lavoro era sognante e distratta. Quando non serviva, vagava per il caffè pulendo distrattamente i tavoli. Heather non si fece viva e Yvette fu sorpresa di trovarsi delusa. Guardò i commensali, per lo più donne e coppie in pensione, non c'era un uomo di bell'aspetto tra loro. Non poteva immaginare di incontrare un mezzo uomo decente qui dentro. Non era probabile che incontrasse un corteggiatore attraverso la rete di Thomas, e per quanto riguarda Heather, sembrava troppo matronale per le serate tra ragazze in giro.

E quando una madre entrò cullando un neonato, il desiderio di Yvette di avere un figlio suo tornò con forza.

Verso la fine del suo turno, due donne paffute di mezza età si sedettero a un tavolo vicino al bancone. Yvette stava mettendo in ordine gli involucri del kebab, ascoltando la loro conversazione.

'Dovresti provare. Mia zia ha incontrato l'amore della sua vita attraverso Love Station'.

'Sì? Scommetto che ha dovuto passare al setaccio un bel po' di persone prima di incontrarlo'.

'Cos'hai da perdere? È gratis'.

'Oh, non lo so.'

'Lo fanno tutti. Questi siti sono pieni di profili'.

Dopo che le donne se ne furono andate, Yvette sparecchiò il tavolo. Il *West Australian* era aperto alla colonna degli annunci personali. Lì, sotto una serie di linee di chat e servizi di massaggio, c'era un grande annuncio per Love Station. Diede un'occhiata al bancone. Pinar era in piedi accanto alla cassa a chiacchierare con un cliente. Yvette strappò la pagina e se la infilò nella tasca dei pantaloni.

Tornando all'appartamento andò alla biblioteca, quella a cinque minuti di distanza che Thomas aveva menzionato. Questa biblioteca era più piccola e c'erano pochi visitatori. Riuscì ad assicurarsi una sessione di computer senza aspettare.

Ignorando l'uomo corpulento e calvo seduto alla sua sinistra, si collegò e trovò il sito di Love Station. L'iscrizione era gratuita, come aveva detto la donna nel caffè, così compilò il modulo di registrazione e scorse gli altri profili. C'erano migliaia di aspiranti di tutte le età. Donne quarantenni gentili e amanti del divertimento, senza legami, che cercavano uomini avventurosi e sinceri per una storia d'amore. Ce ne saranno state centinaia così. Le persone finanziariamente sicure cercano uomini ben curati. Il buon senso dell'umorismo è essenziale. Il generoso in cerca di lealtà, il naturale in cerca di forma. Già stava componendo un profilo nella sua mente.

L'uomo accanto a lei si spostò sul suo sedile, così lei si piegò in avanti, appoggiando la sua borsa a tracolla sulla scrivania, sperando che fosse tra la sua linea di vista e il suo schermo.

Compilò i campi con i suoi dati. Trovò una foto allegata a

una vecchia e-mail, scattata a Malta, e la caricò. Aveva un bell'aspetto in quella foto, abbronzata, le labbra rotonde stese in un bel sorriso, gli occhi nocciola vivaci e invitanti, i capelli ondulati color rame tagliati corti. Che tipo di uomo stava cercando? Deve avere interessi artistici. Non voleva essere più specifica.

Cliccò su Invia, poi controllò le e-mail. Non c'era niente di interessante, solo spazzatura, niente da Malta. Niente di niente.

L'uomo grasso, la cui presenza accanto a lei la faceva sentire squallida, si alzò faticosamente dal suo posto e si allontanò. Lei si sedette con sollievo e posò la borsa sul pavimento ai suoi piedi.

Dieci minuti dopo cliccò di nuovo sul suo profilo. C'erano trentadue risultati. Era sbalordita. Non aveva idea di essere così popolare.

Con l'anticipazione che le brontolava nella pancia, scorse le fotografie ed eliminò immediatamente la metà dei contendenti; uomini troppo vecchi, troppo grassi, troppo appariscenti, troppo secchioni. Esaminò gli altri più da vicino. Tre programmatori di computer, un saldatore, un allevatore di maiali, quattro funzionari pubblici, due insegnanti di scienze, un avvocato e un agente immobiliare finirono scartati. Dubitava che qualcuno di loro sapesse qualcosa di arte.

Gli altri tre sembravano promettenti: Frank, un gestore di fondi di Applecross con un interesse per la ritrattistica rinascimentale; Dimitri, un fotografo professionista di Cottesloe; e Lee, un insegnante di musica di Scarborough, che non menzionava l'arte visiva ma la musica era abbastanza vicina. Si chiese come questi uomini l'avrebbero vista.

Il dubbio balenò brevemente nella sua mente, spento da un'ondata di eccitazione. Due settimane e tutto quello che era riuscita a fare era qualche uscita e una cena a casa di Thomas.

Il tempo stava per scadere. Sapeva che era pazzesco attribuire tanto significato alle parole di una chiromante, ma una parte irrazionale di lei pensava il contrario, determinata come sempre a fare a modo suo. Così, ragionò, se *era davvero* predestinato che avrebbe incontrato il padre dei suoi figli prima dei trent'anni, non doveva fare ostruzionismo isolandosi. Una figura eroica in una polo nera non si sarebbe calata sul suo balcone con cioccolatini, rose rosse e una dichiarazione d'amore eterno. Aveva bisogno di uscire e incontrare uomini.

2.10

Incontrò Frank a London Court. Era in piedi sotto l'orologio e guardava una folla di lavoratori e turisti che si aggirava su e giù per la stretta via fatta di piccoli negozi e caffè. Tutti gli edifici avevano finte facciate Tudor, piene di colombaie, timpani e banderuole, torri merlate e cancelli in ferro battuto, e doccioni, scudi, stemmi e statue. Non mancava nulla, apparentemente, a quell'omaggio a una storia elisabettiana che l'Australia non aveva mai vissuto. Una follia elaborata e costosa, ma innegabilmente attraente. Al primo scoccare delle sette, un gruppo di turisti guardava l'orologio sopra la sua testa. Lei alzò lo sguardo mentre quattro cavalieri meccanizzati si muovevano intorno al quadrante dell'orologio.

Frank era notevolmente più basso e più vecchio di quanto la sua fotografia suggerisse. Anche ad una distanza di circa quindici metri Yvette sapeva che non era il suo tipo. Più si avvicinava, più la sensazione diventava forte. Aveva un aspetto alla moda con la camicia con il colletto aperto, pantaloni beige e scarpe di vernice. Con i capelli pettinati all'indietro e il viso rasato, aveva un'aria da mascalzone. Il suo viso si illuminò quando la riconobbe come la donna del profilo. 'Sono lieto di fare la tua conoscenza', disse, con un artificioso inchino cavalleresco. In quel momento lei se lo immaginò, una comparsa del corteo di Londra, con parrucca incipriata, colletto a balze, farsetto e calze.

'Andiamo?' Lui la scortò tenendola per il gomito fino alla sua macchina sportiva, lucida e rossa con gli interni imbottiti.

Mentre si dirigevano verso il suo ristorante preferito, la mente di Yvette correva più veloce della sua guida. Cosa stava facendo con quest'uomo? Per quanto ne sapeva lei, era un viscido libidinoso che usava gli incontri su internet per fare sesso facile.

Il ristorante si trovava in una fascia di prati curati e piante di erbe native disposte con cura, con vista sulle sublimi acque estuarine del fiume Swan. L'ambientazione portava subito alla mente il nome originale del fiume Swan, il Derbarl Yarrigan, così chiamato dal popolo Nyoongar, il luogo della tartaruga d'acqua dolce. Il fiume fu poi ribattezzato dall'esploratore olandese Willem de Vlamingh, ricordò Yvette con ironia, per la preponderanza di cigni neri. Fatti inculcati nella sua classe dalla signora Thoroughgood, che aveva un senso contorto del dominio bianco, un odio etnocentrico non espresso ma percepibile per tutti gli immigrati, e un palpabile disprezzo per gli aborigeni custodi della terra, il tutto trasmesso con astuzia. Per la signora Thoroughgood, i cigni erano eminentemente superiori alle tartarughe. Senza dubbio lo Sciccoso Frank pensava lo stesso.

All'interno del ristorante, i tavoli erano occupati da coppie vestite in modo costoso che mormoravano conversazioni su candele che brillavano dolcemente in vasi ornati.

Il *maître* li condusse al loro tavolo e consegnò loro un menu prima di andarsene.

'Prendi quello che vuoi', disse Frank, passando una mano floscia sopra il suo menu.

Yvette scelse con moderazione, *goujons* di pollo con verdure al vapore e purè. Lui scelse l'aragosta, commentando che, a differenza dei suoi antenati irlandesi, non avrebbe mai sofferto una dieta di patate.

Una volta che il cameriere, un giovane magro e serio, se ne fu andato, Frank spiegò che sua moglie era morta d'infarto l'anno precedente e lui si sentiva solo. Ora sentiva di essersi ripreso dalla perdita e di essere di nyovo pronto per il romanticismo. Allungò la mano erso quella di lei dall'altra parte del tavolo. 'Non sembri il tipo di donna che vuole solo i soldi di un uomo' disse, fissandola intensamente negli occhi.

'Certo che no', disse lei, scioccata dal fatto che lui l'avesse anche solo suggerito. Allontanò la mano e prese un grande sorso del Sancerre che lui insisteva avrebbe dovuto provare perché era francese. Non si preoccupò di dirgli che aveva visitato la Francia molte volte. Desiderosa di distogliere la sua attenzione, gli chiese del suo interesse per la ritrattistica rinascimentale.

'Sono un collezionista'.

Ovvio, pensò lei. 'Affascinante', disse. 'Ma perché quel periodo?'

'Un buon valore di rivendita. L'arte di quel periodo non si svaluta'.

'Che tipo di ritratti? Originali o riproduzioni?' Non riusciva a immaginare qualcuno così grossolano come Frank nel mercato multimilionario delle belle arti. Si immaginava a casa sua una riproduzione della *Gioconda* in una grossa cornice finto-dorata sopra il camino. Forse non era giusto. Un Holbein, allora.

Sembrava offeso. 'Ho un Goya e un Botticelli'.

'Accidenti', disse lei. Ma la sua affermazione non fece nulla per scuotere il suo disprezzo.

Quando arrivò il cibo Yvette prestò molta attenzione ad ogni boccone, sopportando la prova facendo piccole chiacchiere.

Una volta terminato il pasto, Frank diede gran mostra di pagare il conto e si offrì di accompagnarla a casa.

Quando si fermarono fuori dagli appartamenti, lui guardò fuori dal finestrino.

'Vivi qui?' Il suo tono era critico.

'Sì', disse lei, improvvisamente sulla difensiva.

'Beh, è stata una bella serata'.

'Grazie.' Yvette aprì la portiera.

Frank tenne le mani sul volante. Non fece alcun tentativo di baciarla, nemmeno una stretta di mano. Invece disse: 'Uscire con uomini ricchi non è la strada per la ricchezza, sai'.

Lei sbatté la porta sulla sua osservazione e marciò attraverso il parcheggio. Come osa giudicare la sua situazione? Stronzo esibizionista!

2.11

La sera seguente, imperterrita, Yvette era seduta al Café Mocha, e cercava un trentenne bruno con la testa rasata, se la foto di Dimitri era onesta. È apparso venti minuti dopo l'orario stabilito delle sei, vestito di nero: giacca di pelle, maglietta e jeans. Sembrava agitato. Notando che lei era seduta da sola a un tavolo vicino alla finestra, si riprese in fretta e le andò incontro con un sorriso carismatico.

'Yvette', disse, prendendo l'altra sedia. 'Scusa il ritardo. Ho appena finito un servizio fotografico. Quella dannata modella non riusciva a stare in posa'.

Lei gli fece un sorriso comprensivo. Era bello in modo corpulento, con occhi scuri e una bocca sensuale. Sembrava intrigante.

'Hai ordinato?' disse mentre una cameriera si avvicinava al loro tavolo.

'No.'

Prese i menu e ne passò uno a Yvette. La cameriera era in piedi al loro fianco, la scollatura del suo seno si gonfiava sopra la camicetta attillata.

Scorse la lista dei piatti principali. 'Prenderò le fettuccine con broccoli', disse, lanciando a Yvette uno sguardo indagatore.

'Lasagne vegetariane'.

Sfogliò il menu. 'E una bottiglia di rosso della casa'.

La cameriera tornò con il vino. Dimitri versò, porse il suo bicchiere a Yvette prima di bere un sorso. Incoraggiato dal vino, si lanciò in un resoconto dettagliato della sua giornata, delle sue frustrazioni creative e dei suoi successi fotografici. Più volte Yvette aprì la bocca per parlare, sperando di interrompere il suo monologo, ma senza successo. Il cibo arrivò e lui stava ancora parlando.

Poi finalmente si appoggiò alla sedia e la degnò di attenzione, come se fosse la prima volta che la vedeva. 'Allora, parlami di te'.

'Io dipingo', disse lei, convinta che questa osservazione avrebbe ucciso ogni ulteriore conversazione su di lei.

'Muri?'

'Nient'affatto'. Improvvisamente, volendo impressionarlo, aggiunse: 'Per. il master mi sono occupata di precisionismo'.

'Sheeler?'

'E O'Keeffe.'

'Ah, ora sì che si ragiona. Il mio pezzo preferito è Red Canna'.

'Immaginavo potesse esserlo', disse con un sorriso misurato.

I suoi occhi vagarono per la stanza. Lei seguì il suo sguardo sulla cameriera china su un cliente che ordinava dal menu, la sua scollatura rigonfia che quasi usciva dalla camicetta.

'Bel nome, Yvette,' mormorò, riportando lo sguardo sul suo viso. 'Sei francese?'

'No.'

'Peccato'.

'Perché?'

Non rispose.

Yvette tagliò le sue lasagne. Mangiò velocemente, ingoiando il suo disagio ad ogni morso.

Dimitri, a quanto pare, si era attaccato ai suoi gusti artistici. Quando erano circa a metà del loro cibo, lui indicò la sua direzione con i denti della forchetta e disse: 'Devi essere una donna sensuale per essere interessata alla O'Keeffe'.

'C'è di più in lei che i fiori'.

'Sì, forse. Ma che coraggio e audacia nel trasmettere la sessualità femminile attraverso i fiori in modo così esplicito'.

'Penso che tu stia esagerando. È tutto negli occhi di chi guarda'.

'Ah, ma c'è sempre l'intento dell'artista'.

Lei evitò il suo sguardo e finirono il loro pasto in silenzio.

Quando la Signorina Pettoruta sparecchiò i loro piatti, gli occhi di Dimitri non lasciarono mai la sua scollatura. Chiese il conto e la seguì al bancone con il portafoglio. Yvette si mise a sedere dritta, irritata e ansiosa di andarsene.

Fuori, giovani coppie con espressioni allegre passeggiavano sotto i rami di piccoli alberi. Dimitri si mise di lato, lasciando passare una donna che teneva per mano due bambini piccoli, prima di rivolgersi a Yvette. 'Vuoi fare una passeggiata?' Senza aspettare una risposta, la prese per mano e passeggiarono fino a Russell Square.

Il parco sembrava vuoto, tranne che per due figure che si abbracciavano sotto la vasta chioma di un grande albero di fico. Dimitri condusse Yvette attraverso una fascia di prato fino all'attrezzatura da gioco e la invitò a salire su una scala che portava a una piattaforma su un ponte traballante.

Lei guardò in direzione della coppia, chiedendosi cosa stesse facendo lì con quell'estraneo arrapato, quando lui la tirò a sé, le avvolse un braccio intorno alla vita e la baciò con forza. Poi premette il suo corpo al quello di lei, strusciandole contro i lombi, gemendo. Lei sentì la dura massa della sua virilità e lottò per reprimere un sussulto.

'Dio, mi piaci', disse lui. Senza neanche un 'Posso?' fece scivolare una mano sotto la sua gonna, tirandole le mutandine. 'Sei adorabile', le mormorò all'orecchio, con la mano che premeva tra le sue gambe. Lei era eccitata, nonostante i dubbi. Ma prima che lei avesse la possibilità di decidere che non lo voleva, lui si era slacciato i pantaloni.

Spingeva e stringeva e spingeva e stringeva, gemendo, 'Tesoro, oh, oh,' ancora e ancora, finché i suoi oh e i suoi tesoro si fusero in un unico lungo whooooaaah.

E lei fu libera da lui.

'Wow. L'hai sentito?'

Yvette non disse nulla.

'E' stato intenso'.

'Davvero?' disse lei, sistemandosi i vestiti, sentendo un improvviso impeto di disgusto per se stessa.

Si diressero di nuovo verso il caffè. Dimitri si fermò accanto a un'utilitaria argentata. 'Ecco la mia macchina'. Estrasse le chiavi da una tasca dei pantaloni. 'È stato bello. Dobbiamo rifarlo qualche volta'.

'Assolutamente', disse lei, ma quello che piuttoso "assolutamente no". Dimitri apparteneva al pantheon di uomini egocentrici che aveva conosciuto. Il suo ego era per lui più prezioso della sua Nikon.

Lee, l'insegnante di musica, non era migliore, anche se lei all'inizio pensava che potesse esserlo. Il giorno che si erano incontrati, l'aveva trovato affascinante. Era di altezza media, di corporatura leggera, con i capelli neri tagliati corti che incorniciavano un volto cordiale. Avevano passeggiato per James Street mentre andavano a un caffè, chiacchierando allegramente. Lui le aveva detto di essere mezzo cinese e mezzo portoghese; sua madre aveva sposato un uomo d'affari di Hong Kong. Le aveva chiesto da dove venisse, si era interessato alla sua famiglia e al suo passato e quando lei gli aveva fornito degli aneddoti accuratamente preparati, si era intromesso qua e là con un commento educato. Sembrava un uomo sensibile e ben educato.

Dopo due appuntamenti, lui era sdraiato sul suo divano con una polo verde e un paio di pantaloni della tuta larghi. Era lì da quando era arrivato quel pomeriggio. Era una nota stonata nella sua sinfonia di fascino. Era passata un'ora intera e lui non aveva fatto altro che sdraiarsi con le mani dietro la testa, parlandole di quanto fosse stato superbo il concerto scolastico della sera prima, di quanto fosse riuscito l'ensemble, l'orchestra, il quartetto e gli assoli. Lei concluse che i gesti teneri di lui, che le stringeva la mano, che le accarezzava la guancia, che le lisciava i capelli, erano comportamenti abitudinari. Era un uomo abile a ottenere ciò che voleva con i mezzi più gradevoli. E una volta che aveva, o credeva di aver raggiunto il suo scopo, la compiacenza regnava.

Il suo flebile affetto per Lee si accommiatò da lei quando gli chiese di andarsene, adducendo come scusa un mal di testa pulsante e borbottando che aveva bisogno di andare a letto presto.

Aveva sempre avuto ragione, non si può forzare il destino. Eppure, rimasta senza nessuno che lenisse i desideri, i suoi pensieri tornarono a Carlos.

Carissimo Carlos. Caro Carlos. No. Ciao Carlos.

Lo immaginò mentre annaffiava le piante nel cortile. La scala di pietra che si snodava fino alla camera da letto, la loro camera da letto, con il letto a baldacchino e la sedia a dondolo e la finestra che dava sui tetti piatti del villaggio. Il suo cuore era ancora legato a quella casa. Solo una piccola parte di lei, quel briciolo di buon senso e l'istinto di autoconservazione, era sfuggita. Le sue cose erano ancora lì? Pensò di recuperarle. Non si aspettava che lui le avrebbe spedite in Australia per conto suo. Più probabilmente le avrebbe usate per invogliarla a tornare. Si chiese dove fosse lui. A casa a pianificare la sua prossima avventura? Non c'era un telefono in casa sua, non rispondeva mai al cellulare e non usava la posta elettronica. Lei aveva già inviato tre lettere. Lui non era il tipo che rispondeva.

Con i gomiti sul tavolo, appoggiò il viso tra le mani e guardò in direzione del bollitore. Pensò di lavorare a uno schizzo, ma si sentiva troppo cupa per provarci. Doveva esserci un uomo là fuori, un uomo capace di eclissare Carlos. Quella chiromante aveva un'aria troppo da fata per essere una ciarlatana. Facendo appello alla sua determinazione, si rifiutò di abbandonare la speranza.

Uno scarafaggio attraversò il banco della cucina.

Sua madre telefonò il pomeriggio seguente, come faceva ogni settimana, in parte per sapere se Yvette avesse avuto notizie dall'Immigrazione. Yvette le disse di no.

'Hai già incontrato qualche uomo simpatico?'

'No, mamma. Non ancora.'

Yvette non riusciva a dire a sua madre che aveva fatto incontri online. Era certa che Leah non avrebbe approvato. Dopo la morte del suo secondo marito, Leah era rimasta vedova, concentrando il suo affetto sui nipoti e sul suo gatto.

'Ho visto Terry l'altro giorno', disse con leggerezza.

'Hai parlato con lui?'

'Non proprio. Era di fretta. Sembrava preoccupato'.

'Oh, bene.'

'Avresti dovuto sposarlo, Yvette. Ti saresti risparmiata tutta questa attesa'.

Yvette non disse nulla. Ascoltò con pazienza forzata l'aggiornamento di sua madre sui progressi dell'imminente mostra agricola e la lite di Debbie con l'attuale insegnante di

suo figlio Peter per un voto basso nel suo progetto di geografia.
'Ti tieni occupata?'

'Sì, mamma.'

Salutò e riattaccò il telefono.

suo figlio Peter per un voto basso nel suo progetto di geografia.
'Ti tieni occupata?'

'Sì, mamma.'

Salutò e riattaccò il telefono.

2.14

L a sera seguente, Yvette si sistemò il modo in cui cadeva gonna corta nera e si mise il top batik largo che aveva comprato a Bali. Si spazzolò i capelli e si applicò un sottile strato di balsamo colorato sulle labbra. Thomas sarebbe arrivato all'appartamento da un momento all'altro. Stava frequentando un corso di recitazione e il tutor stava festeggiando la fine del semestre nella sua casa di Subiaco. Avrebbe dovuto riparare la frizione della Honda Civic , così Thomas aveva chiesto al suo amico Rhys di accompagnarli.

In risposta a un leggero bussare, aprì la porta. Thomas e Rhys erano in piedi uno accanto all'altro, vestiti come due gemelli in semplici camicie Ben Sherman e pantaloni chino. Thomas le diede un bacio sulla guancia e Rhys, piccolo e magro con i capelli corti castani, il mento con le fossette e i denti sporgenti, le offrì la debole stretta di mano che aveva previsto. Erano in anticipo e lei propose una tazza di tè.

Ignorando Rhys che vagava vicino al divano, Thomas seguì Yvette in cucina e si appoggiò al banco. Guardando verso Rhys, ancora in piedi come se avesse bisogno del permesso di sedersi, lei disse: 'Per favore, siediti', e lui lo fece.

Accese il bollitore. 'Come va?' disse a bassa voce.

'Meglio, credo. Anthony si allontana ma continua a tornare. Dice che nessun altro soddisfa il suo intelletto'.

'Allora c'è speranza. Scusami.' Lei andò ad aprire l'anta dell'armadio più vicina al suo viso. Si scostò e raggiunse Rhys sul divano.

'Cosa fai, Rhys?', chiamò lei.

'Sto studiando per un certificato in piccole imprese'.

'Per cosa?'

'Voglio aprire un negozio di modellismo e hobby'.

'Buon per te', disse lei incoraggiante. 'Dimmi, come vi siete conosciuti?'.

'Nella tromba delle scale. Affittavo un appartamento al piano terra'.

Yvette cedette a un improvviso impeto di ripugnanza, paragonandosi al tipo di inquilini che vivevano in questo quartiere. 'Dove sei adesso?'

'Di nuovo con i miei genitori a Inglewood'.

'La casa degli avi?'

'Sì.'

Posò sul tavolino tre tazze, una brocca di latte e una ciotola di zucchero.

'Latte?' chiese a Rhys, catturando il suo sguardo.

'Err, sì, per favore', disse, arrossendo.

'Zucchero?'

'No, ehm, no grazie'. Lui prese la tazza dalla sua mano e sbatté il gomito sul bracciolo, rovesciando il tè sul pavimento.

'Mi dispiace molto', disse, facendo una smorfia.

'Non preoccuparti. Il tappeto ha assorbito di peggio'.

Si sentì inaspettatamente comprensiva. Era senza arte né parte. Era contenta che fosse venuto; Thomas sembrava un po' meno intenso in sua compagnia. E avendo vissuto tutta la vita a Perth, Rhys era destinato a trovare la strada per Subiaco senza problemi.

Rhys guidava una berlina blu scuro. Yvette era seduta dietro a Rhys, sollevata dal fatto di non dover fare da navigatore. Dirigendosi verso un percorso che aggirava il centro della città, Rhys fece entrare l'auto in Beaufort Street. Il sole al tramonto gettava un bagliore redentore sugli scialbi edifici dai tetti piatti. Aspettarono nella corsia di sola svolta a destra di un semaforo.

Scattò il verde.

'Walcott Street', disse Yvette, leggendo un cartello stradale.

'Walcott Street?' disse Thomas, perplesso. 'Non dobbiamo andare a Vincent Street?

'Woops', disse Rhys. 'Ho sbagliato strada'.

Rallentò, mise la freccia e riportò l'auto in strada, mancando di poco un veicolo in arrivo. Thomas si irrigidì.

Due giri a destra ed erano su Vincent Street.

'Devo prendere a sinistra da qualche parte qui sopra', disse Rhys. 'Sì, è questa.'

Charles Street. Yvette guardò le luci della città che si facevano vicine.

'Non credo che questa sia la strada giusta', disse Thomas. 'Non vogliamo finire in città'.

'Giro qui', disse Rhys, dirigendosi su un raccordo verso una rotonda. 'Potremo tagliare dall'autostrada'.

Cambiò corsia e uscì su un'altra strada a scorrimento veloce. La strada si snodava in un ampio arco, entrando nella Mitchell Freeway. Anche con la sua limitata conoscenza di Perth, Yvette sapeva che dovevano attraversare il centro della città verso l'oceano, per poi virare a sud verso Subiaco. Il che significava che non volevano la Mitchell Freeway.

'Dannazione!' disse Rhys. 'Da che parte siamo diretti?'

'Nord', disse lei. 'Le luci della città sono dietro di noi.'

'Prenderò la prima uscita'.

'Quella sarà l'uscita di Vincent Street', disse Thomas.

In poco tempo erano di nuovo all'incrocio di Charles Street.

'Siamo già stati qui', disse Yvette ironicamente.

Rhys mise la freccia a destra.

'Non devi girare a sinistra?'. Disse Thomas.

'E' quello che ho fatto prima. Questa volta girerò a destra'.

'Ma siamo arrivati all'incrocio dalla direzione opposta', disse lei, pensando che Rhys non sapesse orientarsi su una pista per automobiline elettriche a forma di otto.

'Sono sicuro che c'è un modo per attraversare la superstrada se ci dirigiamo qui'.

Risalì la rampa fino alla rotonda dell'autostrada.

Questa volta prese un'uscita diversa, virando in un arco verso il basso. La curvatura sembrava strana.

Quando entrarono nella superstrada Thomas urlò, 'Strada sbagliata, torna indietro!' mentre tre corsie di auto correvano verso di loro con i fari lampeggianti.

Thomas strinse il sedile.

Rhys frenò bruscamente, mise la leva del cambio in retromarcia e tornò indietro sulla strada di accesso, inseguito da un rombante semirimorchio che suonava il clacson.

Un laborioso giro in tre punti, tre volte la rotonda e Rhys scelse un'altra uscita.

Ora si stavano dirigendo a sud sull'autostrada.

Yvette gemette.

Thomas pugnalò l'aria freneticamente. 'Prendi la prossima uscita! Riverside Drive'.

'No. Questa ci porterà in città'.

'Ma stiamo per attraversare il fiume!'

Dovevano rimanere sulla Kwinana Freeway per circa

cinque chilometri fino all'uscita successiva. Thomas riusciva a malapena a mascherare la sua esasperazione. Parlando tra i denti serrati in un monotono sibilo, imboccava ogni manovra a Rhys. 'Ora rimani in questa corsia. L'uscita che ci serve è più avanti. La vedo avvicinarsi. Ora metti la freccia. Sì, questa *è la* strada giusta. Qui sopra'.

'Ma...'

'Sì, sì, dobbiamo tornare sull'autostrada'.

Mentre attraversavano di nuovo il fiume, avvicinandosi a un cartello per Riverside Drive, Thomas gridò: 'Prendi questa uscita! E gira a sinistra'.

Agitato, Rhys si diresse verso la strada di accesso.

'Sinistra! A sinistra!'

Rhys aveva girato a destra.

'Oh no!' Thomas si coprì la faccia con le mani. 'Abbiamo perso la svolta!'

Erano sulla Riverside Drive, diretti verso la città.

Rhys frenò e guidò l'auto verso la stretta spalla dura che fiancheggiava lo spartitraffico.

'Perché ti sei fermato qui?'.

'Ho bisogno di vedere lo stradario'.

'Non puoi fermarti qui!'

'Non c'è bisogno di uno stradario', disse Yvette, lottando per sopprimere una risata. 'Il tramonto è dietro di noi. Quello è l'ovest. Quella è la direzione in cui dobbiamo andare'.

Thomas scuoteva la testa. Rhys accese la luce interna e poi sfogliò lo stradario. Quando trovò la pagina giusta si soffermò sulla mappa. Alla fine, disse: 'Hai ragione. Devo tornare indietro'. Avviò il motore, fece un'inversione a U alla prima occasione e riuscì a prendere l'uscita Subiaco alla rotonda.

'Ora, continua ad andare', disse Thomas.

I riflessi delle luci della città danzavano sul fiume. Alla sua destra, King's Park era una fascia scura di cespugli autoctoni che copriva il monte Eliza, così vasta che per qualche istante perse il senso della sua posizione. Seduta sul sedile posteriore dell'auto, testimone dell'esperienza di navigazione più ridicola della sua vita, non poté resistere all'idea che una battaglia di destini contrastanti si stesse svolgendo sul corso della sua vita, Rhys e Thomas agenti inconsapevoli della Speranza e del Destino. Non aveva modo di discernere quale fosse quale.

Thomas diresse Rhys per il resto della strada fino a Subiaco. Erano quasi arrivati quando la macchina stridette, rallentò e si fermò accanto a un piccolo parco.

'Cosa c'è che non va?' disse lei.

'Credo che abbiamo finito la benzina'.

'Oh, mio Dio', mormorò Thomas sottovoce.

'Non c'è problema. Ho una tanica di benzina nel bagagliaio', disse Rhys con sorprendente nonchalance. 'Hai idea di dove sia la stazione di servizio più vicina?'

'Ne abbiamo passata una là dietro', disse Yvette indicando dietro di lei.

Quando furono in piedi sul marciapiede, Rhys tirò fuori il portafoglio e cercò all'interno. 'Ehm... non hai dei soldi da prestarmi?'

Thomas attirò l'attenzione di Yvette. Lei scrollò le spalle. Frugò nella tasca posteriore per prendere il portafoglio e ne estrasse una banconota da cinque dollari.

'Vuoi che aspettiamo qui?'

'Cammineremo per il resto della strada', disse Thomas. 'Ho voglia di un po' d'aria'.

Alla fine della prima strada, Yvette disse: 'Pensavo che Rhys sapesse come muoversi a Perth'.

'Così sembrava.'

'Dovrebbe limitarsi alle auto telecomandate'.

'Sarà per sempre Inversione a U Rhys'.

Thomas ridacchiò, portandosi la mano alla bocca. Yvette

rise insieme a lui e ben presto furono entrambi piegati in due, asciugandosi le lacrime dagli occhi. Era la prima volta che vedeva Thomas rilassato e felice da quando era arrivata a Perth. Sperava, per il suo bene, che questo segnasse un'inversione di marcia nella *sua* vita. Aveva bisogno di superare la sua ossessione per Anthony. Magari trovare qualcun altro.

In poco tempo passarono davanti a un imponente edificio dal tetto piatto in mattoni rosati che sovrastava le case circostanti. Yvette lesse l'insegna sulla facciata: 'King Edward Memorial Hospital for Women'. Ora il senso di colpa la attraversò come un diluvio, come se l'edificio stesso la stesse ammonendo e lei non avesse diritto, nessun diritto, di godere anche del più semplice dei piaceri.

Attraversarono la strada e la linea ferroviaria e scesero in una strada laterale.

Thomas si fermò fuori da un caratteristico cottage in legno, immerso in un giardino compatto pieno di piante ornamentali. Lei lo seguì fino al portico anteriore. Un uomo dall'aspetto soave, vestito in modo sgargiante con una giacca di seta cinese e pantaloni da pescatore, aprì la porta al rapido bussare di Thomas e lo accolse con un abbraccio affettuoso. Poi prese la mano di Yvette in entrambe e la guardò dritto negli occhi. 'Benvenuta', disse con teatrale sincerità. 'Sono Anton. Venite pure.'

Il soggiorno era spazioso con il pavimento lucido, divani in pelle e un camino aperto ad un'estremità. Piena di anticipazione, si guardò intorno e osservò gli altri ospiti. La sua ricerca era il suo obiettivi primario, ignorò le donne e scrutò gli uomini. La maggior parte non era attraente. Alcuni erano troppo bassi, alcuni troppo grassi, altri troppo rumorosi o timidi. Con instancabile ottimismo persistette, mescolandosi qua e là, scambiando brevi convenevoli, dirigendosi verso la cucina, dove un gruppo di donne in abiti fluenti ridacchiava in modo insensato, e attraverso una veranda chiusa sul retro.

Immediatamente, lo vide, in piedi in un gruppo di uomini riuniti accanto a un tavolo apparecchiato con un buffet di finger food. Affascinante, in pantaloni stretti a vita alta e una camicia da contadino con il collo aperto, i capelli folti e lunghi rosso fuoco legati in una coda di cavallo sulla nuca. Sovrastava gli altri. I suoi occhi, una pallida foschia blu, catturarono i suoi. Lei si avvicinò. C'era una mistica in lui, non il carisma assertivo di Carlos, tutto baldoria e cameratismo; si trattava di un uomo gentile e sereno. Lui si voltò verso di lei con interesse e sorrise.

Lei rispose con un sorriso. 'Ciao, sono Yvette.'

'Piacere di conoscerti', disse con una voce morbida e accentata. 'Io sono Varg'.

'Varg. Ciao Varg.' Varg? Era un vichingo allora, in piedi al timone di una nave, con una pelle d'orso per tenersi al caldo, i capelli che gli ricadevano dietro l'elmo cornuto, un'ascia da battaglia in una mano e un boccale di peltro di idromele nell'altra. Un'immagine allo stesso tempo assurda e inebriante.

Lui reggeva il suo sguardo, gli occhi che cercavano, le labbra leggermente alzate agli angoli. Aveva un viso spigoloso, una mascella forte e una fronte pesante. Lei si sentì fluttuare. La stanza si svuotò, gli altri portarono i loro piatti e bicchieri altrove.

Chiacchierarono. In cinque minuti aveva scoperto che era single, un falegname norvegese con aspirazioni di diventare un attore professionista. Aveva un'aria da attore. I suoi modi aggraziati la misero a suo agio. Lui le chiese dove viveva. Lei gli descrisse l'appartamento, senza gli scarafaggi. Lui ascoltò attentamente.

'Mangi carne?' disse, prendendo un piatto. Scelse alcuni bocconcini dal buffet, disponendoli ordinatamente. Lei non mise in dubbio, neanche per un momento, la sua sincerità.

Proprio quello che lei poteva aver mai cercato in un uomo, lui lo possedeva.

Quando lui si offrì di accompagnarla a casa, lei ne fu entusiasta. Trovò Thomas che chiacchierava con Rhys in salotto mentre lei seguiva Varg alla porta d'ingresso. 'Ci vediamo dopo', disse con disinvoltura. Non aspettò una risposta.

Varg aprì la porta del lato passeggero della sua Celica bianca. 'Ora, dove vivi?'

Lei glielo disse mentre si sedeva di nuovo al suo posto. La sua guida era fluida. Si diresse direttamente verso il suo appartamento con totale disinvoltura. Finì di raccontargli la storia di Inversione a U Rhys mentre lui entrava nel parcheggio. Lui guardò gli appartamenti senza giudicare.

'Posso avere il tuo numero di telefono?'

Lo scrisse sul retro di una vecchia ricevuta.

La accompagnò alla porta, le diede un bacio sulla guancia e si voltò per andarsene. Con la chiave nella serratura lei lo guardò e disse: 'Ti va un bicchierino?'

Lui sorrise e la seguì nell'appartamento.

Gli scarafaggi si stavano ritirando dalle loro attività notturne alla tenue luce dell'alba. Yvette uscì per schiarirsi le idee, inspirando l'aria fresca del mattino. La luce del sole scintillava sui tetti delle automobili, le lunghe ombre proiettate dalle case e dagli alberi si accorciavano mentre lei guardava. Un dolce bagliore la pervadeva; ancora avvolta dalla presenza di Varg, affascinata dal suo sorriso. Era stato premuroso a letto come alla festa. Prima di andarsene - dovevano essere circa le due, aveva detto qualcosa a proposito di doversi alzare presto - la invitò a un concerto al Fremantle Town Hall venerdì sera. Mancava una settimana e c'erano tutte le possibilità che lei passasse ogni ora a ciondolare in giro, il giorno che si estendeva davanti a lei come il cielo, vuoto fino all'orizzonte. Aveva bisogno di tenersi occupata, di una distrazione. Poi, nella luce azzurra, circondata dal cupo cemento del balcone, le immagini di Curtin le balenarono davanti e sentì un'inaspettata ondata di creatività. Poteva lavorare a un quadro, uno che trasmettesse un po' della cruda oppressività che Loewenstein aveva descritto. Per questo, aveva bisogno di fotografie.

Si fece la doccia, si vestì con una vecchia maglietta e pantaloncini, mise la sua chiavetta nella tasca laterale della borsa a tracolla ed uscì. Non aveva idea se la biblioteca locale fosse aperta, ma lo avrebbe scoperto abbastanza presto.

Sul marciapiede i suoi passi erano decisi. Raggiunse la biblioteca cinque minuti dopo l'apertura e passò davanti alla reception e alle pile di libri di saggistica fino alle postazioni dei computer. Diede un'occhiata a una bibliotecaria che trasportava un carrello di libri e indicò una postazione con uno sguardo interrogativo sul volto. La donna annuì e Yvette si sedette.

Pochi minuti dopo, uscì dalla biblioteca con la sua chiavetta carica di immagini di Curtin. Tornando a casa, si fermò al negozio di fototecnica all'angolo della strada e poi si infilò nel negozio Vinnies accanto, dove trovò tre tele di paesaggi australiani, nessuno dipinto con stile.

Tornata nell'appartamento, posò sul tavolo una serie di cinque foto, tre delle quali ritraevano il centro di detenzione da un punto di vista aereo, una concatenazione di baracche tristemente grigie dietro le rigide linee di recinzione di rete metallica e le spire di filo spinato. Come si sarebbe avvicinato Sheeler al soggetto? Una prospettiva a volo d'uccello che accentua i piani sovrapposti dei tetti di ferro? Una semplificazione geometrica del gruppo di edifici smontabili posizionati a coppie come farfalle appuntate, con i loro corpi congiunti di corridoi coperti di Colourbond grigio? Avrebbe potuto usare una prospettiva a tre punti del sito per accentuare l'altezza dei pali dell'illuminazione aerea. O un trattamento a livello del suolo in stile O'Keeffe di una singola coppia di smontabili.

Andò a sedersi sul duro cemento del pavimento del

balcone. Là fuori, nella luce cruda, ognuna delle sue idee artistiche sembrava geometricamente allettante, eppure si chiedeva come avrebbe potuto incorporare un impegno morale con il soggetto. Sentiva che il problema che aveva stava nella sterilità dell'approccio. Eppure, era determinata a procedere.

Cominciò uno schizzo, poi un altro, tracciando linee e ombreggiando forme, avvicinandosi al soggetto nella sua mente fino a quando si trovò fuori dall'alta recinzione, fissando gli edifici nel caldo intenso.

Dopo ore di tentativi, respingendo un'insoddisfazione crescente, riportò dentro il blocco degli schizzi.

2.16

Per tutta la settimana seguente, Yvette fu a turno influenzata dalla frustrazione artistica, dall'inquietudine e dalla promessa struggente di Varg. Ora si trovava davanti al municipio di Fremantle, un edificio neoclassico in finta pietra con pilastri corinzi, finestre a frontone e architravi fortemente modanati. Questa era la sua prima visita a Fremantle ed era felice di essere circondata da un'abbondanza di bei vecchi edifici, tutti alti almeno due piani. Anche la stazione ferroviaria, un edificio in pietra con un'impressionante facciata in mattoni rossi e pietra, aveva un'aria di grandezza che mancava nei sobborghi di Perth, e un'autenticità assente nella finta Tudor London Court. In King's Square, alberi di fico giganti offrivano quella gradita tregua d'ombra. Mentre la luce del giorno cominciava a svanire, i lampioni illuminavano la chiesa che presiedeva la piazza. Costruita in pietra calcarea in un semplice stile gotico con una fila di finestre ad arco sopra la navata, una chiesa non fuori posto in un vicolo del Cotswold. Nel complesso era una scena deliziosa, che accresceva l'attesa che si agitava nel suo ventre.

Aspettò. Guardò la gente che passava in tutte le direzioni, alcuni che si muovevano, altri che salivano la scalinata del municipio. Pensò che fosse in ritardo. Poi pensò che le avesse dato buca. Quanto tempo gli avrebbe dato prima di tornare alla stazione? Non molto, decise. Sentì un impeto di sollievo quando finalmente Varg apparve nella mischia. Era vestito con gli stessi pantaloni a vita alta e una camicia bianca larga. Gettò un'occhiata al finestrino di un'auto parcheggiata, scuotendo i capelli, che cadevano in lunghe e folte ciocche, dal suo viso. Poi la vide e sorrise.

Riprese fiato.

Lui schivò un gruppo di giovani che salivano i gradini, si piegò in avanti e la baciò leggermente sulla guancia. 'Sei splendida', le disse, e lei fu contenta di aver scelto di indossare l'elegante vestito nero che aveva comprato in uno dei suoi numerosi viaggi da Vinnies.

La guidò attraverso l'ingresso e in una piccola stanza dai soffitti alti, dove un gruppo di uomini e donne freschi e abbronzati stavano chiacchierando con entusiasmo intorno a un grande tavolo di legno. La musica, una voce femminile acuta accompagnata da un pianoforte, usciva dal palco principale situato in una stanza adiacente.

'Ehi, Varg!' disse un uomo con i capelli neri corti e la barba folta.

'Francois'. Varg strinse la mano dell'uomo e sorrise calorosamente agli altri.

'Prendi una sedia'. Francois spostò la sua sedia da un lato.

Sentendosi in imbarazzo, Yvette si sedette accanto a Varg. Non aveva idea che il loro primo appuntamento sarebbe stato così pubblico. Quando Varg la presentò all'assemblea, sorrise e strinse la mano ad uno ad uno, dimenticando il nome di ogni persona nel momento in cui salutò il successivo.

Varg si mise a conversare con Francois. Yvette ascoltava,

evitando lo sguardo della donna dai capelli chiari di fronte, che continuava a cercare di catturare la sua attenzione. Varg stava discutendo il suo ruolo in una recita della Natività che doveva essere eseguita in una casa di riposo. Varg doveva interpretare Giuseppe. 'Anton insiste che io indossi una parrucca', gemette.

'Una parrucca?' Francois si mise a ridere.

'Dice che nessun Giuseppe che aveva diretto aveva i capelli rossi.'

'Ha ragione.'

'Mi vedi con una parrucca?'

Francois rise di nuovo.

'È troppo esigente'. Varg si rivolse a Yvette. 'Non sei d'accordo?' Lei non aveva idea di cosa dire. Prima che le venisse in mente una risposta, Varg era tornato dal suo amico. 'E continua a cambiare il copione'.

'Stai scherzando. È una rappresentazione della Natività'.

'Lo so. Avrà riscritto tutto prima della sera della prima'.

'Che pignolo.'

'Peggio. Continua a tagliare le mie battute. Sta riducendo il mio personaggio a un sempliciotto monosillabico'.

'Povero Giuseppe', disse Francois.

'Povero me. Anton ritiene che la nuova versione sia più intelligente'. C'era un tono sarcastico nella sua voce. Inclinò la testa da un lato all'altro in una parodia femminile di Anton. 'Lascia spazio al pubblico per... riflettere'.

'Forse ha ragione', disse Yvette, cogliendo l'occasione per inserirsi nella conversazione.

Varg le lanciò uno sguardo vuoto. 'Cosa ne sai tu di recitazione?'

'Solo che la recitazione va ben oltre le parole. Un personaggio è ritratto nel tono, nell'intonazione, nei manierismi e nelle sfumature del linguaggio del corpo'.

'Sono sicuro che sarò all'altezza della sfida'. Si voltò di nuovo verso Francois. 'Ma preferivo il copione così com'era'.

Un applauso entusiasta nell'altra stanza fu seguito da una chitarra stridula che accompagnava una voce maschile ronzante. Era contenta di essere seduta lontano da tutto ciò.

Varg continuò a parlare con il suo amico. L'uomo alla sua destra era impegnato in uno scambio privato con la donna accanto a lui. Yvette veniva in gran parte ignorata, tranne che per la donna dai capelli chiari di fronte, che sembrava desiderosa come sempre di ottenere la sua attenzione. Yvette evitò fermamente di guardare nella direzione di quella. donna.

Verso la fine della serata, dopo molta bonomia e i tentativi a metà di Yvette di includersi da qualche parte, ovunque, nel flusso allegro, Varg lasciò la stanza e la donna dai capelli chiari, ormai ubriaca, si fece strada intorno al tavolo e si sedette sulla sedia di Varg, afferrando il lato del tavolo per stabilizzare la sua discesa.

Raggiunse la mano di Yvette. 'Yvette', disse intensamente. 'Sei bellissima.'

'Grazie', disse lei, sforzandosi di sembrare educata.

'Varg è speciale, lo sai'. La donna mise un braccio intorno alla spalla di Yvette. Poi, mettendosi una mano sul cuore, spinse il petto in avanti e disse cerimoniosamente: 'A nome di tutte le donne di Perth, vi auguro ogni felicità'.

'Grazie', disse ancora Yvette. Era disorientata. Questa donna era pazza? Forse era una vecchia fidanzata.

Fuori, Varg propose loro di fare una passeggiata. Le strinse il braccio nel suo e la condusse lungo una stretta strada laterale fiancheggiata dagli edifici gotici georgiani e vittoriani che lei adorava così tanto, e oltre i caffè dall'aspetto trendy. Gli avventori riempivano tutti i posti a sedere all'aperto, l'aria era impregnata di odori di cucina a base d'aglio. Un'atmosfera cosmopolita che ricordava le città europee pervadeva le strade.

Yvette era incantata. Sapeva dalle lezioni settimanali di storia della signora Thoroughgood che Fremantle era famosa per la sua storia marittima. Non si era resa conto che la città avesse un tale stile. Fremantle risplendeva di orgoglio civico da ogni facciata. Perth assunse un nuovo significato. Yvette si sentiva più alienata dalle pianure morte della periferia.

Passeggiarono fino a un piccolo edificio in pietra arenaria, dalla consistenza grossa e irregolare, tozzo e fiero sui suoi prati tagliati, e poi attraverso il tunnel sottostante fino a una breve spiaggia tra le basse mura del porto. L'acqua era scura. Le onde sbattevano pigramente sulla riva. Le luci del porto tremolavano e l'aria impregnata di oceano soffiava una leggera brezza. Abbracci immaginari di passione e amore si fecero posto nelle fantasie di Yvette.

Varg si voltò e le strinse il viso tra le mani. 'Yvette', mormorò. Le scrutò gli occhi. Sembrava che stesse per dire di più, poi esitò. Un uomo e il suo cane andarono verso di loro. Le sue mani caddero e lui si tirò indietro.

'Andiamo?'

Yvette fece del suo meglio per nascondere la sua delusione.

2.17

Stava spingendo un carrello lungo la corsia dei cibi in scatola del suo supermercato locale, mentre il cuore le si gonfiava al ritmo degli oh senza fiato e dei cieli imploranti di Maria McKee che si spandevano da un impianto audio nascosto con la voce più melliflua che avesse mai sentito. Il disperato desiderio che emanava dalla canzone corrispondeva perfettamente al suo stato d'animo. Riusciva a malapena a credere di essere capace di un'emozione così fangosa. Era una vergogna per se stessa. L'unico aspetto positivo della canzone era che non era cantata da Bonnie Tyler.

Yvette non aveva più sentito Varg da quando l'aveva riaccompagnata al suo appartamento dopo il concerto a Fremantle la settimana prima. Un rapido viaggio in auto attraverso la periferia e lei aveva trascorso l'intero tragitto in estasi, leggendo nel suo silenzio una passione commisurata alla sua. Quando lui si era fermato fuori dal suo appartamento, si era chinato sulla console, le aveva baciato la guancia e le aveva detto che l'avrebbe chiamata presto. Lei era estasiata. Aveva salito le scale del suo appartamento pensando di aver finalmente trovato un uomo veramente rispettoso.

Ora si avviava alla cassa con due scatole di pomodori a cubetti, una cipolla e un piccolo blocco di formaggio qualunque. Tutto quello a cui riusciva a pensare era che doveva uscire di lì il più velocemente possibile nel caso in cui Varg avesse telefonato.

La sua eccitazione da innamoramento si disfece nel momento in cui aprì la porta d'ingresso dell'appartamento e il suo telefono suonò. Convinta che fosse Varg, doveva essere Varg, lasciò cadere la borsa della spesa sulla porta e cercò il telefono nella borsa a tracolla prima che smettesse di suonare.

Mise il ricevitore all'orecchio e sentì la voce di sua madre.

'Non hai ancora saputo niente?' disse Leah. La stessa domanda, ogni volta. E ogni volta che lo chiedeva dopo la richiesta di residenza di Yvette, Yvette sentiva una fitta di ansia, questa volta unita a una valanga di delusione.

'Non una parola.'

Ci fu una pausa.

'Debbie ha avuto un po' di guaii', disse. 'Peter è stato portato in ospedale ieri'.

'Sta bene?' Yvette era preoccupata, ma nel modo distaccato in cui si preoccupava per chiunque si facesse male. I suoi nipoti erano degli estranei per lei.

'Era solo un dito rotto. Si è scontrato con una palla da cricket'.

'Oh, cielo'.

'Anche l'ultima settimana di scuola. Che sfortuna. Cosa fai per Natale?'

'Credo che lo passerò con Thomas. Non ci ho ancora pensato', disse Yvette velocemente. 'E tu?'

'Vado da Debbie, come sempre. Minaccia di arrostire un tacchino'.

'Pensavo ti piacesse il tacchino'.

'Sì. Solo che l'ultima volta ha lasciato l'uccello cotto scoperto su un bancone e quando siamo venuti a mangiare era già putrefatto'.

Yvette non sapeva se difendere Debbie o condividere la repulsione di sua madre. 'Non farà due volte lo stesso errore'.

'Lo so. Sto portando la mia carne di scorta.

'Oh, mamma.'

Si chiese allora se Leah parlasse a Debbie di lei allo stesso modo.

Più tardi, dopo aver fatto uno spuntino a base di formaggio e del sedano che erano rimasto a languire nel cassetto della verdura per tutta la settimana, Yvette si sedette sul divano. La sua aspettativa di prima era stata uccisa dalla chiamata di sua madre e sostituita dal dubbio, e così cominciò a leggere in modo diverso l'esitazione di Varg sulla spiaggia, il suo silenzio in macchina. Non l'avrebber chiamata .

Yvette sfogliò i suoi schizzi. Poi giocò con la sua scatola di matite di latta. Sul coperchio, tra un 'Mars' maiuscolo e un 'Staedtler' minuscolo, c'era un cammeo di un soldato romano di profilo. A quanto pare i produttori volevano impartire il messaggio che le loro matite erano tutto ciò che serviva per conquistare un disegno. Le cerniere cigolavano mentre apriva il coperchio. Forse questa volta quella figura romana avrebbe avuto ragione.

La serata proseguì. Una linea qui, qualche ombreggiatura là, tratteggiando parte di un muro laterale, aggiustando l'angolo della staccionata, fissando l'alba in una delle sue foto chiedendosi se dovesse far brillare una lampada da tavolo sul lato di una scatola di cereali fino a quando non avesse ottenuto l'effetto che cercava e non avesse raccolto la volontà di farlo.

Non c'era niente di sbagliato nella sua esecuzione, ma ad ogni tratto della sua matita sentiva che non era abbastanza. In qualche modo doveva trovare un modo per entrare nel complesso, ritrarre l'ampiezza delle emozioni dei detenuti. Eppure, non riusciva ad entrare nel dipinto, la sua formazione e la sua predilezione per l'arte di precisione le impedivano di accedere alla realtà all'interno del recinto. Tutto ciò che poteva produrre, di cui si sentiva capace, era la copertina di un manuale di procedure di un centro di detenzione o una brochure pubblicitaria patinata.

Si addormentò con l'autostima sempre più calante.

Era in casa di Carlos. Solo che lui non c'era. Strati di polvere coprivano i mobili antichi. Ragnatele appese negli angoli. Era nel cortile. La luce perlata della luna illuminava le piante da vaso malandate al centro del cortile. Da qualche parte nella casa sentì scricchiolare una porta. Salì la scala di pietra fino alla camera da letto. Ad ogni passo entrava una paura densa e soffocante. Spinse la porta e rabbrividì in un'improvvisa ondata di aria fredda. Seduta su una sedia a dondolo c'era una giovane donna voluttuosa che indossava un abito da ballo scarlatto. I suoi piedi erano nudi. I suoi capelli lunghi, folti e neri. Yvette sembrava conoscerla. La donna fissava con un'intensità selvaggia, da trance, il letto a baldacchino con le lenzuola stropicciate. Percependo la sua presenza, la donna si voltò verso Yvette e gridò: 'No!' Era un urlo ad assassino. Yvette assorbì l'urlo con orrore. Fu allora che Yvette vide che i polsi della donna erano incatenati ai braccioli della sedia.

Si svegliò con le gambe aggrovigliate nel lenzuolo. Strappò il lenzuolo da sotto la coscia sinistra e si mise a sedere, abbracciandosi le ginocchia.

La stanza era di un color grigio tenue. Scivolò fuori dal letto, andò in cucina a fare il tè e poi uscì, inalando dell'aria fresca. L'alba brillava leggiadra. Un'auto suonò il clacson da qualche parte in basso. In breve tempo i tetti brillarono nella luce del primo mattino, il sipario si alzò su un altro giorno luminoso e soleggiato.

Nel profondo di lei c'era uno spazio nero come la pece, un oscuro paesaggio onirico che nessuna luce del sole poteva disperdere.

E da quello spazio uscì la donna del suo sogno, il volto, il volto urlante, le labbra spalancate, tutta quella cavità carnosa contorta. Il torso rigido, le mani che si sollevano, i polsi e gli avambracci che tendono le catene che la legano alla sedia. Era un'immagine sconvolgente, un'immagine che la respingeva tanto quanto la costringeva.

Rientrò in casa.

In un'ora aveva abbozzato la forma. Per il momento non importava come le catene si sarebbero appoggiate sui polsi. No, si disse, censurandosi, mentre il suo precisionismo veniva alla ribalta con i problemi.

Appoggiò al muro una delle tele che aveva trovato da Vinnies. Aprendo la scatola di materiali da disegno di Dan, afferrò automaticamente gli oli. Esitò. Gli acrilici sarebbero stati meglio.

Non tentava un dipinto di questo genere dal suo ultimo anno di liceo. Allora aveva affrontato il suo corso con tutto il risentimento di un'adolescente testarda costretta a produrre un'opera espressionista in acrilico. Plastica, asciugatura rapida, un livello superiore ai colori per poster. Era sempre stata una snob per quanto riguardava le tecniche. Per lei, gli olii erano arte suprema, richiedevano abilità e pazienza. Essere un vero maestro di pittura significava essere un pittore ad olio. Aveva assunto stoicamente questo atteggiamento per tutti gli anni alla Goldsmiths, culminati nel suo master - *Shelton with Sunspots*: Genere, Modernismo e paesaggio urbano. Era un argomento che ben si adattava alle sue capacità e ai suoi ideali creativi.

Quante ore isolate aveva trascorso nel campus della Goldsmiths, determinata e distaccata come se dovesse dimostrare a se stessa a qualsiasi costo? La sua unica amica a quel tempo era Josie, una rossa brillante ed entusiasta con un'energia sconfinata e una passione per Matisse. Josie aveva lo spazio dello studio accanto al suo. Entrava a grandi passi per commentare, interrompere di proposito, allontanare Yvette per un caffè. Ripensandoci, era Josie che l'aveva tenuta lontana dall'orlo dell'esaurimento.

Condividevano una casa ad Hackney con altri due artisti, cucinavano insieme e facevano lunghe passeggiate per Hampstead Heath. Era la casa dei genitori di Josie a Kew che forniva a Yvette dei Natali e delle Pasque accoglienti. E quando Yvette completò il suo master, fu Josie che la convinse ad andare a Malta.

Ora non aveva idea di come gestire i capricci della sua creatività. Cancellò il paesaggio australiano sotto uno strato di gesso e, mentre aspettava che la tela si asciugasse, quel paesaggio la fissava con aria assente. Mentre teneva lo schizzo in una mano, cadde in una tranquilla disperazione. Come avrebbe trasposto quella forma così intensa?

Tutta la sua sicurezza venne meno. Aveva passato troppi anni a essere precisa e ora non riusciva a lasciarsi andare. Tutta la sua abilità artistica andava in pezzi. Non osava nemmeno accarezzare la tela con la punta del pennello.

Quell'inibizione la colse di sorpresa. Ed era di nuovo a

gattoni, con una mano instabile e un occhio incerto. Fissò quel vuoto. Forse aveva bisogno di una direzione, di un corso di disegno di vita, di un mentore che la guidasse. Qualcuno come Josie. Sì, qualcuno esattamente come Josie.

Sgonfia, mise via la tela e l'album da disegno e uscì a sedersi sul duro pavimento del balcone.

2.19

Le decorazioni natalizie scintillavano in tutto il centro commerciale e un albero di Natale eccessivamente addobbato, al centro della strada principale, turbava l'umore già poco allegro di Yvette mentre passava. Gli orpelli drappeggiavano le vetrine e, passando da un negozio sfarzoso all'altro, un uomo vestito da Babbo Natale faceva un 'ho ho', suonando il suo campanello. Persino il caffè aveva orpelli d'argento che si inarcavano lungo la facciata del bancone, in collisione culturale con le prelibatezze turche ammucchiate su vassoi accanto alla cassa.

Pinar salutò Yvette nel suo solito modo indagatore e le chiese di pulire la macchina del caffè.

Un flusso costante di clienti la impegnò per quattro ore altrimenti noiose.

Verso la fine del suo turno, quando aveva abbandonato ogni speranza di vedere Heather, la sua amica, sorprendentemente vestita con una fluente gonna smeraldo e una camicetta abbinata, entrò nel caffè. Prese il suo solito posto vicino alle finestre che davano sul parcheggio e attirò l'attenzione di Yvette con un cenno amichevole. Intrappolata dietro il bancone, Yvette ricambiò il sorriso di Heather mentre Pinar andava al suo tavolo.

Ci fu un'inaspettata affluenza di clienti. Una madre dall'aria affannata con cinque bambini chiassosi ordinò patatine e bibite ignorando le loro richieste per tutto il resto. Un gruppo di sei uomini voleva kebab extra-large e caffè freddo da portar via; e una coppia di anziani, che ci mise una vita a decidersi, optò per baklava e flat white.

Più nonne, più madri, più bambini e, per fortuna, non un caffellatte con i cuoricini tra di loro.

Quando finalmente Yvette si tolse il grembiule, Heather si avvicinò.

'Mi dispiace di non aver avuto la possibilità di chiacchierare', disse Yvette.

'Ho visto che eri occupata'.

Nel centro commerciale, 'Jingle Bells' suonava allegramente. Un gruppo di bambini esagitati si muoveva intorno a Babbo Natale. Yvette seguì Heather nella luce abbagliante del sole e si fermarono all'ombra di una tenda da sole. Il parcheggio, una massa di metallo e vetro sull'asfalto, irradiava calore come una fornace.

'Natale in Australia?' disse Yvette. 'È bizzarro'.

'Spiaggia, barbecue e l'inizio delle vacanze scolastiche'. Heather ridacchiò. 'Non è esattamente Hogmanay, vero?'

Ebbe un lampo di memoria, qualcosa di sano e dolce. 'Ti ricordi i nostri Natali quando eravamo bambine?'

'Certo che sì'.

'Adoravo andare a casa tua. Specialmente dopo il giorno di Natale. Tutti quei regali!'

'Era il senso di colpa', disse drasticamente. 'Mio padre che compensava l'assenza di mia madre'.

'Non ho mai saputo perché non c'era'.

'Nemmeno io. Ci ha lasciati quando avevo sei anni'.

'Deve aver lasciato un vuoto'. Fece una pausa. 'Hai avuto un padre fantastico, però'.

'Sì, è un grande', disse Heather con un po' di calore. Frugò nella sua borsa a tracolla e tirò fuori le chiavi della macchina.

'Il tuo cortile era un parco giochi', disse Yvette, presa dalla reminiscenza. 'Altalene, scivoli, una piscina'.

Heather guardò in lontananza. 'Ci siamo divertiti un sacco'.

'Un sacco.'

'Un sacco gigante'. Heather riportò lo sguardo su Yvette. 'Non ho mai visto casa tua'.

'Non mi era permesso avere amici a casa'. Lei trasalì interiormente, la sua mente fu colpita da un'immagine non voluta di suo padre che, in preda a una rabbia schiumosa, scagliava i suoi regali di Natale giù per i gradini posteriori della veranda. L'angoscia che provò nel vedere quella bambina raccogliere i regali dal prato. Non c'è da meravigliarsi che sua madre preferisse tenere lei e Debbie in una fortezza domestica, con il ponte levatoio ben chiuso. Provò repulsione al pensiero di camminare nei panni di sua madre, scegliendo come padre della sua prole un uomo come il Vesuvio, che avrebbe vomitato le sue viscere biliose in qualsiasi momento.

Si abbracciarono. L'abbraccio di Heather era forte e prolungato. 'Buon Natale, Yvette', disse mentre si allontanava.

'Anche a te.'

Heather stava per dirigersi verso la sua macchina quando uno sguardo pensieroso apparve sul suo volto. 'Canti ancora?'

'Cantare?' Aveva dimenticato i pomeriggi in cui stavano in piedi davanti allo specchio della camera di Heather, spazzole per capelli in mano, gridando a squarciagola mentre sentivano Whitney Houston alla radio. 'Un po' lo faccio', disse lei, con cautela. 'Non molto bene'.

'Sono in un coro. I Cushtie Chanters. Ci incontriamo ogni

sabato a Fremantle. Ho pensato che potrebbe farti piacere venire'.

'Un coro?' Subito pensò ai suoi nipoti Simon e Peter, e all'orgoglio materno di Debbie. Le resistenze le rimbombarono nelle viscere. 'Mi piacerebbe', disse con calore forzato.

Heather diede a Yvette il suo biglietto da visita con l'indirizzo del coro scritto ordinatamente sul retro.

'Cominciamo alle due. Spero di vederti lì'.

2.20

E ra il solstizio d'estate e dopo una lunga mattinata passata a giocherellare con l'idea di immergere uno dei pennelli di Dan in una macchia di pittura acrilica nel tentativo di porre fine alla sua pausa, Yvette si infilò un abito estivo, prese una bottiglia d'acqua fredda dal frigorifero e lasciò l'appartamento. Nell'emisfero settentrionale, i pagani di un tempo avevano cavalcato, fatto baldoria e salutato la notte più profonda dell'inverno. Qui in Australia Yvette si chiese cosa succedeva duecento, trecento anni prima, prima che i bianchi prendessero il sopravvento?

Entrando a Perth, camminò per le strade roventi fino alla stazione, e mezz'ora dopo scese dal treno per avventurarsi nella confusione festosa della città, determinata a comprarsi un regalo di Natale per compensare la delusione che avrebbe provato aprendo la carta da regalo natalizia di sua madre, già usata. Durante tutti i suoi dieci anni di lontananza, Leah le aveva mandato un piccolo regalo, un anno uno strofinaccio e un paio di guanti da forno, un altro un grembiule con scritto 'I Love Bermagui' sul davanti, e sempre avvolto in quella che

Yvette presumeva fosse la carta da regalo che aveva ricevuto da Debbie l'anno prima.

L'aria era insolitamente ferma per essere mezzogiorno e ci saranno stati almeno quaranta gradi. Malta non era certo mai stata così calda? O la sua tolleranza verso il caldo era inspiegabilmente diminuita? L'aria era più fresca all'ombra dei platani che costeggiavano la strada. Al di là, la luminosità aggressiva rendeva ogni edificio nitido e distinto. In questo scenario ossimorico, il Natale aveva perso ogni significato, tutte le calde e confuse associazioni di un giorno di gelo a casa della nonna Grimm in Inghilterra, con zie e zii e cugini ovunque, con applausi e chiacchiere, torte salate e *vol au vents*, e l'odore del tacchino arrosto. Il suo spirito natalizio era vuoto come un guscio di noce avvizzito. In ogni caso, doveva ritrovare un minimo di entusiasmo per il Natale per il bene della sua anima.

Entrò nei grandi magazzini Myer, assaporando il fresco dell'aria condizionata, e il suo spirito si sollevò, salendo ulteriormente con la salita dell'ascensore e con un Bing Crosby che cantava sognando bianchi Natali, con le cime degli alberi luccicanti e le campane delle slitte nella neve. Bing sapeva come si sentiva.

Quando si avvicinò al reparto di abbigliamento femminile, si fece coraggio, scrutando gli scaffali in cerca di offerte speciali e cercando in fondo ai cestini delle occasioni. Trovò una sciarpa sottile e una maglietta tra le cose in saldo e andò alla cassa, ignorando stoicamente la donna di fronte a lei che stringeva un orsacchiotto gigante sotto un braccio, mentre l'altro si sforzava di tenere un cesto stracolmo di vestiti.

Mentre scendeva dalla scala mobile si sentiva riluttante a tornare al caldo. Così prese la scala mobile successiva per scendere nel seminterrato e camminò intorno agli scaffali di vestiti e camicie. Un giovane uomo dai capelli chiari ordinati stava rifornendo un'esposizione di boxer in raso rosso e verde con motivi ridicoli 'Jingle my bells'. Quando lei si avvicinò, lui si voltò verso di lei. 'Posso aiutarla?'

'No.' Si sentiva confusa e non riusciva a capire perché si trovasse nel negozio.

Risalì la scala mobile ed uscì dal negozio attraverso le porte di vetro scorrevoli mentre Brenda Lee si dondolava intorno all'albero di Natale, senza aspettarsi una raffica di neve ma forse almeno una brezza marina. Le girò la testa per un momento. Camminò velocemente verso l'ombra delle tende da sole di una sala giochi vicina, evitando per un pelo di scontrarsi con un uomo in giacca e cravatta carico di pacchi regalo in borse della spesa rigonfie.

Tornata nell'appartamento, Yvette aprì la porta scorrevole il più possibile e uscì. Il sole era alto in quel cielo occidentale. Le file di jacarande nella strada sottostante erano uno spettacolo di blu-lilla. Proprio sotto il balcone, nel giardino dell'ordinata casa di periferia accanto, un grande numero di persone stava dando vita a rumorosi festeggiamenti prenatalizi. Anche al sesto piano, poteva sentire gli strilli dei bambini e improvvisi scoppi di risa. Dirigendosi verso la porta d'ingresso, tornò dentro, trasalendo nell'improvvisa oscurità. Puntellò la porta con un sandalo, lasciando che l'aria stantia del corridoio - almeno quella era fresca - si diffondesse nell'appartamento. Tornò in cucina e stava per accendere il bollitore quando, in un'isoscele di luce sul pavimento di vinile graffiato, uno scarafaggio attirò la sua attenzione. Fece per calpestarlo con il piede nudo, ma ci ripensò. Senza dubbio la creatura e i suoi amici avevano organizzato dei festeggiamenti per conto loro. Con un turbine di sconfitta che le saliva nello stomaco, decise di lasciarli fare.

Aveva raggiunto la sua soglia di sopportazione in questo appartamento entomologico, ma non aveva la minima idea di cosa fare. Gli scarafaggi avevano messo in chiaro che non avevano intenzione di cambiare casa, quindi toccava a lei, ma dove, come, e come se lo sarebbe potuto permettere? Dubitava che Pinar le avrebbe dato altri turni al caffè e il suo stipendio occasionale non avrebbe coperto l'affitto.

E non aveva intenzione di tornare in aereo alla fattoria di sua madre.

Si sentì improvvisamente nauseata, cosa che cercò di ignorare, ma l'onda biliosa le salì dentro e corse in bagno.

Tornata in soggiorno, si sedette sul divano e fissò con aria assente il grigiore della parete di fronte. Sapeva, senza bisogno di andare in farmacia o da un medico, cosa significava quel vomito. Era incinta. Non poteva esserne certa, dato che non aveva avuto il ciclo dai tempi dell'aborto, ma sentiva quello strano sesto senso. Non aveva pensato che rimanere di nuovo incinta sarebbe stato così facile. Solo contando le settimane a ritroso si rese conto che non aveva modo di sapere quale delle sue recenti relazioni fosse il padre. Due giorni dopo che Dimitri, il fotografo ruffiano, l'aveva sedotta nel parco, era andata a letto con Lee, l'insegnante di musica. Era stato un tentativo poco brillante e lui si era girato verso il muro nel momento in cui aveva finito, ma il concepimento non aveva nulla a che fare con il piacere.

Non sapeva nemmeno come contattare nessuno dei due uomini. Il giorno dopo aver incontrato Varg si era liberata di tutte le prove della loro esistenza. Non riusciva nemmeno a ricordare i loro cognomi. Supponeva di poterli rintracciare entrambi attraverso la Love Station, ma non sembrava che ne valesse la pena. Perché preoccuparsi? Le avrebbe sicuramente portato altri guai. Non le piaceva nessuno dei due uomini e l'idea di negoziare una della custodia condivisa le dava i capogiri.

Ora sperava che Varg non telefonasse. Era andata a letto anche con lui, lo aveva invitato nell'appartamento quella prima notte, e anche lui poteva essere il padre; avrebbe potuto provare a persuaderlo che era lo era, sperare con la forza di Demetra che la sua prole avesse i capelli rossi, ma la finzione sarebbe stata insostenibile.

Non c'è da stupirsi che la chiromante l'avesse guardata in modo strano nel momento in cui aveva liberato la mano di Yvette. Aveva incontrato il padre dei suoi figli, questo era vero, e la profezia si era avverata, ma lei? Ventinove anni, bloccata in Australia con un visto turistico, qui in questo squallido appartamento con pochi amici, sul punto di diventare una madre single di un bambino con un trittico di possibili padri. Dovette fare appello a tutta la sua determinazione per non sentirsi a buon mercato.

Si chiedeva se il Dipartimento dell'Immigrazione avrebbe considerato più favorevolmente il suo status se avessero saputo che stava per dare alla luce un australiano. Si sarebbe trattato di circostanze eccezionali? Ammettevano circostanze eccezionali? O al suo bambino sarebbe stato permesso di rimanere ma lei, la madre, sarebbe stata espulsa? Non riusciva neanche a fare i conti con l'idea scoprirlo.

L'unica cosa che sapeva per certo era che avrebbe evitato di dirlo a sua madre finché non fosse stato troppo tardi per consigliarle un'interruzione di gravidanza.

2.21

Un'ora dopo si era a malapena mossa. Pensava di farsi una doccia quando squillò il telefono. Era Thomas. Dopo il rituale scambio di 'come stai', lui si autoinvitò a casa di Yvette dopo cena.

'Verso le otto va bene?' Sembrava esuberante. Prima che lei avesse la possibilità di dirgli che andava bene, lui riattaccò.

Arrivò verso le otto e mezza portando la custodia del violino e una bottiglia di vino.

'Scusa il ritardo', disse, baciandole la guancia.

Posò la custodia del violino appena dentro la porta.

'Non mi fai una serenata?' disse Yvette.

'Ho appena fatto un'audizione'.

'Fantastico', disse Yvette con entusiasmo. 'Per un ensemble?'

'Per un gruppo folk gitano'.

'Non ne avrò sentito parlare'.

'I Romanas.'

'Com'è andata?'

'Prima prova la prossima settimana'. Stava sorridendo.

'È fantastico'.

'Ti farò sapere quando ci esibiremo'.

Lei prese la bottiglia dalle mani di Thomas e andò in cucina, aprendo uno dei cassetti e rovistando tra il contenuto alla ricerca di un cavatappi prima di rendersi conto che non avrebbe dovuto preoccuparsi. La bottiglia aveva un coperchio a vite.

Si sedettero sul balcone. Una leggera brezza rinfrescava l'aria. Oltre la foschia della città, le stelle brillavano dalle loro altezze in un cielo limpido senza luna.

'Ho qualcosa da dirti', disse Yvette, ma Thomas non stava ascoltando. Stava guardando lo skyline della città.

Senza voltarsi le disse: 'Vuoi venire da me per la cena di Natale?'.

'Grazie. Ci sarà anche Anthony?'

'Credo di sì'.

Yvette bevve un sorso di vino. Era sorprendentemente buono.

Continuò a fissare l'orizzonte, con la punta di una mano che scivolava pigramente sul bordo del suo bicchiere.

'Hai rivisto Varg?'

'No.'

'Pensavo che ormai steste insieme'.

Yvette guardò nel suo bicchiere e non disse nulla. Aveva profondi dubbi nel confidarsi con Thomas, ma lui l'avrebbe scoperto abbastanza presto. Eppure, ora non era il momento.

Si rilassò un po' dopo un secondo bicchiere di vino. Le venne in mente che non avrebbe dovuto bere, ma non riusciva a smettere.

Chiacchierarono per un po' sul grande stile di vita australiano, scambiandosi una lunga serie di insulti leggeri prima di convenire che la cultura non era poi così male.

'Sei stata fortunata a venire in aereo', disse lui lanciandole un'occhiata ironica.

'Mi era venuto in mente'. La sua osservazione scatenò immagini fili spinati e prefabbricati. Le scacciò via.

Rimasero in silenzio per un po'. Yvette scorgeva macchie di nuvole alte che si muovevano lentamente e che oscuravano le stelle. Poi Thomas sorseggiò rapidamente dal suo bicchiere. 'È meglio che vada. Grazie per avermi invitato'.

'Sei sempre il benvenuto.'

Lei lo seguì fino alla porta. Si scambiarono i saluti e lui fece per andarsene.

Consumata da un improvviso desiderio di confessare, si fermò sulla soglia e sbottò: 'Sono incinta'.

Lui si girò verso di lei. 'Cosa?!'

'Ho detto che sono incinta.'

'Ho sentito, ma come, cioè...?'

'Non ne sono sicura.'

'Huh?'

'Non importa.'

'E?'

'E cosa?'

'Hai intenzione di tenerlo?'.

'Certo.'

'Ma sarai una madre single'.

'E allora?'

'Sei pazza'. La sua faccia era diventata di pietra. 'Hai intenzione di dirlo a Varg?'

'No.'

'No?'

'Non so se è il suo.'

'Come mai?'

'Non chiedermelo.'

'Sei sicura di sapere quello che stai facendo?'

'Sì, in effetti lo so. Inoltre, quando sai che una cosa è giusta...'.

'Quando si tratta di questioni di cuore', disse amaramente Thomas, 'non c'è giusto o sbagliato'.

'Sono d'accordo. Ma *mi sembra* giusto'.

'Sono contento che uno di noi sia in grado di fidarsi dei propri sentimenti'.

'Smettila di giudicarmi.'

'Sto cercando di salvarti... da te stessa!' Sembrava esasperato. Yvette non si aspettava di essere giudicata o sgridata da lui.

'Non ho bisogno di essere salvata', scattò. 'So cosa sto facendo'.

Thomas scosse la testa e sbuffò piano. Poi camminò alacremente lungo il corridoio senza voltarsi indietro.

La sua reazione l'aveva ferita. Inoltre, lei sapeva cosa stava facendo. Stava andando dove la vita la portava. Era così che aveva sempre vissuto. Inoltre, era stato Thomas a invitarla a Perth a vivere nel suo appartamento infestato dagli scarafaggi. Thomas che l'aveva invitata a quella festa. Perché ora cercare di salvarla dallo stesso destino che lui aveva contribuito affinché si manifestasse?

Chiuse la porta e si diresse verso il balcone, dove bevve il resto del vino.

Era il giorno di Natale e fuori l'aria era ferma e il sole del mattino era abbagliante e cocente come al solito. Per le strade, non c'era una macchina o un pedone in vista. Il quartiere era silenzioso. Nessun bambino in bicicletta. Nessun bucato appeso nei giardini sul retro. Tutta Maylands era silenziosa. Nemmeno una mosca disturbava la pace.

Tornò nella relativa frescura dell'appartamento. In questo periodo dell'anno, quando le famiglie e gli amici si uniscono per festeggiare, lei si sentiva così diversa, distaccata, la sua famiglia le era estranea. Tuttavia, prese il telefono e chiamò sua madre.

'Buon Natale, mamma', disse Yvette allegramente.

'Buon Natale'.

'Grazie per il regalo'. Un altro strofinaccio e, con tutto quello che le poteva venire in mente, uno schiaccianoci.

'Oh, non ti preoccupare. Spero che ti piacciano. Non sapevo cosa prenderti'.

Qualsiasi cosa tranne uno strofinaccio. 'Sono bellissimi', mentì.

'Beh, è meglio che vada. Tra poco vado da Debbie. Peccato che tu non sia qui'.

Sentì una fitta di desiderio, di mancanza, mista a sollievo.

Per una volta Leah non chiese informazioni sull'andamento della sua domanda. L'ufficio immigrazione si stava riposando dai. vari orrori che era abituato a infliggere con un tratto di penna.

Sapeva che sua madre aveva lasciato l'Australia negli anni Novanta senza alcuna intenzione di tornare. Se avesse anche solo considerato la possibilità di tornare, si sarebbe assicurata che tutti fossero diventati cittadini. Eppure, Yvette non riusciva a trattenere una fitta di risentimento.

Era stato freddo e torbido quel primo Natale a Londra, la prima riunione di famiglia di Yvette dalla nonna Grimm. Davanti alla finestra a golfo la nonna Grimm aveva infilato un albero di Natale che perdeva aghi, lustrato, addobbato e spruzzato di bianco con neve finta. Gli zii stavano in piedi a fumare grossi sigari e a raccontare barzellette lascive. Le zie si riunivano in cucina per spettegolare sorseggiando dell'advocaat. I cugini che lei ricordava a malapena o che non aveva mai incontrato prima ridacchiavano e sgambettavano, si aggiravano con aria annoiata o si vantavano e si pavoneggiavano come i loro padri. Dopo il tacchino e il dessert si erano riuniti intorno al vecchio pianoforte verticale. La zia Iris aveva suonato alcuni accordi e il resto degli adulti aveva formato un cerchio al centro del soggiorno e fatto tentativi entusiastici di 'Knees-up Mother Brown' e 'Hokey Cokey', mentre i cugini più grandi roteavano gli occhi e accarezzavano i loro iPhone.

Yvette si era molto divertita. Per lei, i Grimm erano una famiglia unita. Non doveva conoscere le tensioni e lo stress, le faide e le lotte, per dirla in breve, la ferita violenta che logorava il cuore della famiglia. Lei invece era innocente, aveva la mente di una bambina, capace di immagazzinare i ricordi brutti negli angoli più bui. Leah le raccontò la storia della famiglia Grimm anni dopo, in quei mesi dopo la partenza del padre, assicurandosi che Yvette sviluppasse un'incrollabile lealtà nei suoi confronti e un inequivocabile astio nei riguardi di lui. Da allora inn poi, Yvette non vide mai più nessun membro della famiglia Grimm.

Doveva essere da Thomas alle dodici. Mise in una borsa della spesa una bottiglia di Chardonnay frizzante, e le grandi vaschette di plastica piene di insalata di patate e insalata di cavolo che aveva fatto la sera prima.

Lasciando gli scarafaggi a festeggiare da soli, sbatté la porta d'ingresso e camminò lungo il corridoio di moquette e le sei rampe di scale di cemento senza incontrare nessuno. Non c'erano macchine nel parcheggio.

Le strade erano deserte. Passando davanti alle facciate ordinate di un'abitazione dopo l'altra, immaginava che ci fosse stato un esodo, e che lei, l'ultima umana rimasta nei sobborghi, fosse restata da sola a combattere una battaglia apocalittica con gli scarafaggi.

Quando raggiunse l'appartamento di Thomas fu sollevata nel sentire voci ovattate e una radio che suonava da qualche parte. Prima che lei bussasse, Anthony spalancò la porta d'ingresso e spalancò le braccia. Lei fu sbalordita per un momento dal suo affettuoso 'Ah, Yvette!' Lui la baciò fermamente sulle labbra poi le prese la mano, premendola tra le sue. 'È così bello rivederti'.

'Lo stesso per me.' Anthony era esattamente come lei lo ricordava, di corporatura esile con capelli biondi e ondulati, un po' più corti di come li portava a Londra, occhi alteri e una bocca disegnata in un piccolo sorriso, che tirava leggermente più a sinistra. Aveva lo stesso modo di fare effeminato, accentuato allora dal suo abbigliamento, una chemise di seta con un motivo persiano che gli cadeva su pantaloni avorio larghi.

'Yvette. Yvette. Yvette. È passato troppo tempo'. La guidò nella stanza. Sul tavolino erano disposti piccoli piatti e tovaglioli, ciotole di noccioline e pretzel, flute di champagne e una bottiglia aperta di spumante. La stanza era insolitamente ordinata e profumava leggermente di olio di patchouli.

Thomas chiamò dalla camera da letto. Apparve pochi istanti dopo raddrizzandosi la camicia. 'Mi stavo cambiando', disse arrossendo.

'Ho portato qualcosa di buono', disse lei, sollevando la borsa della spesa. Mise la borsa sul banco della cucina e ne tolse il contenuto. Anthony le si mise accanto. 'Frigo', disse bruscamente, porgendo a Thomas la bottiglia e l'insalata di cavolo.

'Frigo?' disse Thomas, indicando l'insalata di patate.

'No. Bancone. Meglio caldo. I sapori sono più...' si baciò la punta delle dita, 'presenti'.

Aprì uno dei cassetti e tirò fuori un coltello affilato. Poi divise abilmente e privò dei semi tre avocado e li schiacciò in una ciotola di vetro. 'Succo di limone, aglio, un po' di peperoncino, un pizzico di sale', cantilenò, allungando l'ultima sillaba di ogni frase. Spremette il succo di un limone e gettò la buccia schiacciata nel lavandino. 'Male, male. Questo non è il tuo posto', disse, strappando un germoglio con le dita. Yvette guardò divertita. Poi, con un coltello in bilico su quattro spicchi d'aglio sbucciato, guardò Thomas e disse: 'Dove l'hai comprato?'

'Coles'.

'Mai, *mai* comprare aglio da Coles'. Anthony agitò l'estremità appuntita del suo coltello nella direzione di Thomas. 'È conservato in celle frigorifere finché il sapore non diventa amaro'.

'Mi dispiace. Non ne avevo idea'.

'Sopravvivremo', disse Anthony, roteando gli occhi. Il suo rimprovero, anche se scherzoso, portava con sé una certa malizia. Fece un occhiolino beffardo a Yvette. 'Andiamo?' disse, gesticolando verso il tavolino.

'Arrivo tra un momento', disse Thomas. Con intento mirato dispose su un piatto da portata olive e cracker, strisce di carote e sedano e cubetti di formaggio.

Anthony si sedette a gambe incrociate sul pavimento e versò il vino. Yvette lo raggiunse, occupando uno spazio dall'altra parte del tavolo. Prese il bicchiere che lui le offrì. Attraverso il muro adiacente, la musica pop della porta accanto riverberava in impulsi sordi e ovattati. Una volta che Thomas si fu seduto, scegliendo la sedia con lo schienale dritto accanto al suo leggio, lei alzò il bicchiere.

'Buon Natale'.

'Alle famiglie assenti', disse Anthony.

'Assente? Pensavo che i tuoi vivessero a Perth'.

'Sono accampati su una spiaggia vicino a Margaret River. I genitori, tre sorelle, i loro mariti e una folla di nipoti. Ci vado in macchina domani'.

Yvette guardò Thomas mentre uno sguardo di angoscia appariva sul suo volto.

'Una tregua dal caldo e dall'aridità di Kalgoorlie', disse positivamente. Poi, desiderosa di indirizzare la conversazione altrove per il bene di Thomas, gli chiese come si fosse divertito ieri sera. Era andato al Fremantle Town Hall ad ascoltare il coro femminile di Kavisha Mazzella, *Le Gioie Delle Donne*, cantare canzoni popolari italiane.

'Conosco Kavisha', disse Anthony, sottovoce.

Thomas mantenne il suo sguardo. 'Accattivante', disse sognante, 'E struggente. La sala era piena di una folla mista, ma io ero circondato da immigrati italiani. La donna seduta accanto a me stringeva un fazzoletto bianco al petto e mormorava tra sé e sé 'Oh Mamma, Oh Mamma' per tutto lo spettacolo'.

Yvette prese un pretzel. 'Ricordi di casa', mormorò, improvvisamente consapevole dell'eredità ebraica di Thomas. Figlio unico di una madre ortodossa, aveva lottato con il senso di colpa per tutta la sua vita adulta, per la sua mancanza di fede e la sua sessualità.

'Mi affascina ciò che motiva le persone a emigrare', disse Anthony.

'Non c'è una sola ragione', disse Yvette, lanciando un'altra occhiata a Thomas, che sembrava teso. 'Ognuno lo fa nelle proprie circostanze'.

'A parte il sole, la sabbia e il grande sogno australiano'. Diresse il suo sguardo su Yvette. 'Allora, quali erano i tuoi?'

Yvette prese un altro pretzel e lo immerse nel guacamole.

'Delizioso', disse tra un boccone e l'altro.

'Grazie, cara '.

'Capisco cosa intendi a proposito dell'aglio, però'.

'Sono sorpreso che tu non lo sapessi'.

'Lo davo per scontato. A Malta, l'aglio è sempre fresco'.

'Non hai risposto alla mia domanda. Perché lasciare Malta e venire qui?'

'L'Inghilterra è troppo fredda e troppo grigia'.

'Vedi? Te l'ho detto. È sempre lo stesso. Il buon vecchio paese fortunato'. Intinse un gambo di sedano nel guacamole e lo agitò nella sua direzione. 'E i tuoi genitori? Perché sono venuti qui?'

'E' un interrogatorio?'

'Sono solo curioso'.

'Come dice mia madre, volevano una vita migliore'.

'E l'hanno avuta?'

'Non proprio. Mio padre lavorava in una fabbrica e mia madre faceva le pulizie'.

Il suono ovattato della musica pop della porta accanto continuava a ronzare fastidiosamente. Yvette bevve un bel sorso di vino e prese una manciata di olive. Gli occhi di Anthony non lasciarono mai il suo viso.

'Non mi sembri il figlio di un operaio e di una donna delle pulizie, se posso dirlo. C'è sempre stato qualcosa, oserei dire, di più colto nei tuoi modi'.

Lei si irrobustì. 'Ah sì?' disse lei, restituendo il suo sguardo con una certa dose di disprezzo. 'Beh, ho ricevuto una buona istruzione.

'Ah, certo. Questo chiarisce un po' le cose. All'istruzione'. Anthony alzò il suo bicchiere.

Thomas, che stava tamburellando sul bracciolo e guardava nervosamente avanti e indietro da Anthony a Yvette, si precipitò in avanti e afferrò una manciata di pretzel. Non sembrava volersi aggiungere alla conversazione, così Yvette lanciò uno sguardo freddo ad Anthony e disse: 'Allora, dimmi, come trovi la vita da bandito e da bordello nel selvaggio West? Mi aspetto che ti ci trovi bene'.

'Ha. Touché'. Anthony rise. 'Niente banditi o bordelli di questi tempi, anche hanno lasciato in eredità una certa atmosfera, come se il loro modo di fare si fosse radicato nella gente del posto'.

Thomas batteva ora le dita ritmicamente sulla coscia.

'Fanno ancora i minatori?' Disse Yvette.

'Dio, sì. Il Super Pit va ancora avanti. Come suggerisce il nome, è un'enorme miniera d'oro a cielo aperto. E proprio dall'altra parte dell'autostrada rispetto a casa mia'.

'Puoi vederlo?' chiese lei.

'No. È sopra la cresta di un'altura. Ma a volte c'è un rumore di fondo. Quando il vento soffia da est'.

'Cosa che capita', disse Thomas.

'Cosa che capita'.

'E la polvere?' disse lei.

'Sì, sempre più polvere'.

Thomas sorseggiò il resto del suo vino e andò in cucina. Tornò qualche istante dopo e preparò un piatto di frutti di mare e una ciotola di insalata verde insieme all'insalata di cavolo e all'insalata di patate.

'Favoloso!' Disse Yvette.

'Grazie'. Thomas le fece un sorriso cordiale.

La conversazione procedeva mentre mangiavano. Thomas coinvolse Anthony in uno scambio di opinioni sui fiori selvatici e su una visita che avevano fatto a Wave Rock. Eppure, l'atmosfera rimaneva tesa.

Dopo pranzo Yvette pensò di andarsene, esitando quando Thomas tolse il suo violino dalla custodia e sistemò il leggio. Dopo alcuni brevi e intensi momenti di accordatura, si lanciò nel pezzo che stava imparando da quando Yvette era arrivata a Perth, *Valse triste* di Sibelius, in re minore - un pezzo adorabile ma una scelta dubbia per il giorno di Natale. Il suo corpo sembrava rigido, le cosce premute insieme, la testa bloccata di lato, uno sguardo di sofferta concentrazione sul viso. Complessivamente non sembrava esserci un briciolo di piacere nel suo modo di fare.

Anthony prese un volume delle poesie di Byron da una libreria e si lasciò cadere sulla poltrona dove sfogliò le pagine, facendo finta di leggere una strofa qua e là. Yvette vagò per la stanza. Un singolo biglietto di Natale era appoggiato a una copertina rigida de *Il miracolo della rosa* di Jean Genet. Il fronte del biglietto, in rilievo e punteggiato di glitter, mostrava una bucolica scena natalizia. All'interno, in un corsivo traballante, la madre di Thomas mandava tutto il suo amore e gli auguri. Doveva mancarle, il suo unico figlio.

La luce del sole entrava dalla finestra. Thomas suonò un'ultima nota malinconica prima di posare il suo violino per tirare il sipario. Poi passò a suonare alcune melodie altrettanto malinconiche. Anthony sembrava ora assorto in una poesia, così Yvette si sdraiò sul pavimento e chiuse gli occhi.

Il Natale a casa dei genitori di Josie non era affatto così. La loro casa bifamiliare, situata ben indietro rispetto a una strada frondosa di Twickenham, aveva grandi finestre a golfo, in quel periodo dell'anno addobbate con decorazioni, le luci dell'albero di Natale che ammiccavano di rosso, giallo e blu all'oscurità del giorno. La casa era un'oasi di genuina allegria natalizia, nessun accessorio veniva trascurato, dalle corone di agrifoglio e vischio agli originali portatovaglioli di Babbo Natale. La mamma di Josie, una donna paffuta e accogliente che trasudava benevolenza, passava il vin brulé, i panini alla salsiccia fatti in casa e i cosiddetti "diavoli a cavallo", prima di invitare la famiglia a tavola per banchettare con tacchino arrosto e pudding di Natale. Il padre di Josie, un alto e corpulento professore di inglese, tagliava la carne, e i fratelli di Josie - due fratelli maggiori e una sorella minore, tutti affascinanti come Josie - si preparavano per tirare il cracker. Poi arrivarono il Drambuie e le torte salate, le noci, i cioccolatini e persino il lokum. Yvette immaginava Josie, vestita di rosso stagionale, che buttava indietro la testa e ruggiva dalle risate al tentativo di suo padre di trasmettere la *Sposa Cadavere* nelle sciarade. L'apertura dei regali era l'unico momento in cui Yvette si sentiva in apprensione, ma non per lo scambio di doni - lei dava sempre una bottiglia di buon vino francese e loro le regalavano qualcosa scelto con cura: un anno una scatola di oli, un altro un libro sul dadaismo. Era la richiesta benintenzionata di sapere se le mancava la sua famiglia e cosa stavano facendo proprio lì in Australia. Yvette era sempre evasiva.

Ora si chiedeva cosa offrissero il giorno di Natale le guardie carcerarie ai detenuti di Curtin.

2.23

Era il giorno di Santo Stefano e Yvette stringeva una tazza di tè sul balcone nel fresco del primo mattino. La solitudine, il vuoto lasciato dalla compagnia di ieri e i ricordi di altri Natali, e si era svegliata chiedendosi se stava facendo la cosa giusta a mettere al mondo un bambino, sapendo che non avrebbe mai potuto essere come la mamma di Josie. Sapeva che la sua ultima possibilità di avere un'interruzione di gravidanza si stava avvicinando rapidamente. Si rassicurò che non stava decidendo di avere un bambino per ottenere la residenza permanente, che nessuna parte di lei, nemmeno in agguato nel suo profondo, aveva un motivo così corrotto. Era legata al suo bambino non ancora nato come un cirripede a una roccia. Partorire era diventato un imperativo, un seme che aveva piantato nella sua psiche come un contadino che sperimenta un nuovo raccolto. E sapeva con tutta la convinzione del mondo che la gravidanza era predestinata. Quindi, ragionava, era il suo destino e ostacolarlo ora avrebbe portato a una vita di colpevole solitudine.

Eppure, si sentiva agitata.

Si alzò e si appoggiò al muro del balcone. La famiglia della casa di periferia sottostante era di nuovo in giardino. Le donne stavano sistemando i tavoli e tre uomini erano appoggiati a un barbecue. Sembrava un'altra festa. Fino a quel momento, Yvette si era infastidita di fare turni al caffè. Ora il lavoro sembrava il migliore dei due posti. Almeno lì poteva fingere di far parte, anche se in modo precario, di questa nazione, e non voleva passare un solo momento più del necessario in quello squallido piccolo appartamento.

Alla vista dei preparativi per la festa al piano di sotto, le venne in mente di organizzare una festa tutta sua. Avrebbe invitato tutti i suoi amici di Perth, che erano pochi, ma anche così, voleva dimostrare a loro e a se stessa che poteva organizzare una festa decente. Sarebbe stata la sua festa della vigilia di Capodanno. In competizione con quella gli scarafaggi. Lasciò l'appartamento sentendosi sollevata da quel pensiero.

2.24

'Noi siamo gli incoscienti', cantò Yvette, seguendo il testo di 'Daughter' che suonava sul suo nuovo lettore CD, un altro acquisto fatto da Vinnies, mentre si dirigeva con passo disinvolto verso la cucina. 'Qualcuno vuole delle olive?' chiamò, fingendo di poter essere tanto spensierata quanto i suoi ospiti erano taciturni. Finora la sua festa aveva tutta la *joie de vivre* di una veglia funebre ed era tutto quello che poteva fare per nascondere il suo disappunto.

'Certo', disse Rhys, prendendo un'oliva dalla ciotola.

Dan e il suo ragazzo Barry, un uomo abbronzato e tonico con i capelli corti e i baffi, sedevano tranquillamente insieme sul divano sorseggiando champagne. Thomas fissava avvilito il tappeto. Era successo qualcosa tra lui e Anthony mentre entravano e lui non si era ripreso. Anthony, elegantemente vestito con un completo azzurro che copriva debolmente la sua esile struttura, un cappello a tre punte inclinato sul viso pallido che gli faceva ombra sugli occhi, la bocca disposta come sempre in un sorriso ironico, aveva l'alterigia enigmatica di un personaggio dell'epoca del cinema muto.

'Sono australiano di nona generazione, o di settima a seconda del lato della famiglia che seguo', disse, usando un accento australiano. 'Anche loro erano immigrati. Uno dei miei antenati arrivò con la Seconda Flotta, per aver avuto in suo possesso una banconota da una sterlina contraffatta'.

'E l'Australia non si è mai ripresa', disse Dan sardonicamente. Stavano discutendo le celebrazioni dell'Australia Day che si sarebbero tenute al Burswood Entertainment Centre, una stravaganza multiculturale con decine di comunità di immigrati di Perth, e Anthony era intervenuto con la sua solita leggerezza.

Thomas alzò il viso verso gli altri, riprendendosi dallo sconforto in un solo respiro. 'Gli australiani indigeni potranno dare uno sguardo?'

'Di sicuro', disse Dan.

'Invitati a cavalcare al suono dei didgeridoo, senza dubbio', disse Anthony.

'Potrebbero inscenare un massacro', disse Thomas con una risata. 'La vendetta dei custodi'.

'In linea con *Il canto di Jimmy Blacksmith*. Si adatterebbe bene al programma dei miei studenti dell'ultimo anno'. Anthony sorrise e si schiaffeggiò la coscia.

Dan lo guardò con rimprovero. Ci fu un silenzio imbarazzante.

Thomas e Anthony, seduti sulle sedie ai lati opposti del soggiorno, avevano cominciato a lanciarsi sguardi cospiratori. Yvette era infastidita da entrambi per essere stati così maleducati, specialmente Anthony. Nel poco tempo in cui aveva vissuto qui, persino lei conosceva la polemica dei suoi commenti. E come poteva Thomas permettersi di essere complice delle velenose cattiverie di Anthony?

Rhys, che aveva parlato poco per tutta la sera, si sporse in avanti sul suo sedile, apparentemente ispirato dalle battute per aggiungere la sua osservazione spiritosa. 'La gente della barca ha un posto?'

Gli occhi di Anthony brillarono. Si spostò sul bordo della sedia e disse con voce bassa e drammatica. 'Già me li vedo. Dieci uomini bassi, vestiti di nero, che corrono sul palco e si accovacciano fingendo di essere una barca che beccheggia e rotola in una tempesta'. Si alzò, si tolse la giacca e camminò fino all'estremità del divano, girandosi bruscamente e prendendo il comando della stanza. 'E poi Varg Axenrot...'

'Varg?' Yvette disse dubbiosa.

'Proprio lui.'

'Perché Varg?'

'Perché è più alto di tutti noi. Ora non interrompere o perderò il filo'. Lui lanciò una mano censoria nella sua direzione, poi continuò. 'Varg appare in scena con la sua camicia da contadino e i suoi pantaloni a vita alta e si dirige verso la barca fatta di uomini'. Fece una pausa, lanciando un occhio irritato in giro per la stanza. 'Poi sale a bordo'. Anthony alzò la gamba sinistra e fece un passo esagerato. Thomas iniziò a ridacchiare. 'E' in piedi al timone con la mano sulla fronte. La barca comincia a beccheggiare e a roteare e poi si inclina pesantemente su un lato'. Anthony ondeggiò. 'Poi gli uomini di destra cadono su quelli di sinistra, lasciando Varg a dimenarsi sul palco'. Una lunga pausa per massimizzare l'impatto. Thomas e Rhys stavano entrambi sorridendo.

'Cosa succede dopo?'. Chiese Rhys.

Anthony scrollò le spalle come se la risposta fosse ovvia. 'Gli uomini simulano le onde facendo la danza del verme'.

Thomas rideva forte.

'La danza del verme?' disse Rhys.

'Esatto.'

Thomas cercò di controllare le risa per poter spiegare.

'E naturalmente Varg si fa strada verso la parte anteriore del palco', disse Anthony.

A questo punto Thomas si piegò su se stesso, stringendo la pancia. 'Fallo, fallo!' ansimò.

'Cosa?'

'La danza del verme'.

'Stai scherzando'.

Yvette era a disagio. Aveva appena dato un'occhiata a Dan. Lui aveva una faccia di granito.

Anthony si inchinò, allargando le mani. 'La perfetta recita scolastica, non credi?'

'Non puoi essere serio', disse Dan tra i denti.

'Certo che no. È solo una buffonata'.

'Divertente? Pensi che sia stato divertente? Sei un barbaro'.

'Oh, andiamo', disse Anthony, infastidito.

Dan si alzò bruscamente e fece cenno a Barry di fare lo stesso. 'Yvette, mi dispiace. Dobbiamo andare. Grazie per averci invitato'.

'Per favore, non andate'.

'Ho paura di quello che potrei fare se non lo faccio'. Prese la giacca e si diresse verso la porta. 'Tanti auguri per la tua pittura'.

'Grazie.'

Sulla porta, li salutò con un bacio e li ringraziò per essere venuti, catturando lo sguardo di Dan con un sorriso di spalle.

'Yvette', disse Anthony nel momento in cui lei chiuse la porta. 'Cosa stai dipingendo? Racconta.'

'Niente, davvero'. Andò dall'altra parte della stanza al lettore CD e premette play, senza preoccuparsi se avessero sentito gli stessi brani due volte. Poi andò a riempire i bicchieri.

'Non per me', disse Thomas, coprendo il suo bicchiere con la mano.

'Nemmeno per me, tesoro. È meglio che andiamo anche noi'.

Anthony le diede un debole abbraccio prima di andare a prendere la sua giacca. Thomas le baciò la guancia, mormorandole all'orecchio un apologetico 'Ci vediamo presto', e Rhys uscì dalla porta davanti a loro.

Era costernata dalla loro improvvisa partenza. Questa doveva essere la peggiore festa che avesse mai dato, riusciva ad eclissare persino la volta in cui Carlos aveva dato una festa il mese prima della loro partenza per Bali, e lei aveva imprudentemente invitato Josie.

A Josie non era mai piaciuto Carlos. Aveva avvertito Yvette di stare alla larga da lui la prima volta che era entrato nel bar dove lavoravano entrambe. Erano passati circa sei mesi dall'inizio della sua permanenza e lei stava per tornare a Londra, quando Carlos entrò, tutto gesti e cameratismo. Si sedette su uno sgabello con le braccia spalancate sul bancone e catturò il suo sguardo. Quattro birre dopo la stava portando a casa. Prima che lei lasciasse il bar, Josie le aveva afferrato il braccio con un sibilo: 'Non va bene'. Ma cinque anni di rigorosa autodisciplina e di studio le avevano lasciato una voglia di avventura come una puledra a lungo ferma in un campo aperto. Era tutta agitata, scalpitante, pronta a galoppare a tutta birra.

Quattro anni con Carlos e lei aveva iniziato a fumare canne e annusare le polveri bianche. Si era licenziata dal bar, si era trasferita da lui e si era messa ad armeggiare con la creazione di semplici gioielli per tenersi occupata mentre lui era via per affari. Molte volte Josie le aveva detto che Carlos era pericoloso. Lei non voleva sentirselo dire. Lei lo sapeva. Sapeva che era un donnaiolo e un truffatore. Non le importava. Sapeva anche che stava attraversando solo una fase. Che non si sarebbe mai lasciata andare del tutto, che sarebbe rimasta a guardare, affascinata dallo stile di vita in cui si trovava. Josie non vedeva le cose in quel modo.

A quell'ultima festa Yvette disse a Josie di essere incinta. Erano in piedi vicino alla piscina, circondate da silfidi poco vestite con i capelli lucidi e uomini in abito elegante con atteggiamenti sciccosi e bocche sfacciate. L'aria era impregnata di profumo francese. Non appena le parole lasciarono le sue labbra, si rese conto di aver commesso un errore. Josie non perse tempo a dirle di non portare avanti la gravidanza o sarebbe stata legata a vita a quel buono a nulla. Poi se ne andò e Yvette non l'aveva più vista.

Ora non riusciva a capire l'atteggiamento di Josie o di Thomas. Che diritto avevano loro di imporre ciò che lei faceva con il suo corpo?

Poco dopo ci fu un leggero bussare alla porta. Era Heather.

'Mi dispiace molto di essere in ritardo'.

Si abbracciarono sulla soglia e Heather le porse una bottiglia di rosso.

'Sono contenta che tu ce l'abbia fatta. Gli altri se ne sono andati'.

'Oh no! Sono *così tanto* in ritardo?'

'Sono andati via presto. Una lunga storia. Entrate pure'.

Aveva invitato Heather due giorni prima, l'ultima della lista degli invitati. Era stata incerta su quel mix sociale e quando Heather aveva spiegato di un impegno precedente, si aspettava pienamente che non si sarebbe presentata. Ora che era qui, Yvette non era sicura di dove portare la conversazione. Fortunatamente Heather prese l'iniziativa. 'Com'è stato il Natale?' disse, seguendo Yvette in cucina.

'Ok, e tu?'

'Lo stesso di sempre. Papà era nel suo solito umore natalizio cupo e Angus ha oziato in un torpore mezzo ubriaco per tutto il pomeriggio'.

Risero entrambe. Yvette riempì i loro bicchieri e si sedettero sul divano.

'Serviti pure', disse lei, gesticolando verso il cibo.

'Grazie.' Heather si sedette di nuovo al suo posto. 'Dev'essere stata dura non stare più con i tuoi'.

'Non particolarmente. La mamma ha passato la giornata con il gruppo di mia sorella'.

'Non sembri così vicina a tua sorella'.

'Debbie? Dieci anni di separazione hanno avuto il loro prezzo'.

Heather non parlò. Il suo viso assunse un'espressione riflessiva. Sorseggiò il suo vino.

'Non hai figli?' Yvette disse, affermando ciò che sembrava ovvio, ma non poteva esserne sicura.

'No, non ancora. Il mio ex marito non era incline'.

Yvette era stranamente sollevata. 'Quanto tempo siete stati sposati?'

'Tre anni.'

'Cosa è andato storto, se posso chiedere?'

'Niente. Si è dichiarato gay'.

'Oh.'

Le venne in mente che era una fortuna che gli altri se ne fossero andati. Non che uno di loro potesse essere l'ex marito di Heather. Cosa avrebbe fatto Heather del suo gruppetto di amici gay? Certamente non era il tipo da serbare rancore verso un intero gruppo, ma comunque Yvette era sollevata che Heather non avesse incontrato Anthony. Lanciò un'occhiata in direzione del balcone e vide uno scarafaggio che si dirigeva verso le credenze della cucina. Gemette.

'Cosa c'è?' Heather sembrava preoccupata.

'Uno scarafaggio.'

È uscito presto.'

'Sarà l'esploratore. Gli scarafaggi hanno degli esploratori? So solo che questo posto è infestato'.

Heather fece una smorfia. 'Sono disgustosi'.

'Lo so.'

'Hai provato con una bomba insetticida?'

'Non sembra aver fatto la differenza'.

'Sono stronzi e tenaci'.

'Dillo a me'.

Rimasero in silenzio per un po'. Yvette fissò il suo bicchiere.

'Stai bene?' Heather disse dolcemente.

Yvette sospirò. 'Devo andarmene da questo posto. Mi sta facendo impazzire'.

'Posso immaginare', disse Heather, guardandosi intorno.

'Non sono solo gli scarafaggi. Mi sento come una prigioniera qui dentro'.

Devo dire che è piuttosto... una cella'.

'Il problema, Heather, è', disse lei, cedendo all'impulso di confidarsi, 'non posso permettermi di affittare da nessuna parte con quello che guadagno e non voglio tornare alla fattoria di mia madre'.

'No, non farlo'. Sembrò pensierosa per un momento. Poi disse: 'Ti piacerebbe stare da me?'.

'Con te?'

'Ho una stanza in più. Angus sta da me al momento, ma si trasferirà presto. Quindi puoi darmi una mano'. Alzò gli occhi al soffitto con un giocoso scuotimento della testa.

'Dove vivi?'

'Fremantle. Quando devi andartene da qui?'

'Ieri.'

'Puoi resistere fino all'Australia Day? Angus dovrebbe essere partito per allora'.

'Penso di poter reggere qualche altra settimana'.

'Allora è deciso.'

'Quanto costa la stanza?'

'Niente. Non potrei farti pagare l'affitto'.

'Ma...'

'Niente ma. Sei la mia più vecchia amica. È il minimo che possa fare'.

'Heather, grazie. Grazie mille'.

'Immagino che tu non abbia una macchina'.

'No.'

'Allora passo e ti aiuto a spostare le tue cose'.

'Potrei prendere un treno'.

'Non pensarci nemmeno.

Yvette si sentì inebriata. Heather, si disse, era l'amica più bella, accogliente e gentile che avesse mai incontrato.

PARTE TERZA

3.1

Si appoggiò un'ultima volta al muro del balcone, resistendo all'impulso di appoggiare i gomiti sulla calotta rovente di cemento. Una foschia scintillante si alzava dai tetti, l'orizzonte della città indistinto in una torba sabbiosa. Girò la faccia verso est, il vento le spazzò indietro i capelli. Sentì il rombo di un'auto sulla strada, da qualche parte in basso, lo stridore dei freni e qualche forte clacson. Stupida oca, pensò, stringendo gli occhi mentre immaginava una testa a cupola di capelli bianchi lisciati all'indietro e un becco che batteva. Le braccia nude le bruciavano, così si ritirò all'ombra.

L'Australia Day stava influenzando il suo umore. L'anniversario dell'arrivo della Prima Flotta, quando questa terra fu invasa e conquistata, e le sue popolazioni indigene oppresse, un giorno di sventolio di bandiere di bianchi, giuste congratulazioni e festeggiamenti con pacche sulle spalle, il tipo di giorno che la signora Thoroughgoods e un entourage di uomini e donne si godono. Oggi Yvette non poteva fare a meno di identificarsi con gli indigeni, non che ne conoscesse qualcuno. Per lei era un giorno di completa alienazione. Dopo tutto, era quello che era, un'aliena. Un mostro raccapricciante, con i tentacoli, a cui era stato sbarrato l'ingresso dopo essere caduto dallo spazio.

Si chiese se qualcuno di quei richiedenti asilo che uscivano dalle loro barche sgangherate e sbarcavano in detenzione potesse mai vedere l'Australia come un rifugio. Ne dubitava. Deportati su isole infestate dalla malaria e rinchiusi in centri di detenzione e lasciati a languire per anni e persino decenni in edifici e tende smontabili, come potrebbero desiderare di appartenere a questo posto, di impegnare i loro cuori, le loro menti, i loro corpi e le loro anime in questo posto? Come lei, si sarebbero chiesti perché erano andati lì.

Il calore e il bagliore erano diventati troppo forti, così entrò in casa, chiudendo e bloccando la porta del balcone prima di andare in camera da letto e in bagno a cercare gli oggetti mancanti. Poi aprì tutte le credenze della cucina. Erano vuote. Nemmeno uno scarafaggio in vista.

Heather sarebbe arrivata da un momento all'altro. Vestita con una maglietta di cotone larga che nascondeva vagamente la piccola protuberanza della sua pancia, Yvette stava in piedi vicino alla porta con i suoi magri averi che erano stipati nelle tre piccole scatole, la sacca di tela e la borsa da viaggio blu, tutte impilate ai suoi piedi. Le sue tele erano appoggiate al bordo del divano.

Sentì dei passi avvicinarsi nel corridoio e aprì la porta prima che Heather bussasse. Heather era vestita con un ampio abito rosso bacca con broccato color crema intorno al collo e i polsini a maniche corte. Aveva un modo di sembrare regale senza darsi delle arie pretenziose. Eppure il suo abbigliamento era troppo elegante per un trasloco. Sospettò che Heather dovesse essere diretta altrove. Si abbracciarono e lei respirò un profumo muschiato.

'E' tutto qui?' disse Heather, guardando giù e poi dando un'occhiata all'appartamento.

'Viaggio leggera'.

'Così vedo'. Si chinò per sollevare la scatola più vicina ai suoi piedi. Yvette la seguì al piano di sotto con un'altra.

Altri due viaggi su e giù per le scale e si fermarono vicino alla macchina, ansimando. Il sudore imperlava la fronte di Heather. 'Pronta?' disse, aprendo la porta del lato guida.

Yvette aprì la porta del lato passeggero a un'esplosione di aria calda e sfidò l'ingresso nell'auto dagli interni in vinile. Almeno ora erano lontane. L'Australia Day, pensò, sarebbe sempre stato l'anniversario del giorno in cui aveva lasciato quell'appartamento marcio. Alzò lo sguardo un'ultima volta mentre Heather usciva dal parcheggio. È tutto vostro, disse agli scarafaggi.

'Grazie Heather', disse lei.

'Non c'è di che'.

Heather girò in Beaufort Street e aspettarono al semaforo successivo. Era chiaro dal suo contegno che sapeva dove stava andando.

'Come ci si sente ad essere di nuovo qui?' disse lei, una volta che ebbero superato il flusso del traffico.

'Strano'. Come se il suo passato si affollasse intorno a lei, una folla spintonante di ricordi, della scuola, della casa e della casa di Heather. 'Mi sono sempre ricordata di te', aggiunse.

'Anche io. Mi sono sentita sola per un po', dopo che te ne sei andata'.

Non aveva mai pensato che Yvette sentisse la sua mancanza. Pensò a Josie a Malta e si chiese se anche lei sentisse quella perdita. Forse è più facile per chi parte che per chi rimane.

Quaranta minuti di osservazioni spensierate e affettuose reminiscenze e Heather parcheggiò in una stradina alberata davanti a un affascinante cottage di mattoni con la facciata color crema e il tetto di tegole rosse, la casa nascosta dietro una siepe ben tagliata. Yvette fu subito sicura che la fortuna le avesse fornito il posto ideale per mettere al mondo un bambino.

'Ho qualcosa da dirti', disse Heather mentre si slacciava la cintura di sicurezza. 'Angus non si è ancora trasferito. Sta dormendo sul divano. Si potrebbe dire che è in transito'.

Poi Yvette vide, parcheggiato nel vialetto di Heather che correva lungo il lato della casa, un vecchio autobus, dipinto allegramente a strisce orizzontali verdi e rosse. Per arrivare alla porta d'ingresso, dovettero farsi strada tra chiavi fisse, chiavi inglesi, cacciaviti e pinze sparsi in un ampio arco intorno alla parte anteriore dell'autobus. Sul piccolo quadrato di prato c'erano i vecchi sedili dell'autobus, e sulla veranda c'erano un piccolo frigorifero e un fornello a gas a due fuochi. Assi di pino e fogli di masonite erano appoggiati al muro laterale della casa.

All'interno, la casa era spaziosa, ariosa e fresca. Tutte le stanze a sinistra e a destra di un ampio corridoio avevano il pavimento in legno. Heather mostrò a Yvette l'ultima stanza a sinistra. Entrambe posarono una scatola e dopo aver dato una rapida stretta al braccio di Yvette, Heather si voltò per tornare fuori. Yvette iniziò a seguirla ma Heather le disse di non preoccuparsi. 'Vai a sollevare i piedi', disse e presto Yvette sentì la zanzariera chiudersi.

Un letto matrimoniale occupava gran parte della stanza. Accanto alla porta c'era un armadio e una cassettiera abbinata. Al centro della parete più lontana, una piccola scrivania. Un'alta finestra si affacciava su un giardino ordinato di arbusti nativi e piccoli alberi. Si sedette sul letto, composto da una trapunta a disegni lussuosi color marrone e turchese, quando Heather tornò e posò le ultime cose.

'Vado a fare il tè', disse lei. 'Come lo prendi?'

'Heather. Anch'io devo dirti una cosa'.

Heather si fermò sulla porta. 'No, non devi. Lo so già'.

'Come?'

'Che sei incinta?' Con una mano a coppa fece una curva sulla sua pancia.

Yvette le diede un'occhiata peccaminosa. 'Avrei dovuto dirtelo'.

'Stavi per farlo'.

'Intendo prima.'

Heather la guardò con compassione. 'Di quanti mesi sei?'

'Non lo so esattamente.'

'Non hai visto un dottore?'

'Non ancora.'

Ci fu una pausa.

'E il padre?' disse Heather a bassa voce.

Yvette non era sicura di cosa dire. Come avrebbe preso Heather la notizia? 'Vorrei saperlo', disse.

Non doveva preoccuparsi. Il 'oh cielo' di Heather non conteneva alcun giudizio.

3.2

Una settimana dopo, Yvette era seduta alla sua scrivania. La stanza era buia, l'unica luce era una lampada ad angolo che illuminava il suo cerchio di luce sul suo schizzo della donna squilibrata con la faccia che urlava. Il lavoro non era progredito molto oltre lo sforzo iniziale. Si sentiva ancora lontana dal tradurre lo schizzo in pittura. Per tutta la settimana era stata coccolata da Heather, che le aveva portato al suo capezzale tazze di tè la mattina presto, aveva cucinato fette saporite e quiche, preparato insalate stupendamente speziate per la cena e preparato torte integrali per la merenda. Aveva persino accompagnato Yvette al lavoro un paio di volte e aveva aspettato che finisse il suo turno. Forse è per questo che Yvette non si era sentita creativa. Improvvisamente, la sua vita era diventata leggera come una piuma.

Strinse le mani dietro la testa e inarcò la schiena. Angus era in cucina a strimpellare la sua chitarra. Lei si sintonizzò sulle sue divagazioni melodiche e sorrise. Non sarebbe mai stato un Eric Clapton, il suo modo di suonare era più un pastiche di frammenti di canzoni. Aveva a malapena conosciuto Angus quando stavano crescendo. Lui aveva i suoi interessi e i suoi amici e ricordando tutti i loro strilli e le loro cavalcate nel cortile di Heather, la sorellina e la sua amica dovevano essere state per lui un'irritazione che era costretto a sopportare.

Lo strimpellamento cessò e la porta della zanzariera si aprì cigolando. Presto sentì il mormorio delle voci provenienti dal cortile. Mise giù la matita e attraversò il corridoio in punta di piedi.

La cucina era grande, con pareti piastrellate. Armadi e scaffali erano pieni di tutto l'armamentario di un buon cuoco. Un vecchio tavolo di quercia occupava il centro della stanza. Al centro del tavolo, su una griglia, c'era il pane di datteri e noci che Heather aveva preparato prima di andare a trovare un'amica.

Yvette era in piedi davanti alla porta sul retro. Angus stava parlando oltre la recinzione con il loro vicino, Viktor, un saldatore che era emigrato dalla Serbia negli anni ottanta per lavorare nei cantieri navali. Il giorno in cui si era trasferita, Viktor aveva invitato Angus e lui era tornato con una bottiglia di limonata piena di brandy di prugne. Viktor aveva una distilleria. Aveva anche una moglie, ma Yvette doveva ancora conoscerla. Viktor, un serbo pro-Milosevic di Belgrado, era un uomo vecchio e magro con una bocca sottile, un naso grande e degli occhi blu penetranti. Avrebbe avuto un aspetto terrificante se avesse permesso al suo viso di abbandonare il sorriso. Finora non l'aveva visto indossare altro che quelli che sembravano i suoi abiti da lavoro. Intratteneva Angus con storie della sua vecchia vita nei Balcani e Angus lo intratteneva con storie di guida di camion attraverso il Nullarbor. Senza dubbio con l'aiuto di un bicchiere di brandy di prugne che non si svuotava mai.

Angus stava senza dubbio raccontando a Viktor della sua fascinazione per l'esploratore tedesco Leichhardt, a giudicare dalla confusione di quaderni e fogli sul tavolo della cucina. Heather aveva spiegato la sera prima, mentre preparava la cena, che l'interesse di suo fratello si era acceso quando aveva visto *Viaggio con il Dr Leichhardt in Australia* nella vetrina di una libreria di seconda mano a Fremantle. Era tornato con il libro infilato sotto un braccio. A quanto pare, nel tempo che aveva impiegato per tornare a casa aveva concepito un'intera sceneggiatura.

'Un documentario?' Disse Viktor.

'No, no. Un dramma. Un giallo'.

'Sei un uomo di talento, Angus.'

'Grazie. E la storia è fantastica. Leichhardt è scomparso a metà del XIX secolo durante una spedizione attraverso l'Australia centrale'.

'Da solo!'

'No. Aveva uomini, cavalli, manzi e muli. Erano stati visti l'ultima volta a Darling Downs'.

'Dov'è?'

'Vicino a Brisbane.'

'Non sono andati lontano, allora.'

'Oh, sì invece. Angus sembrava sulla difensiva. 'I resti sono stati trovati vicino al deserto di Tanami, al confine con l'Australia occidentale'.

'Davvero?'

Yvette percepì che Viktor la stava assecondando.

Angus sembrava ignaro. 'Un piatto d'ottone, tra le altre cose. Nessuno sa se appartenesse a Leichhardt, ma io credo di sì'.

'Non è un gran film però, eh?'

'Cerco di ricostruire quello che penso sia successo. Alcuni dicono che il gruppo sia morto di sete. Altri che siano morti in un incendio nella boscaglia. Ma io penso che siano stati massacrati dagli aborigeni'.

'Sì, questo è un buon finale. Beh, buona fortuna, figlio mio'.

Yvette pensava che la preoccupazione di Angus per Leichhardt fosse ossessiva. Dubitava che avesse il talento o le capacità di scrivere sceneggiature, ma lo assecondava. Quando aveva provato a suggerire che il progetto poteva essere un po' ambizioso, i suoi occhi si erano oscurati e il suo viso aveva assunto una sorta di petulanza. Lui le aveva ringiatodi lasciarlo in pace. Così lei lo fece. Non gli suggerì di leggere la copia di *Voss* di Patrick White che aveva comprato al Vinnies una volta. O di fare ricerche su altre sceneggiature già scritte e interpretate.

Ieri sera, mentre andava in bagno, lo aveva sorpreso in piedi davanti allo specchio della camera da letto mentre recitava delle battute, spostandosi prima da una parte, poi dall'altra, inclinando la testa, alzando un sopracciglio, puntando il mento in avanti. Era un uomo alto e tarchiato, con un casco di capelli scuri che incorniciava un lungo viso rettangolare. Labbra increspate, occhi profondi sotto un arco di sopracciglia che si fermava a malapena sopra il naso tozzo, e il suo viso aveva un'espressione di allarme alla Munch, che rendeva i suoi attuali sforzi ancora più ridicoli. Lei dovette soffocare una risata mentre gli passava accanto.

Poi si censurò. Che diritto aveva di ridicolizzare le sue aspirazioni? Si stava comportando come Anthony. Angus poteva mancare di talento, ma almeno ci stava provando. Lei doveva rispettarlo. Inoltre, era il fratello di Heather.

E, a suo credito, dopo mesi di disoccupazione Angus era riuscito ad acquisire un lavoro part-time in un franchising Mr Muffin a Canning Vale. Finalmente poteva raccogliere fondi per il suo viaggio. Doveva indossare un'uniforme blu e un cappello da cuoco di Mr Muffin. Andava al lavoro di cattivo umore e tornava a casa con il mal di testa e una scatola di muffin avanzati.

Angus era occupato. Aveva la sua chitarra, la sceneggiatura e il suo lavoro. Heather era al lavoro, fuori con un amico o in cucina a cucinare un banchetto. Mentre loro facevano tutto questo, Yvette sprecava ore e ore delle sue giornate a disegnare volti. Probabilmente sarebbe stata più produttiva se avesse iniziato a intagliare.

3.3

Il giorno seguente, al lavoro, Yvette si sentiva sorprendentemente leggera. Era un'altra luminosa giornata estiva, ma la brezza marina era arrivata presto e c'erano ciuffi di nuvole alte a nord. Con le vacanze scolastiche finite, il caffè era tranquillo e non c'erano giocattoli scontati di Babbo Natale o scatole di cartoline natalizie in vista. Yvette si mise a pulire i tavoli, a riordinare il bancone e a servire i pochi clienti che arrivavano dal centro commerciale.

Alla fine del suo turno, Pinar prese da parte Yvette. Le fece un sorriso consapevole e le disse: 'Stai per avere un bambino?'

'Sì.' Non c'era modo di negarlo.

Il sorriso di Pinar si spense e il suo viso assunse un'espressione preoccupata. 'Yvette, mi dispiace. Sei licenziata'.

Yvette la fissò a bocca aperta.

'Tuo marito si prende cura di te. Sì?'

'Mio marito?'

'Questo è il tuo ultimo turno'.

Yvette era sbalordita. Era una prospettiva antiquata sulla vita domestica che lei pensava fosse svanita insieme ai reggiseni incrociati, alle vestaglie avvolgenti e a 'Secret Love' di Doris Day. Il suo ultimo sussulto doveva essere quando, negli anni ottanta, la bella scozzese Sheena Easton cantava 'Morning Train'. Sperava che Sheena guadagnasse molti soldi cantando quella schifezza. Abbastanza da mantenerla comodamente per il resto della sua vita.

Pinar non poteva davvero credere al mito della donna dipendente, incastrata nella beatitudine domestica. Lei gestiva il suo caffè. No, Pinar stava usando la gravidanza come scusa per liberarsi di lei. Non le piaceva lavorare come cameriera, ma era sempre educata e cortese. Forse i suoi cuori distorti erano la vera causa.

Qualunque fosse la ragione, ora non aveva più un lavoro.

Heather la stava aspettando nel parcheggio. Aprì la porta del lato passeggero e fece un rapido sorriso a Heather prima di entrare.

'Com'è stata la tua giornata?' disse Heather mentre si allontanava.

Questo fu tutto quello che ci volle perché le lacrime scendessero. Dopo aver sniffato e asciugato gli occhi, Yvette riuscì a combattere il flusso e a dirglielo.

'Oh, cielo.' Heather fece una pausa. 'A causa del bambino?'

'Pensavo che avrei resistito ancora qualche mese, ma quella stupida vacca mi ha detto che mio marito poteva badare a me'.

'Ahi.'

'E ora che faccio?'

'C'è Centrelink'.

'Non posso richiedere sussidi'.

'Perché mai no? Non c'è niente di cui vergognarsi'.

'Heather, devo dirti un'altra cosa.'

'Di nuovo?' Heather la guardò con un sorriso ironico.

Non c'era modo di evitare la verità, eppure nel raccontarla

Yvette cedette a più vergogna di quanto si credesse capace di provare. 'Sono un'immigrata clandestina', disse dolcemente.

'Cosa?! Come può essere? Sei cresciuta qui'.

'Non siamo mai diventati cittadini prima di partire'.

'Quindi questa volta sei venuta con un visto turistico'.

'Sto cercando di entrare nel ricongiungimento familiare.'

'Rientri nei criteri?'.

'No. Mio padre è ancora vivo. Non so nemmeno perché mi sono preoccupata di compilare il modulo'.

'Ti servirebbe davvero un marito'.

'Non posso sopportare di pensarci. Spero che quando scopriranno che avrò un bambino australiano mi lasceranno rimanere'.

'I contendenti erano australiani?'

Yvette spiegò che non ne aveva idea. Dimitri era ovviamente russo, Lee mezzo portoghese mezzo cinese e Varg norvegese.

'Ah...' Heather si lasciò sfuggire una risatina.

Yvette era sconcertata dalla facile accettazione di Heather, e allo stesso tempo sollevata che la sua amica non giudicasse. Perché le invece stava sicuramente giudicando se stessa, rannicchiandosi sotto un groviglio di 'dovrei'; avrebbe riportato indietro il tempo se non fosse stato chiuso con una cerniera e fissato al suo posto come un nodo diabolico.

3.4

E ra sabato. Angus stava lavorando alla sua sceneggiatura. C'erano pagine di scrittura sparse sul tavolo della cucina. Sembrava che avrebbe lavorato tutto il pomeriggio. Ogni giorno che passava della sua gravidanza aveva meno tempo per il teppista che, da quel singolo ringhio petulante, si era fuso con l'immagine di suo padre che serbava nel profondo della sua mente. Rimase sulla porta a guardarlo per un po', prima di prendere la sua borsa a tracolla da una sedia.

'Ci vediamo dopo', disse con disinvoltura.

'Dove stai andando?'

'Coro'.

'Divertiti', disse, senza alzare lo sguardo.

Attraversò con decisione la porta d'ingresso, lasciando che la zanzariera si chiudesse da sola. Scese dal portico e si fece strada attraverso il giardino. Non permise ai suoi pensieri di vagare. Ieri sera a cena Heather l'aveva invitata al coro. Si tirò indietro, decisa a non perseguire nulla, per quanto minimo, che avesse una qualsiasi associazione con sua sorella. Sopportò le gentili lusinghe di Heather, facendosi forza contro il 'Ti farà bene' della sua amica, finché non si rese conto che non c'era ragione che potesse fornire che non suonasse vile. Cedette, assicurando a Heather che l'avrebbe vista lì.

Le strade strette, le case ammassate l'una all'altra, le recinzioni di legno e i cancelli in ferro battuto: presto sentì una calma dilagante. Adorava la caratteristica atmosfera cosmopolita di Fremantle. Era un tutt'uno con la zona. A parte gli scarafaggi, di dimensioni enormi, non c'era nulla che non le piacesse. Specialmente oggi, quando delle nuvole a ciuffi attraversavano il cielo e una brezza fresca soffiava dall'oceano.

Superò la folla che leggeva i giornali e sorseggiava il caffellatte seduta fuori dai caffè alla fine di Wray Avenue, poi attraversò la strada e si diresse verso South Terrace. Passando accanto al pesante edificio del Fremantle Hospital guardò dall'altra parte. Al di là di quello, solo quando superò l'isolato successivo il paesaggio stradale tornò al vecchio e all'ingarbugliato che era il patrimonio coloniale di Fremantle.

I Cushtie Chanters provavano nella Scot's Hall, una chiesa presbiteriana adiacente ai Fremantle Markets. Costruita in pietra calcarea color crema con un contrasto di mattoni ruggine sui contrafforti stretti e sulle modanature delle finestre, la chiesa era solida e imponente, come se fosse costruita per resistere al gelido vento del nord dell'inverno scozzese.

Era in anticipo. La porta era socchiusa, così entrò.

La sala era grande, con un soffitto inclinato e tavole del pavimento nude. La luce filtrava dalle finestre poste in alto nelle pareti. In fondo c'era un palco, più che altro una piattaforma rialzata con un leggio di legno posto su un lato. All'altra estremità, un tavolo a cavalletto carico di tazze, barattoli di tè, caffè e zucchero, una brocca di latte e un'urna. Si avvicinò a una fila di sedie di legno che fiancheggiavano la parete più lontana e si sedette di fronte alla porta d'ingresso.

Donne di tutte le età e forme arrivarono, alcune con

bambini. Si formò una folla vicino all'urna. Chiacchiere e risate risuonavano intorno alle pareti. Una donna entrò da una porta vicino al palco, guardando l'orologio. Era alta e magra, con lunghi capelli chiari e vestita con jeans larghi e una camicia colorata a maniche corte. Scrutò la stanza e poi rimase in piedi vicino alla porta d'ingresso salutando le donne che apparivano. Aveva un modo di fare autoritario ma tagliente. Yvette fissò la sua direzione, sperando che una delle donne che filtravano fosse Heather.

Le chiacchiere e le risate divennero presto un baccano. La donna alta, che era chiaramente al comando, chiuse la porta e si diresse verso il centro della sala. Alzò un braccio e chiamò: 'Ok, tutti quanti. Riunitevi'.

Il chiacchiericcio diminuì e le donne si accalcarono intorno a lei. La porta si aprì, ma non era Heather. Scacciando i dubbi che le frullavano dentro come moscerini, Yvette si unì alle altre.

'Per i nuovi arrivati', disse la donna, alzando la voce, 'sono Fiona. Benvenuti al Cushtie Chanters. Se non avete pagato, sono cinque dollari'. Guardò una donna robusta con i capelli grigi tagliati che stava davanti. 'Sue, potresti passare il cappello?'

Ci fu un frugare nelle tasche e nelle borse e il tintinnio delle monete. Yvette estrasse una banconota da cinque dollari dalla tasca dei jeans e aspettò che il cappello passasse dalla sua parte.

Fiona continuò a parlare. 'Inizieremo a formare tre gruppi: tenore, contralto e soprano. Se sei nuovo e non sai dove si colloca la tua voce, unisciti a qualsiasi gruppo'. Si guardò intorno, il suo sguardo si posò su Yvette. Sentendosi in imbarazzo, Yvette si sforzò di non arrossire.

I membri del coro camminarono verso l'estremità del palco della sala e formarono tre gruppi. Sapendo che la sua gamma vocale non poteva raggiungere altezze o profondità, Yvette si unì ai contralti, in piedi dietro la donna con il cappello, Sue, che si rivolse a lei con un sorriso.

La porta si aprì cigolando. Yvette diede un'occhiata e fu sollevata nel vedere Heather entrare. Catturò il suo sguardo. Il viso di Heather si illuminò di affetto. Si avvicinò e si mise accanto a lei, scatenando in Yvette un caldo bagliore.

'Ciao', sussurrò lei. Strinse la mano di Yvette. 'Sono felice che tu non abbia cambiato idea'.

Fiona chiamò dal davanti: 'Inizieremo con 'Inannay'. È una ninna nanna indigena. Qualcuno ha sentito la versione dei Tiddas?'

Ci fu un mormorio di sì.

Fiona si rivolse ai soprani. Cantò la strofa e il coro da sola. La sua voce era sottile, con un'inflessione operistica, smorfie esagerate rilasciate su un respiro, senza dubbio un'interpretazione etnica lontana un mondo dall'antica lingua della canzone. Poi alzò le mani e con un improvviso movimento delle braccia verso il basso e un ritmico cenno della testa, guidò i soprani attraverso la canzone. Soddisfatta si mosse per affrontare i contralti.

Yvette cantò insieme, dapprima in silenzio, poi aprì la gola e si rilassò nel flusso dell'armonia, sentendo la propria voce fondersi e confondersi con quella degli altri. L'aria risuonava con le loro voci. E lei si trovò trascinata da ogni aumento e diminuzione. Aveva dimenticato quanto fosse bello. Si stava gonfiando dentro. Era di nuovo una bambina, nel giardino di Heather, che si esibiva in una routine che avevano ideato usando lo scivolo e l'altalena come oggetti di scena, cantando con tutto il cuore su 'The Best Things in Life Are Free'. Lei era Janet Jackson, Heather Luther Vandross, finché non furono costrette a scambiarsi i ruoli perché Yvette non riusciva a raggiungere le note alte.

Fiona si rivolse ai tenori e, una volta soddisfatta, diresse l'intero coro con uno sguardo di intensa concentrazione. Cantarono la canzone tre volte e passarono a provare altre due canzoni. Quando finirono, uno sguardo di ammirazione ammorbidì il volto di Fiona. 'Ben fatto', disse e i membri del coro, tutti sorrisi e risate, ruppero i ranghi e si diressero verso il fondo della sala.

Yvette seguì Heather fino alla coda che si stava formando vicino all'urna.

Cercando qualcosa da dire guardò il vestito di Heather, osservando le ricche sfumature di marrone e crema, il ricamo e il taglio elegante.

'Indossi dei vestiti così belli'.

'Una mia fissazione fin dall'infanzia'. Heather fece una pausa. 'Ti ricordi come Zoe Fullman veniva sempre scelta per scrivere sulla lavagna?' La sua risposta portò in primo piano i fili della loro vita scolastica comune, gli anni in cui avevano sopportato il dispetto feroce della signora Thoroughgood. Un'immagine di Zoe Fullman, tutta compiaciuta e precoce, venne subito alla mente. 'La cocca della maestra', rispose lei.

'La odiavo, per nessun'altra ragione se non perché era carina'.

'Ho sempre pensato che fosse il motivo per cui la signora Thoroughgood l'aveva scelta'.

'Anch'io. Era la rovina della mia vita. Stupido, lo so'. Fece di nuovo una pausa. 'L'hai vista fuori dalla scuola? Indossava i vestiti più belli'.

'Non mi ricordo.'

'Sì. Ero gelosa. Non avevo un bel vestito. Neanche uno. I vestiti non erano il forte di mio padre'.

'Mi dispiace.'

'Non dispiacerti, disse lei con una risata. 'Sto rimediando adesso'.

Yvette stava accanto alla sua amica, sentendo la forza del

suo carattere, cercando di immaginare di crescere senza una madre. Poteva solo chiedersi cosa avesse portato la madre di Heather ad andarsene. Heather incolpava se stessa per l'abbandono della madre? I bambini hanno una notevole propensione all'auto-colpevolizzazione, una propensione progettata per eclissare l'inconcepibile possibilità che la mamma o il papà siano deboli e fallibili. O orribili. Povera Heather.

Si mischiarono andando avanti, Heather ora in conversazione con uno dei contralti. In poco tempo raggiunsero l'urna.

3.5

Avendo abbandonato un *National Geographic a* brandelli, Yvette sfogliò una vecchia copia di *Vogue*, prima di stancarsi anche di quella. Si trovava nella sala d'attesa di uno studio medico vicino, situato in una casa di assi fatiscente. Sembrava che nulla fosse stato fatto all'arredamento della stanza dagli anni Settanta. Tutte le pareti erano tappezzate con carta da parati riprodotta, marrone, grigio e arancione sbiadito su uno sfondo bianco sporco, carta da parati che si scontrava orrendamente con l'antico tappeto a pelo lungo a volute viola intenso. La reception era stipata in quella che doveva essere la vecchia cucina, a cui i pazienti accedevano attraverso un'alta botola di servizio. Una serie di manifesti appesi a una parete incalzava i pazienti in attesa con audaci avvertimenti sulle conseguenze dell'assunzione di alcol, delle iniezioni e dell'ingozzamento di cibo spazzatura. Su una rastrelliera inchiodata al muro accanto alla botola c'era una selezione di opuscoli su una serie di questioni di salute, dall'anoressia al diabete.

Yvette era seduta tra un uomo anziano e schivo e una

madre grassottella il cui bimbo, piagnucolando, si dimenava sul pavimento ai suoi piedi. Yvette ignorò il bambino. Il suo non sarebbe mai diventato così.

E fu sorpresa di scoprire che era piena di una placida accettazione del suo destino. Non importava dei contendenti paterni - che razza di gente egocentrica erano - il corso della sua vita sarebbe andato bene. Il destino non doveva essere negativo. Inoltre, era inondata dalla gentilezza incondizionata e dal sostegno offerto da Heather, che aveva insistito perché trovasse cure mediche.

Il giorno prima, mentre sgranocchiava la sua colazione a base di uova e pancetta che Heather aveva cucinato per lei, Yvette si lamentava di non potersi permettere l'onorario del medico, al che Heather aveva tirato fuori il portafoglio, estrasse due banconote da cinquanta dollari e le aveva infilate in mano a Yvette dicendo: 'Questo dovrebbe coprire tutto'. Yvette era stata troppo sopraffatta dalla generosità dell'amica per rifiutare. Heather le aveva persino fissato l'appuntamento.

Stanca delle foto patinate di donne nubili drappeggiate in abiti firmati, con il broncio e gli occhi da cerbiatta, e per niente desiderosa di tornare alle immagini di animali in pericolo in pose altrettanto appariscenti, andò alla rastrelliera e rovistò tra gli opuscoli, estraendo un pieghevole sulla prigione di Fremantle, che chiaramente non apparteneva a quel posto più di quanto *Profits of Doom* fosse appartenuto alla sezione di riferimento di quella biblioteca il giorno del suo blitz contro gli scarafaggi. Tornò a sedersi e lesse i sommari degli opuscoli, scivolando in una fantasticheria; nella sua immaginazione un esercito di detenuti assediati, vestiti di stracci, si arrampicava su massi di pietra calcarea nel caldo torrido. Poi sentì il suo nome.

Rimise l'opuscolo nello scaffale e seguì la dottoressa in una delle stanze nella parte anteriore della casa. La dottoressa era una donna anziana, i suoi lunghi capelli bianchi, divisi al centro, allontanati dal viso e fermati da due pettini di legno intagliato. Il suo viso era segnato dagli anni, con un paio di occhi marroni, un naso adunco e una bocca simile al becco di unpassero. Vestita con una camicetta grigia e una gonna nera dritta, sembrava per metà funzionaria pubblica e per metà strega.

Yvette si sedette sul bordo di una sedia di legno accanto alla scrivania e con un fremito di trepidazione spiegò lo scopo della sua visita.

La dottoressa la osservò attentamente. 'Quando ha avuto le ultime mestruazioni?'

Yvette ci ripensò. 'Circa dodici mesi fa.'

La dottoressa rimase perplessa.

'Ho avuto un'interruzione di gravidanza lo scorso aprile e da allora non ho più avuto il ciclo'.

'Può succedere. Perché pensa di essere incinta?'

'Nausea mattutina'.

'Quando pensa di aver concepito?'

'Circa la metà di novembre'.

'Dateremo la gravidanza dal primo del mese'. Scarabocchiò una nota sulla nuova cartella clinica di Yvette. 'E il padre?"Non sono sicura'. Yvette sentì il colore salire nelle sue guance.

Vide nel volto della dottoressa un sorriso ironico svanito con la stessa rapidità con cui era apparso. Scrisse una richiesta per un esame del sangue e le disse che di solito non si chiedeva un'ecografia in questa fase, ma dato che non avevano un'idea reale di da quanto tempo fosse incinta, ne richiese anche una e le disse di tornare dopo aver fatto gli esami.

Dopo aver pagato al banco, Yvette lasciò l'ambulatorio stringendo i due moduli. L'appuntamento l'aveva lasciata inquieta, la sua placidità sostituita dalla dura realtà, le sue circostanze esposte alla luce brillante del giorno.

3.6

Angus era nel giardino sul retro quando lei tornò. Mentre camminava lungo il corridoio, poté sentirlo chiacchierare con Viktor. Heather, a quanto pareva, non era ancora tornata dal lavoro. Si sedette sul letto, con le ginocchia tirate al petto. Un'ecografia? La receptionist dello studio medico le disse che il costo era di cento dollari. Cento dollari per farsi fare un'ecografia all'utero, quando le donne facevano figli da millenni, prima che arrivasse quella tecnologia? Mandò all'aria la raccomandazione, dopo aver ragionato sulla necessità.

Poi cercò il telefono nella borsa a tracolla e fece scorrere un dito sulla tastiera. Doveva chiamare sua madre. Non si era fatta sentire da quando si era trasferita a casa di Heather e aveva ignorato le chiamate di Leah. Diceva a se stessa che era troppo occupata. Ora sentiva di non avere scelta. Compose il numero.

Subito sua madre le chiese se aveva qualche notizia. Lei rispose di no. Poi ascoltò senza interesse il resoconto dettagliato di sua madre sull'ultimo confronto di Debbie con l'insegnante di musica di Simon e su quanto dolci e insicuri fossero apparsi i ragazzi nel coro al festival folk. Leah disse che era sicura che

Peter avesse dimenticato le parole di una delle canzoni. Yvette fece delle interiezioni educate, pensando che non avrebbe mai detto a sua madre che era entrata in un coro.

Alla fine, Leah tornò a concentrarsi su Yvette.

'Com'è l'appartamento?'

'Mi sono trasferita a Fremantle'. Si preparò alla risposta.

'Perché vuoi vivere *lì*?'

'È cambiato dai tempi dell'America's Cup. Lo sai.'

'Nessun posto può cambiare *così* tanto. Era e sarà sempre pieno di italiani'.

Cosa poteva mai avere sua madre contro la comunità italiana di Fremantle? Yvette sentì crescere la propria irritazione; Leah non aveva ancora ammorbidito i suoi pregiudizi. Era un velato attacco alla sua scelta di uomini? Leah aveva quasi accettato Carlos nelle sue lettere, supponendo che fosse maltese, il che era in qualche modo accettabile visto che Malta era un'ex colonia britannica, ma non appena Yvette aveva menzionato la sua nazionalità, Leah aveva più fatto il suo nome.

Yvette sapeva che Leah non avrebbe mai perdonato l'esotico mix di possibilità etniche sul lato paterno di suo nipote, il che dava alla sua situazione un fascino nuovo anche se perverso.

'Sarà meglio che tu mi dia il tuo nuovo indirizzo', disse Leah.

Yvette glielo disse, aggiungendo: 'Rimango con Heather'.

'Quella ragazza scozzese?'

'È stata incredibile'.

Ci fu un momento di silenzio. Poi sua madre disse: 'Terry ti stava cercando'.

'Davvero?' Non voleva sentirlo.'

'Ha chiesto di te all'ufficio postale e all'edicola'.

'Perché?'

'Perché? Perché *ci tiene* ancora a te'. Ancora quell'inflessione.

Yvette non rispose. Faceva fatica ad accettare che Leah le parlasse in quel modo, come se avesse ancora diciotto anni. Si sentiva tirata indietro a una sé stessa più giovane mentre lei tirava nella direzione opposta, determinata a essere quella che era. Un'altra parte di lei percepiva, anche se debolmente, che sua madre voleva per lei una catastrofe minore di quella che lei era decisa a crearsi.

'Potresti avere molto peggio', aggiunse Leah come se fosse d'accordo.

'Non c'è verso di combinare questa cosa. Mamma. Sono incinta'.

'Incinta?'

Ci fu una lunga pausa prima delle inevitabili domande.

'Di quanti mesi sei?'

'Circa quattro mesi'.

'Perché non me l'hai detto?'

'Te lo sto dicendo ora'.

Leah non disse nulla per un po'. Yvette immaginò la bocca abbassata, gli occhi severi sotto la fronte corrugata. 'Beh, congratulazioni', disse alla fine, con poco calore nella voce. 'E il padre?'

'Um ... Ha importanza?'

'Certo che importa!'

'Non lo so.'

'Come fai a non saperlo?'

'C'è una scelta di due'. Che suonava molto meglio di tre.

Sentì sua madre sospirare. 'E questo è quello che vuoi?'

'Sì.'

La sua domanda riempì Yvette di dubbi. Qualcosa che non avrebbe mai fatto sapere a sua madre. Ci si sarebbe fatta strada come un verme.

'Almeno adesso hai risolto il tuo problema di immigrazione', disse sua madre, con un'aria fredda e pragmatica.

'Pensi che sia così?' Yvette disse dubbiosa.

'L'hai detto alle autorità, vero?'

'No.'

'No? Perché no?' La sua voce si alzò per l'esasperazione.

'Voglio aspettare di sentire il risultato'.

'Tieniti le conseguenze', disse a bassa voce e riattaccò.

Yvette si arrovellò. Per sua madre supponeva che sarebbe sempre stata una delusione insopportabile.

Non era mai stata in grado di accertare se sotto l'aspetto duro di sua madre si nascondesse un cuore premuroso. Per questo, quando dieci anni prima Leah aveva lasciato Londra con il patrigno e la sorella di Yvette per stabilirsi a Cobargo, Yvette era rimasta indietro. Voleva prendere le sue decisioni da sola. Voleva allora quello che voleva adesso, essere fuori dall'influenza di sua madre. Allora aveva pensato che mezzo mondo sarebbe stato a portata di mano. Inoltre, aveva avuto un'offerta dalla Goldsmiths. La scuola d'arte era il suo modo di sollevarsi dalle ristrette aspirazioni dei suoi genitori. E non era priva di talento. Era stata la prima della classe, all'ultimo anno di scuola in arte, i suoi quadri erano appesi in tutte le scale della scuola, uno era persino arrivato nel corridoio dell'ufficio e si era scagliato vittoriosamente contro i teppisti della scuola che aspettavano fuori dalla porta del preside.

Sua madre aveva cercato di convincere Yvette ad andare con loro, insistendo sul fatto che da bambina Yvette aveva amato l'Australia. Yvette non sapeva dove sua madre avesse preso quell'idea. Non il caldo. Né la crudeltà della signora Thoroughgood. Né il carattere da tornado di suo padre. Forse sua madre ricordava selettivamente il rossore del viso di Yvette, il sorriso gioioso che portava, quando tornava a casa da casa di Heather.

Quando tornarono in Inghilterra e trascorsero quel primo Natale dalla nonna Grimm, Yvette sentì nel profondo del suo cuore una risonanza culturale. Fissava fuori dalla finestra della camera da letto al piano superiore, guardando i giardini coperti di neve, le cellule stesse del suo corpo erano fibre del tessuto di quel luogo. Nel suo DNA erano codificati le case, i capanni del giardino, gli alberi senza foglie, la penombra dell'inverno, gli accenti, gli atteggiamenti, la televisione, il cibo, e tutto ciò aveva perfettamente senso.

Non doveva sapere le tribolazioni che l'aspettavano, che avrebbe frequentato una delle scuole più rozze d'Inghilterra, i cui alunni, tutti e duemila, venivano richiamati all'ordine da un ex sergente militare in camice e water-board. Instillava il terrore in tutti, tranne che nei tipi più incalliti. Faceva sembrare la signora Thoroughgood quasi affettuosa. Ma non aveva alcuna influenza sulla prepotenza, la cattiveria, le minacce. Venendo dall'Australia, magra e timida e maledetta con un accento australiano, fu un bersaglio fin dal primo giorno. Le parole volavano dalla bocca delle ragazze dure come proiettili da una mitragliatrice. Ragazze con capelli biondi ossigenati, facce cattive e polsi sfregiati. Era sopravvissuta ai sei anni. Aveva recuperato il suo accento del sud-est di Londra. La sfida crebbe in lei come la marmellata in una pentola a pressione e quando sua madre annunciò che sarebbero tornati in Australia, esplose con violenza irruenta su ogni centimetro della sua fede nella sua famiglia.

3.7

La luce del sole di inizio autunno entrava dalla finestra della sua camera da letto, una brezza marina faceva danzare l'ombra della maleluca nel giardino di Heather sulla parete opposta. Yvette prese nota mentalmente di suggerire a Heather di spostare la xilografia per evitare che si sbiadisse. Si girò sulla schiena e guardò distrattamente il soffitto, mettendosi entrambe le mani sulla pancia, sentendo il calore dei palmi sulla pelle tesa intorno all'ombelico. E un tranquillo trionfo la pervase nonostante le sue apprensioni. In meno di un anno aveva sostituito il frutto del seme di un uomo con quello di un altro. Per la prima volta pensava a Carlos come una parte del suo passato. Poteva evocare la sua immagine senza bramare la sua presenza, e Malta, quell'isola piena di manufatti infernali, gloriosa e grottesca allo stesso tempo, era ormai lontana. Aveva persino perso la sua compulsione di controllare i messaggi di Josie sul portatile di Heather, e aveva smesso di provare disappunto per il fatto che Josie non si era fatta sentire dal suo arrivo in Australia. Ancora desiderava il perdono della sua amica, che l'aveva lasciata in attesa come una porta allentata sui cardini, che sbatte avanti e indietro in una brezza volubile.

Il suo trionfo si dissipò nel momento in cui la porta della zanzariera si chiuse e lei sentì il palpito costante degli accordi, i meandri, poi quello che era diventato per lei un fastidioso borbottio. Non vedeva l'ora che che Angus se ne andasse, stanca di spingere da parte la sua coperta quando voleva sedersi sul divano del soggiorno, stanca del suo atteggiamento disattento. Per lei, Angus non era altro che un buono a nulla con manie che superavano di gran lunga le sue capacità. La sua presenza in casa di Heather la metteva a disagio, indietreggiava ed era il meglio che riusciva a fare per rimanere educata.

Teneva il suo disprezzo nascosto ad Angus, con cui rimaneva civile, e soprattutto a Heather. Non voleva apparire ingrata alla sua amica. Inoltre, non aveva idea della forza del loro legame filiale. Era impossibile da valutare con Heather al lavoro, a fare shopping, a visitare gli amici o comunque raramente a casa.

In breve tempo, lo strimpellamento cessò. Dei passi percorsero il pavimento della cucina e la porta del frigorifero si aprì e si chiuse. Sentendo quel suono le venne di nuovo fame. Il che non le lasciò scelta. Lo raggiunse in cucina.

Era piegato sul suo copione. 'Leichhardt aveva una spinta incredibile'. Si raddrizzò, strinse una mano e si diede un pugno sul petto. 'Lo sento, qui nelle mie viscere'.

Yvette offocò una risata. Lo sciocco non aveva idea di dove fossero i suoi organi.

'Scrivendo questa sceneggiatura', ha proseguito, 'è come se stessi diventando il protagonista stesso'.

'Wow', disse lei, ma quello che pensava era un *bella rottura*.

'Dovrò recitare io la parte. Non credo che un attore gli renderebbe giustizia'.

Non riusciva a pensare ad altro?

Andò al frigorifero e tirò fuori un contenitore della frittata che Heather aveva fatto ieri sera. Ne tagliò una fetta e la mise in un piatto, prese una forchetta da un cassetto e si voltò per vedere Angus che la guardava.

'Quel tuo pancione sta decisamente crescendo'.

'Grazie.'

'Devo mettermi al lavoro sulla sceneggiatura mentre c'è ancora pace in casa'.

'Pensavo che ti stessi trasferendo?'

'Tutto a tempo debito'.

Cercò di non contemplare il pensiero che lui potesse non andarsene mai.

Notò il giornale locale, nascosto sotto una pila di buste aperte in fondo alla panchina. Prese il giornale e portò il suo piatto al tavolo, prendendo la sedia più lontana da Angus. Ignorarlo era uno sforzo. Inforcò un pezzo della sua frittata e aprì il giornale, tenendo gli occhi saldamente sulla stampa, facendo passare gli occhi su tutti gli articoli dalla prima pagina: pensionati anziani festeggiano l'apertura di un nuovo centro per anziani; bambini della scuola raccolgono fondi per il cancro; picco di criminalità stradale a Hamilton Hill; gruppo di uomini locali determinati a combattere per i diritti dei padri. Girò rapidamente la pagina, gettando un occhio indifferente su tutte le pubblicità, poi la guida TV, la pagina 'What's On' e persino 'Trades and Services'. Arrivata alla penultima pagina si fermò, a corto di sport, per leggere i piccoli annunci.

Doveva trovare un lavoro. Con la gravidanza sarebbero arrivate altre spese. Avrebbe avuto bisogno di una culla, un passeggino, vestiti e pannolini. Scorse gli annunci. Pulizie, pulizie, pulizie-no. Contabile, giardiniere, dog sitter e, finalmente, qualcosa che poteva fare: consegnare la posta. L'unico requisito era la passione per il mantenimento della forma fisica. Tornò nella sua stanza e chiamò il numero.

Il pomeriggio seguente, volantini, depliant e opuscoli lucidi di Coles e Woolworths che pubblicizzavano le offerte speciali della settimana erano ammucchiati sul tavolo della cucina di Heather. Doveva raccogliere la pubblicità da sola. Le era stata assegnata South Fremantle, con una quantità di pubblicità di circa mille unità. Guadagnava due centesimi a volantino. La consegna di oggi ammontava a cento dollari. Quando il distributore, Kylie, un'allegra donna sulla trentina, aveva consegnato i volantini (cosa che si era generosamente offerta di fare quando Yvette aveva spiegato di non avere la macchina), aveva detto a Yvette che era fortunata: era una settimana eccezionale. Heather aveva cercato di dissuaderla prima di partire per il lavoro quella mattina, ma Yvette era risoluta. Angus aveva fissato con incredulità i volantini, borbottando un seccato, 'Suppongo di poter scrivere sulle ginocchia', prima di andare in soggiorno con in braccio il suo copione di Leichhardt.

Quattro ore dopo, Yvette stipò i volantini pubblicitari piegati in due grandi borse a tracolla. Con un abbozzo di percorso e lo stomaco pieno di determinazione uscì di casa.

Arrivò alla fine della strada e già le sue spalle erano tese. Poteva andare a sinistra fino a Marine Terrace o a destra fino alla fine della strada successiva e scendere dall'altra parte. Si diresse verso la collina.

Era un'ascesa punitiva. Alla cresta attraversò la strada e scese, passando, dall'altra parte, blocchi di unità con cassette delle lettere davanti, tutti rannicchiati insieme in bassi muri di mattoni. Accidenti! Dalla sua parte, su circa una cassetta delle lettere su tre c'era un cartello Niente volantini. Lei detestava i volantini, una forma grossolana di pubblicità, un inutile spreco di carta e quindi di alberi, ma consegnando questa massa pesante non poteva fare a meno di risentirsi per ogni cartello di "Niente volantini" che passava.

Quando raggiunse Marine Terrace, le sue borse non

sembravano più leggere di quando aveva iniziato. Dopo di che, girò ogni angolo e salì per ogni strada, le sue borse si svuotarono, il suo cuore si riempì di risentimento e umiliazione. Poteva pensare ad almeno cinque modi in cui avrebbe preferito tenersi in forma, nuoto, danza, tennis, yoga, palestra, tutto tranne questo. Le venne in mente che almeno i detenuti dei centri di detenzione avevano tutti i loro bisogni fondamentali soddisfatti, un pensiero che allontanò con uno schiaffo prima che avesse la possibilità di prendere piede.

3.8

Quando tornò in casa, Angus era in salotto, uno spazio lussuoso, con le pareti di rosso terracotta, il damasco dei divani in terra di Siena, colori forti mitigati da tende, cuscini e tappeti color crema. La stanza era un sancta sanctorum, sporcato ora da Angus accasciato sul divano con una lattina di birra, gli occhi fissi sulla televisione.

Un abominio ancora più grande era dispiegato sullo schermo. Un primo piano di una donna stanca, la voce fuori campo che diceva agli spettatori che aveva appena dato alla luce un bambino prematuro e che entrambi dovevano essere deportati a Nauru. *Nauru.* Quel buco infernale! Yvette si chiese cosa ne avrebbe detto Dan; subito turbata dalla sua mancanza di impegno, il suo interesse iniziale si ridusse a pula alla deriva sul fondo di un sacco di grano vuoto. I pochi bocconi di *Profits of Doom che* era riuscita a conservare erano svaniti sullo sfondo della sua consapevolezza. Che fine aveva fatto l'esplosione di illuminazione che aveva provato quel giorno? Anche il suo iniziale fervore creativo, dopo la notte del sogno inquietante, era diminuito. Artisticamente, si trovava ancora in uno spazio tra i suoi vecchi modi precisionisti e qualcosa di nuovo, ma la sua mente era confusa e destrutturata. Lasciò Angus indisturbato e lasciò le borse nella sua stanza.

Trovò Heather in cucina che tagliava a dadini le zucchine. Dietro di lei, le cipolle sfrigolavano in una padella. 'Ha un profumo delizioso', disse Yvette, sedendosi sulla sedia più vicina al bancone.

'Ciao, tesoro'.

'Posso aiutare?'

'Resta dove sei. Sembri esausta'. Mise le zucchine nella padella e diede una mescolata al contenuto.

'Non ho mai fatto niente di così faticoso', disse Yvette. Il che era vero, lei non era portata per i lavori pesanti.

'Paga?'

'Ho fatto cento dollari', disse con un'ondata di trionfo inaspettato.

'Li faccio in un'ora', disse Heather benignamente. Aggiungendo, 'Mi dispiace. Non intendevo...'

Yvette soppresse il rancore che le si levò in animo. 'Va bene', disse. 'La cosa fastidiosa è che sono laureata. Ho un master, per l'amor del cielo. Ma naturalmente la pittura non paga'.

'A meno che tu non dipinga i muri'.

'Con la panna'.

Risero entrambe.

Guardò Heather rompere le uova in una ciotola. Il ritmo costante della forchetta che tintinnava contro il vetro, la vista delle erbe fresche, il mucchio di formaggio grattugiato, i pomodori e le verdure da insalata disposti lungo il banco, era tutto così familiare in modo vetusto.

'Potresti insegnare', disse Heather riflettendo.

'Non credo che sarei brava a farlo. Inoltre ...'

'Intendevo in futuro. Per ora sei bloccata'. Heather versò le uova nella padella. Con la sua attenzione sulla frittata aggiunse: 'La madre della figlia di Angus è un'insegnante'.

'Non sapevo che avesse figli!'

'Non ha parlato di lei?'

'No. Ma in realtà non abbiamo parlato molto'.

'E' un tipo silenzioso. Non dà molto nell'occhio'.

Yvette trovò quell'osservazione una strana descrizione di Angus. Era un pallone gonfiato nei suoi scambi con Viktor. Lasciò passare la convinzione di Heather senza commentare, desiderosa di scoprire di più sulla sua prole. 'Quanti anni ha?'

'Amy? Cinque. È carina, ma non la vediamo molto'. Heather lasciò i fornelli, uno sguardo di tristezza fisso ni suoi occhi.

'È un peccato.'

'È così.'

'Dov'è?'

'La madre, Julie, ha la custodia. È ad Adelaide'.

'Un po' lontano'.

'Si trasferisce lì non appena ha sistemato l'autobus'.

La personalità di Angus cominciò ad avere un senso. Heather non aveva mai mostrato al fratello altro che una diffusa benevolenza, accogliendo la sua presenza sul divano con tolleranza e simpatia. Per tutto il tempo che era stata lì, Yvette aveva trovato sorprendente l'atteggiamento della sua amica nei confronti del fratello. Tuttavia, anche con questa nuova visione del suo carattere, lui non si era ancora riabilitato di molto nella stima di Yvette. Per tutto il tempo non aveva dubitato che il copione di Leichhardt non avrebbe portato a nulla, ma almeno ora poteva vedere che forse non aveva importanza. Il copione era il suo modo di affrontare la perdita. Era un po' meno sprecone, un po' meno delirante. Era diventato per lei un teppista con una ferita e lei prese nota mentalmente di considerarlo con un po' di rispetto.

3.9

Una settimana dopo non riusciva a trovare la forza per muovere neanche un muscolo. Era tornata dalla sua seconda visita dal medico, questa volta autofinanziata, un'ora prima, ed era andata direttamente nella sua stanza e nel suo letto. Nell'ambulatorio, dopo qualche minuto umiliante a spiegare come non era riuscita a fare un'ecografia, altri dieci minuti a sopportare i pungoli delle mani fredde e il cuscinetto ghiacciato dello stetoscopio premuto forte qua e là, il medico-stregone le aveva detto con notevole entusiasmo che stava per avere due gemelli. Gemelli. Non uno, ma due piccoli feti che si agitavano dentro di lei. La dottoressa era stata felicissima, quasi rimbalzando sulla sua sedia con il giubilo che ci si sarebbe aspettato dalla paziente, come se quei feti fossero la sua stessa progenie.

Yvette era felice quanto un cefalo preso all'amo. Si immaginava Thomas nella sua piccola unità circondato da vecchi libri e vestiti mezzi logori, tutt'uno con il suo violino in un mondo completamente diverso che parlava di serenità e di altezze eteree. Si immaginava Josie che dipingeva su un'altra tela in un selvaggio abbandono o dietro il bar di Malta, ridendo allegramente mentre serviva una folla di turisti festanti. Thomas e Josie erano liberi di essere chi erano e di fare quello che volevano. Non poteva fare a meno di pensare che le era stata servita una doppia dose di sfortuna, la sua libertà limitata dal peso di portare due gemelli e l'incertezza del suo status di immigrata. Alla faccia della profezia; era sospesa nella troposfera, senza sapere dove sarebbe caduta.

Passarono diverse ore prima che riuscisse a svegliarsi. Poi si alzò e sfogliò una rivista di guarigione olistica che aveva preso dalla pila in soggiorno. Heather era nella sua stanza a meditare. Yvette poteva sentire i toni soavi di Tony O'Connor attraverso il muro. Angus era in cucina, al lavoro come sempre, e con il pasto serale cucinato e consumato, Yvette lo lasciava fare.

Chiuse la rivista e si accarezzò la pancia rotonda. Dopo la deplorevole rivelazione del suo medico, la rassegnazione passiva a cui si era abituata e che la rendeva impermeabile alle sue vicissitudini era scomparsa, lasciandola in balia della sua miseria che la circondava come una foschia oscura.

Un'improvvisa esplosione del sole al tramonto si rifletteva sul capannone di un vicino e penetrava dalla finestra. Yvette si sdraiò di nuovo. Tony O'Connor smise di rintoccare attraverso il muro. Una notevole quiete consumò la casa in sua assenza. Lasciò che la sua mente andasse alla deriva. Era quasi addormentata quando il suo telefono irruppe nel silenzio.

'Ehi, Yvette'. Era Debbie. 'Mamma me l'ha detto. Come stai?'

Qualcosa in Yvette si mise sulla difensiva. 'Oh, sto bene'.

'Scusa se non ho telefonato prima. Ma sai com'è, mariti, figli e tutto il resto'.

'Va bene', borbottò Yvette.

Ci fu un breve momento di silenzio.

'Beh, ehi. Congratulazioni'.

'Grazie.'

Yvette avrebbe potuto cercare di sembrare più affettuosa, aprirsi un po' alla sorella. Ma non fu così.

Sua sorella continuò. 'Avrai bisogno di molto sostegno. Specialmente perché sei così inesperta'.

Si aspettava una riposta? Quella donna era esasperante. Poi Debbie si lanciò in una vivida descrizione di entrambi i suoi parti naturali, terminando i suoi aneddoti con: 'Beh, credo che aiuti avere un marito amorevole al tuo fianco'.

'Sì, aiuta, disse Yvette, pensando che l'insensibilità di Debbie fosse, ancora una volta, fuori dal comune.

'Se c'è qualcosa che posso fare'.

'Ti farò sapere.'

'Il minimo che posso fare è offrire un consiglio'.

Non c'era modo di fermarla. I consigli le uscivano dalla bocca come un cavallo al galoppo.

'Vuoi allattare?'

'Certo.'

'Bene. Allora mettiti in contatto con le madri che allattano. Mi hanno davvero aiutato con la mia prima volta'.

'Lo farò. Grazie.'

'È meglio che vada', disse lei, aggiungendo con una risata nervosa. 'Alan non ama le bollette del telefono salate'.

Il sabato seguente, dopo un'oziosa mattinata passata a separare i vestiti che non le stavano più bene da quelli che per il momento poteva indossare, Yvette afferrò la sua borsa a tracolla, marciò lungo il corridoio e chiuse saldamente la porta d'ingresso alle sue spalle, salutando Angus, a gambe aperte sotto il telaio del suo autobus, con un casuale arrivederci mentre si faceva strada tra i rifiuti dell'autobus sparsi sul sentiero.

La passeggiata verso Fremantle fu piacevole, una brezza fresca smorzava il calore tagliente del sole. Ancora una volta ammirò la Chiesa di Scot e si sentì esaltata, quasi religiosa per un momento.

Spinse la porta laterale ed entrò nel calore stantio della sala. Fiona la salutò al suo passaggio. Un gruppo di membri del coro stava chiacchierando vicino all'urna.

Yvette si guardò intorno e vide Heather che parlava con Sue, la cui struttura robusta sembrava formidabile in una maglietta aderente infilata in jeans stretti. Heather catturò lo sguardo di Yvette e salutò. Lei ricambiò il saluto. Mentre lo sguardo di Heather scivolava via, Yvette ammirò la sua amica, quel suo aspetto da madre della terra, il lungo vestito color ruggine, le spalle coperte da una sciarpa di seta a motivi. Emanava sicurezza di sé e un fascino facile. Una donna magnificamente autosufficiente, che non si lasciava andare a improvvisi scatti d'ira, ma non era inibita come Leah e non aveva un atteggiamento rigido. La generosa benevolenza e l'instancabile convivialità di Heather erano, decise, quasi da santa.

Heather si avvicinò, salutando gli altri con un cenno del capo mentre passava. Quando si abbracciarono, Yvette volle lasciarsi andare nell'abbraccio dell'amica.

Heather si tirò indietro e guardò Yvette da vicino. 'Non sembri così felice'.

Come aveva fatto, a vedere sotto la superficie in modo così astuto? Yvette le fece un debole sorriso e disse: 'Ce la farò'.

Heather le diede una rapida stretta di mano.

Fiona richiamò il coro sull'attenti e, a beneficio dei nuovi membri, si lanciò nello stesso preambolo sulla ricerca della voce che aveva fatto la prima volta che Yvette era venuta. Sue passò il cappello.

'Ho delle notizie deludenti e delle notizie eccitanti'. Fiona si guardò intorno. 'Quali per prime?'

'Togli prima di mezzo le cattive notizie', chiamò una donna dal retro. Yvette le lanciò un'occhiata, osservando i lunghi capelli sbiancati dal sole, il viso abbronzato, le labbra carnose e i caldi occhi marroni.

'Ok, Fran. La nostra richiesta di esibirci al prossimo Festival di Fremantle non è stata accolta'.

Ci furono mormorii di delusione.

'Non scoraggiatevi. Gli organizzatori sono stati inondati di domande'.

'Scommetto che il coro di Kavisha Mazzella ha un posto', disse una donna con un berretto verde in modo irritante.

'Sì, ce l'hanno', disse Fiona, rivolgendosi alla donna, 'e c'era da aspettarselo. Lo fanno da molto più tempo di noi'. Fiona sembrava preoccupata. Sembrava che non avrebbe permesso che la disarmonia prendesse piede nel coro. 'Siamo sicuri che ci accetteranno l'anno prossimo', disse, 'e questo ci lascia un sacco di tempo per provare.'

'E la buona notizia?'

'Siamo stati invitati ad esibirci al Fairbridge Music Festival'.

Ci furono alcuni applausi e grida.

'Dov'è Fairbridge?' Yvette sussurrò a Heather.

'Sud', disse rapidamente Heather. 'In campagna'.

Con un 'Ora cominciamo', Fiona prese posto ai piedi del palco.

Il coro si dispose in gruppi in un ampio arco. Yvette si unì ai contralti, in piedi accanto a Heather in fondo. Sue, Fran e la donna con il berretto verde stavano davanti a loro. Il coro iniziò con la ninna nanna 'Inannay'. Yvette ricordava la canzone ma si sentiva insicura. Il coro suonava lucido, le armonie perfezionate, cavalcando l'emozione della canzone, fondendosi e salendo e scendendo come una marea dell'oceano.

Si sintonizzò sulla voce di Heather, chiara e distinta, e proiettò la propria, desiderosa che la sua voce si fondesse con quella della sua amica e solo con la sua, come se nella risonanza delle loro due voci le loro anime si fondessero, e tutti i ricordi d'infanzia di Yvette, troppo spesso portati in primo piano nella sua mente da quando era arrivata a Perth, si sciogliessero.

Poi, in uno slancio di illuminazione, immaginò l'infanzia di Heather. E il suo cuore si soffermò sulla sua amica. Intrappolata nel suo passato, aveva troppo facilmente trascurato quello di Heather, la brutalità della partenza improvvisa di sua madre, la perdita e le difficoltà che doveva aver sopportato. Yvette sentì un'apertura. Forse era la prima volta che provava empatia. E riconobbe nel desiderio di amicizia di Heather e nel suo rispettoso riserbo l'impronta di quei primi anni.

3.11

Fuori, il cielo si era annuvolato e c'erano schizzi di pioggia. Appena finite le prove del coro, Heather si precipitò a vedere un cliente. Rimasta sola sul marciapiede, la vita di Yvette sembrava improvvisamente vuota. La pioggia cominciò a cadere forte, così si diresse ai grandi magazzini Myer per ripararsi.

Curiosando senza meta, vagò al piano di sotto e si ritrovò nel reparto maschile. Lì, mentre si trovava accanto a una fila di camicie eleganti, dovette combattere la voglia di un pasticcio di carne. Era il suo ultimo impulso, un impulso che trovava rivoltante e che certamente emanava dagli esseri dentro di lei, lasciandola a chiedersi che razza di rozzi furfanti stesse generando. Poi, mentre la voglia si affievoliva, sentì un bisogno irrefrenabile di sedersi. Senza fiato, fece qualche passo e si aggrappò al bordo di un tavolo che esponeva biancheria intima.

Un uomo di mezza età in giacca e cravatta stava meticolosamente sistemando le cravatte avvolte nel cellophane su uno scaffale lì vicino. Gettò uno sguardo nella sua direzione e vedendola sofferente si precipitò. 'Sta bene, signora?' chiese gentilmente.

'Ho solo bisogno di sedermi'.

Si precipitò dietro il bancone, tirò fuori una sedia girevole e le fece cenno di sedersi. 'Le prendo un bicchiere d'acqua'. Si avviò e tornò qualche istante dopo con un bicchiere d'acqua ghiacciata, un tovagliolo e un biscotto di pasta frolla su un piccolo piatto.

Yvette sorseggiò l'acqua. 'Lei è davvero gentile', disse, e notando la targhetta con il suo nome, aggiunse 'Gordon'.

Il suo viso si illuminò di interesse come se chiamandolo per nome avesse rotto l'incantesimo della formalità. 'Di nulla', disse lui gentilmente. Aveva un viso florido, con una bocca generosa e gentili occhi marroni. Lei fu attratta dalla teatralità dei suoi modi, dall'intonazione ironica che applicava anche alla più ordinaria delle frasi. Osservò il grigio-argento dei suoi capelli, le pieghe degli occhi. Doveva avere circa sessant'anni.

'Cosa sta cercando, signora? Forse posso aiutarla'.

'Per favore, mi chiami Yvette.'

'Yvette. Un nome insolito'.

'Mia madre voleva chiamarmi Jane. Ma la nonna Grimm, che è la madre di mio padre, disse: 'Oh, non un semplice Jane!''.

'Yvette Grimm'. Fece una pausa e disse riflettendo: 'I nomi possono essere una tale maledizione'. Poi si coprì la bocca con la mano. 'Oh, mi dispiace. Non intendevo...'

'Va bene.'

'Vedi, ero quasi Gerard Card'.

Entrambi risero.

'Per fortuna mio padre ha insistito su Gordon'.

Guardò il suo orologio. 'È già quest'ora? Devo andar via alle quattro in punto. Ho un appuntamento'. Uno sguardo di preoccupazione gli balenò in faccia. 'Starai bene?'

'Penso di sì'.

'Non mi piace metterti fretta. Sei sicuro di esserti ripresa completamente?'

'Sì, sto bene. Un appuntamento è un appuntamento. Non devi fare tardi'.

'E' una prova.'

'Sei un artista?'

'No. Sto dirigendo una commedia che ho scritto io'.

'Il mio amico è un attore'. Mentre parlava si rese conto di non aver visto Thomas dalla festa della vigilia di Capodanno e sentì una fitta di rimorso. Doveva davvero smettere di spegnere il suo telefono e ignorare i suoi messaggi.

'Davvero?' Gordon disse con interesse. 'Palcoscenico, film o televisione?'

'Rigorosamente amatoriale'.

'Forse gli piacerebbe fare un'audizione per una parte'.

Sentì una fitta di incertezza. 'Sono sicura che ne sarebbe felice', disse, 'E la tua opera si chiama...?'

'Guai e Conflitti. È una commedia sulla Restaurazione'.

'Sembra affascinante'.

'Perché non fai una parte anche tu?' Lui la guardò dritto in faccia.

Lei gli fece un sorriso timido. 'Non so recitare'.

'Certo che sì invece. E ho il ruolo perfetto per te'. Si mise una mano sul cuore e disse con falsa tragedia: 'Penelope Pinchgut'.

Entrambi risero di nuovo.

'Ci penserò.'

'Oh, sì, pensaci. *Pensaci.*'

Cercò nel taschino e le passò un biglietto da visita.

Yvette si alzò e ringraziò per l'acqua e il biscotto, poi vagò attraverso gli altri reparti senza intenzione di comprare nulla e uscì. La pioggia era cessata e vortici di vapore si alzavano dal marciapiede, tutto l'ambiente brillava alla luce del sole.

Passò a casa passando per il Fremantle Oval e per Fothergill Street, dove lo stretto marciapiede segue la curva dell'imponente muro della prigione di Fremantle. Oltre il muro c'era un vasto edificio di quattro piani in pietra calcarea. Si ricordò dell'opuscolo che aveva letto nella sala d'attesa del suo medico, in cui si diceva che le caserme dei detenuti erano state costruite dai detenuti stessi negli anni ottanta e cinquanta, usando pietra calcarea estratta sul posto. Un lavoro massacrante svolto da quelle anime sfortunate, strappate alle loro famiglie per il più banale dei misfatti.

L'opuscolo continuava a spiegare che la prigione era stata da allora il principale luogo di incarcerazione di Perth, nota per impiccagioni, fustigazioni, fughe e rivolte, ma ora che i detenuti erano stati trasferiti in una nuova prigione di massima sicurezza a Casuarina, il sito aveva ottenuto lo status di patrimonio mondiale, e gruppi di conservazione e organismi governativi avevano trasformato la prigione in una destinazione turistica. Da qui il pieghevole patinato. Doveva essere una questione di notevole orgoglio statale. Si era chiesta, durante l'operazione, che problemi avesse la gente per voler visitare luoghi in cui erano successe cose orribili, turisti in pantaloncini e calzini dritti che scattavano fotografie; pullman carichi che si meravigliavano delle dimensioni delle celle. Era un caso grottesco. Una curiosità culturale di quel tipo dovrebbe essere nel migliore dei casi solenne e riverente, nel peggiore un'esperienza che evoca l'orrore. Ora, mentre passava davanti alla prigione, pensava che fosse ironico ma inevitabile che l'incarcerazione fosse parte integrante del patrimonio culturale australiano. Meglio preservare la memoria, pensò, che radere al suolo gli edifici per un altro centro commerciale grande come uno stadio.

Attraversò la strada e scese un terrapieno verso l'entrata posteriore dell'ospedale di Fremantle, prendendo una scorciatoia per le strade di South Fremantle.

Angus era seduto sul portico anteriore quando lei si raggiunse l'angolo della strada. Mentre lei si avvicinava, lui si spense una sigaretta. Lei sentì una pugnalata di disprezzo per lui e la sua mente vacillò, un'altra parte di lei si ricompose. Era troppo critica, troppo veloce a condannare. E riconobbe in un istante l'opinione che sua madre aveva di suo padre.

Aggirò la siepe, notando l'assenza di attrezzi e detriti di autobus, e prima di entrare nel giardino calmò i suoi pensieri.

'Com'è stata la tua giornata, tesoro?' disse lui, seguendola all'interno.

Odiava che la chiamasse tesoro. Sapeva che quella parola non aveva sostanza, una parola che evocava romanticismo e intimità, che non esistevano tra loro.

Si sedette al tavolo della cucina. Angus si appoggiò al banco, con le mani spalancate, e fissò la finestra.

'Mi chiedo cosa avrebbe fatto Leichhardt di questo posto'.

'Sarebbe stato sollevato dopo tutto quel deserto'.

'Sì, ma il deserto lo affascinava. La ricerca, l'avventura, la scoperta'.

Non riusciva davvero a parlare d'altro. Curiosa, gli chiese come procedeva la sceneggiatura.

'Estremamente bene. Quasi finito, in effetti'. Fece una pausa. 'C'è solo un problema'.

'Quale?'

'Ho bisogno di avere l'impostazione giusta'.

Si voltò bruscamente verso di lei, gli occhi profondi di speranzosa illusione sotto il suo monociglio cespuglioso. 'Il deserto mi chiama. Leichhardt mi chiama'. Si voltò di nuovo verso la finestra. 'E io darò ascolto a questa chiamata'.

Avrebbe voluto gridare di esasperazione ed esortarlo ad andarsene tutto in una volta. La magnifica irrealtà del copione aveva assunto un'altra realtà quasi folle.

'E il tuo autobus?' chiese con leggerezza, fingendo un coinvolgimento casuale.

'Tutto impacchettato e pronto a partire'.

La porta d'ingresso si aprì cigolando e Heather entrò nella stanza. 'Angus?'

'Io vado'.

'Non vuoi cenare prima?'

'Prenderò qualcosa per strada'.

Si strinsero in un caldo abbraccio. Yvette guardava. Perché lei e Debbie non potevano essere così? Improvvisamente si vide algida, con un cuore freddo finito sotto la luce di Heather.

'Buon viaggio', disse Heather, insolitamente pensierosa.

'Non preoccuparti per me.'

Yvette distolse lo sguardo con una fitta di rimorso. Ora che lui se ne stava andando, le dispiaceva quasi di non aver fatto più di uno sforzo per conoscerlo.

Eppure, quando lo guardò dirigersi verso il corridoio, il

sorriso d'addio che indossava nascondeva il turbinio della volontà più potente che sia mai esistita, la volontà di una madre che protegge i suoi piccoli: astuta, cauta, pronta a uccidere. Non fu una sorpresa che, prima che lui chiudesse la porta dietro di sé, i suoi ricordi di suo padre si stessero allontanando.

3.13

Quella sera, quando il sole era tramontato e una leggera brezza soffiava da una finestra aperta, Yvette si sedette sul divano vuoto, assaporando il comfort della casa libera da Angus. Per qualche minuto si appisolò ascoltando la musica di meditazione di Heather che proveniva dalla sua stanza dall'altra parte del corridoio. Poi si alzò spontaneamente e prima di cambiare idea telefonò a Thomas, cogliendo l'occasione per riallacciare i rapporti, volendo soprattutto riunire i suoi amici intorno a sé e trarre un po' di divertimento dalla vita. Dopo un breve scambio sulla sua nuova vita a Fremantle, sul coro e su quanto fosse meravigliosa Heather, gli raccontò del suo incontro con Gordon e dello spettacolo.

'Gli ho parlato di te e ha pensato che ti potrebbe piacere partecipare. Ha anche un ruolo per me'.

'Per *te*?'

'Vuole che io sia Penelope Pinchgut.'

'Penelope Pinchgut?', si schernì. 'Ha preso questo nome dall'opera di Wycherley, *The Country Wife.* '

Non aveva idea che Thomas sapesse qualcosa sulla commedia della Restaurazione, ma non era sorpresa.

'Sei interessato?'

'Certo.'

Lei gli propose di andare da lei la sera seguente e poi telefonò a Gordon.

Erano le otto di sera quando lei rispose al rapido e leggero bussare di Gordon. Lui le baciò la guancia mentre lei lo accompagnava in cucina. Con Angus assente e Heather in visita al padre a Rockingham, la casa, per la prima volta, era sua. Thomas era seduto in cucina con Anthony, che era salito da Kalgoorlie per il fine settimana e si era aggregato. Per curiosità, aveva detto. Alla vista di lui seduto a gambe incrociate su una sedia di legno, un lampo di allarme apparve sul volto di Gordon, che però lo sostituì rapidamente con un sorriso.

Anthony stava fissando Gordon, con un sorriso arioso che gli illuminava il viso. 'Sono lieto di fare di nuovo la tua conoscenza', disse senza porgere la mano.

'Altrettanto'. Gordon distolse lo sguardo.

Yvette era sconcertata. Che Gordon e Anthony si fossero incontrati prima era uno shock, come se la sua esistenza a Perth avesse appena stretto la cinghia. Lanciò un'occhiata a Thomas, che mantenne un sorriso impenetrabile.

'Tè?' disse, versando l'acqua nel bollitore.

'No, grazie', disse Thomas.

Anthony scosse la testa.

'Io lo prendo, grazie', disse Gordon. 'Senza zucchero e solo un goccio di latte'.

Yvette fece un gesto e lui prese la sedia a capotavola, estraendo immediatamente da una cartellina le copie del suo copione.

'Vogliamo andare subito al sodo? Non ho molto tempo'.

Passò a Thomas un copione. Anthony, seduto ai piedi del tavolo, si chinò in avanti e tese la mano. Gordon esitò, poi fece scivolare una copia sul tavolo in direzione di Anthony, prima di metterne un'altra sul tavolo davanti alla sedia libera accanto a lui.

Thomas sfogliò le pagine. Gordon stava osservando il suo viso. Yvette si voltò per riempire il bollitore, intravedendo uno scarafaggio che attraversava il pavimento della cucina e scompariva sotto il frigorifero.

Quando si voltò, Anthony stava sfogliando la sua copia del copione con le sopracciglia sollevate, la bocca chiusa in un'espressione di disprezzo. Yvette sopportava a malapena di guardarlo. E nemmeno Gordon, che era appollaiato sul lato del suo sedile, intenzionalmente rivolto nell'altra direzione.

Il bollitore bolliva. Preparò a Gordon il suo tè in una delle migliori tazze di Heather e glielo porse, poi prese la sedia libera.

'Grazie', boccheggiò.

Ci fu un lungo momento di silenzio. Tutti guardavano Thomas, che rifletteva sopra il suo copione come in posa con il gomito sul tavolo, la testa appoggiata in una mano.

'Interessante', disse infine Thomas, spingendo la sceneggiatura da un lato.

'Ho pensato che ti sarebbe piaciuto fare la parte di Thidney Thornthwaite'. Gordon sembrava incerto. 'È uno scapolo un po' sciupafemmine', aggiunse. 'Un mercante di Londra'.

'Che parla con la zeppola', disse Thomas.

'Sì.'

'Affascinante'. Yvette percepì una nota di derisione nella voce di Thomas.

'Riesci a gestire una parlata blesa?'

'Certo che ci rieshe,' disse Anthony.

Gordon ignorò la sua osservazione e si rivolse direttamente

a Thomas. 'Beh, sono sicuro che sarebbe più adatto a te di suo cugino, il signor Spitzer. È uno studente universitario di Bath. Un giovane schietto che pronuncia le sue esse con uno sputo rauco come Daffy Duck'.

'Davvero?' Thomas si accigliò.

Anthony emise un falso sbadiglio. A che gioco, per l'amor del cielo, stava giocando? Si sentì ferocemente protettiva nei confronti di Gordon, anche se non era sicura che Gordon avesse visto lo sbadiglio; almeno, non c'era alcuna reazione nel suo contegno. Lui sorseggiò il suo tè, poi catturò lo sguardo di Yvette. 'Perfetto', disse con un sorriso che svanì al suo apparire. Poi si rivolse a Thomas. 'Thornthwaite vuole che Spitzer sposi la credulona Penelope Pinchgut'.

'Sono io', disse Yvette con una risata esitante.

'E c'è la signora Fanny Bunn, una vedova matronale e l'accompagnatrice di Penelope. Disapprova la proposta di matrimonio e sospetta delle motivazioni di Thornthwaite'.

'Sembra una buona farsa', disse Yvette incoraggiante.

'Oh, ti piacerà Yvette. È pieno di allusioni, *double entendre* e una grande quantità di atteggiamenti'.

'Sono sicuro che lo sia', disse Thomas con un po' di calore, lanciando ad Anthony un'occhiata di traverso.

'Ci saranno molte passeggiate e bisticci', continuò Gordon, guardandola di nuovo con un occhiolino.

Lei sorrise poi si voltò verso Anthony in tempo per vedere uno sguardo di malizia balenare sul suo volto. 'Thornthwaite non ha bisogno di parlare in modo bleso', disse lui con aria sprezzante.

'Oh, ma lui sì'. Gordon si spostò sulla sedia.

'Avete già Spitzer che rantola. Perché avere due personaggi maschili con un difetto di pronuncia?'

'È una commedia'.

'Mi sembra un po' esagerato, se posso dirlo'.

'Santa pace!' Gordon era visibilmente scosso.

Anthony scrollò le spalle e lanciò la sua copia della commedia nella direzione di Gordon. Yvette era sbalordita. Quell'uomo non aveva alcun senso della decenza.

Arrossendo, Gordon raccolse i copioni. 'Incredibile!' mormorò e fece per lasciare la stanza.

'Lascia che ti accompagni alla porta' disse Yvette spontaneamente, desiderosa di allontanare Gordon dal disastro che Anthony aveva causato, ansiosa allo stesso tempo di prendere le distanze dal comportamento dei suoi amici e di rafforzare il suo affetto per il suo nuovo amico. Per una ragione inspiegabile lo trovava irresistibile. Una volta nell'ingresso, chiuse la porta della cucina e lo condusse nel soggiorno.

'Mi dispiace, Gordon. Anthony può essere privo di tatto a volte. Non intendeva...'

'Yvette, non avevo capito che avessi delle inclinazioni artistiche'.

'Oh, quello', disse lei, seguendo il suo sguardo verso il suo blocco di schizzi aperto su un disegno approssimativo della stanza. Non è niente.'

'Sei un artista?'

'Suppongo di sì'.

'Quale tecnica?'

'Olii. Anche se non sono sicura che i farà bene ai bambini'.

'Bambini? Avrai due gemelli? Che meraviglia'.

'Grazie.'

'Stai lavorando a qualcosa di speciale?'

Sospirò. 'Sto facendo una pausa'.

'Qual è il problema?'

'Ho delle idee che richiedono un allargamento delle mie competenze'.

'Ah.' Annuì lentamente. 'So cosa intendi.' Si mise la cartella sotto il braccio, fece un rapido respiro e disse: 'Ti piacerebbe venire nel mio studio?'

Yvette esitò.

'Non sono un esperto, ma forse possiamo condividere qualche idea'.

Yvette scacciò l'orgoglio. Come avrebbe potuto sapere se lui aveva qualcosa da offrire se non avesse accettato il suo invito? Inoltre, era un'altra opportunità per passare del tempo in sua compagnia. 'Mi piacerebbe molto', disse lei con entusiasmo.

'Lo faresti? Diciamo martedì alle due? È il mio pomeriggio libero'.

Fece per andarsene e mentre si trovavano nel corridoio lei gli porse la penna e il taccuino che Heather teneva su un tavolo alto e stretto, e lui scrisse il suo indirizzo.

Lei tenne aperta la porta d'ingresso e lui le prese la mano. 'Sono così felice che tu venga. Mi sento legato a te. Non so perché'.

Lei lo guardò in faccia. I suoi occhi erano umidi, la sua bocca aperta.

'Lo sento anch'io', disse lei, provando un altro travolgente impeto di compassione. Mentre lui si girava e si allontanava, lei voleva raccoglierlo per tenerlo al sicuro. Questi sentimenti erano così strani che poteva solo attribuirli alla gravidanza.

Chiuse la porta e tornò in soggiorno per qualche istante per raccogliere i suoi pensieri. Poi chiuse l'album da disegno, spense la luce e raggiunse gli altri in cucina.

'Se n'è andato?' disse Thomas.

'Se n'è andato'.

'Bene', disse Anthony. 'Quell'uomo è un dilettante. Dovrebbe limitarsi a vendere vestiti'.

'Le tue parole sono scortesi'. E ingiustificate. Non riusciva a capire perché Anthony fosse così deciso a liquidare la commedia di Gordon. No, di più, a liquidare l'uomo del tutto.

'È onesto', ha detto Thomas. 'Scrivere sceneggiature è molto più difficile di quanto la gente pensi'.

Yvette non disse nulla. Disprezzò Anthony. Ed era costernata con Thomas per essersi schierata con una persona che era solo una vetrina di una personalità, vestita tutta dandy e bella, sconvolta ora che vedeva fino in fondo a lui, dove i parassiti, a malapena nascosti, erano in marcia. Lei disse poco di importante, dopo questo. Non c'era verso di dire a nessuno dei due che stava consegnando dei volantini pubblicitari. Sentirsi così ridicola sarebbe stato insopportabile.

Dopo poco Thomas annunciò che andavano via e lei li accompagnò alla porta.

Anthony si diresse verso la macchina. Thomas indugiò, dirigendosi lentamente verso il giardino prima di tornare indietro e chiederle se avesse visto Varg. Lei gli rispose di no.

'Hai capito chi è il padre?' disse a bassa voce.

'No.'

'Che cosa farai?

'Avrò i bambini'.

'Bambini?'

'Non te l'avevo detto? Avrò due gemelli'.

Thomas sussultò. 'Allora vai fino in fondo?

'Che scelta ho?'

'Non ho mai pensato a te come a una madre'. Lui la guardò dall'alto in basso. 'Voglio dire, mi sei sempre sembrata troppo indipendente'.

'La gente cambia, Thomas.'

'Forse'.

'Non è un tradimento', disse lei nel tentativo di colpire la causa del suo atteggiamento.

'Cosa?'

'Il mio essere incinta'.

'Non ti vedo mai. Non chiami mai'.

'Lo so. Mi dispiace', disse lei. 'Sto passando un momento difficile'.

'Non è così per tutti?'

Basta allora, voleva dire ma non riusciva a dargli voce.

Lui le baciò la guancia e le disse che l'avrebbe chiamata presto.

3.14

Il sabato pomeriggio seguente, quando il sole era ancora caldo nel cielo e la brezza dell'oceano rinfrescava appena l'aria in quella che a Yvette sembrava un'estate eterna, decise di andare in autobus a Fremantle per il coro . Aspettò alla fermata senza ombra all'angolo della strada, osservando l'erba sbiancata dei prati dei vicini, il nodoso tronco sfaldato di un melaleuca lì vicino e le braccia pendule di un eucalipto in fondo alla strada. Guardò legioni di api raccogliere il dolce nettare di un arbusto dall'altra parte della strada. E guardò di nuovo la casa di Heather, il giardino anteriore con la siepe ordinata, l'elegante crema dei muri, le finestre ombreggiate dalla ferocia del sole. Il suo telefono emise alcuni squilli acuti e poi tacque. Non si preoccupò di controllare chi avesse chiamato. Sapeva che era sua madre.

L'autobus era in ritardo.

Scese di fronte alla chiesa di Scot e attraversò la strada, guardando il cono grigio della guglia, l'anello di finestre ad arco sottostante, la larga A del tetto principale, il trittico di finestre ad arco nel muro principale. Mentre si avvicinava alla porta laterale sentì cantare. Voleva entrare e passare tutto d'un colpo, sentendo nelle viscere una resistenza all'impegno e al senso di appartenenza alla comunità che il coro dava, insieme a una spinta struggente del suo cuore.

Yvette aprì la porta. Heather era in piedi in fondo ai contralti, appariscente in un abito viola che ondeggiava mentre cantava. Yvette la guardò per qualche istante, studiandola, il sudario della sua amicizia, e si mise al suo fianco.

Heather tese la mano. 'È solo il riscaldamento', sussurrò.

Yvette cantò fino alla fine della canzone. Poi scese il silenzio, i cantanti aspettavano pazientemente che Fiona parlasse. Stava mormorando qualcosa a una donna in prima fila. Yvette cercò di schivare le teste ma non riuscì a vedere con chi stesse parlando Fiona.

Finalmente Fiona parlò. 'Mi dispiace di questa cosa. Purtroppo Norma non può andare a Fairbridge. Quindi ho un posto nei contralti se qualcuno è interessato'.

'Fairbridge?' Yvette disse a Heather.

'Non è eccitante?'

'Abbiamo ancora qualche settimana per esercitarci', disse Fiona. 'Quindi non siate timidi'.

Heather diede una gomitata al braccio di Yvette. 'Vai avanti'.

'Io?'

'Hai una bella voce'.

Sicuramente stava scherzando, eppure continuava a spingere, così Yvette alzò la mano. Rendendosi conto che Fiona non poteva vederla, Heather gridò: 'Yvette vuole farlo'.

'Yvette?' Fiona sbirciò in giro. Vedendo Yvette con la mano ancora alzata, Fiona sorrise. 'Fantastico. Grazie.'

Yvette cantava di cuore ora, sostenuta dal commento di Heather e dall'energia, l'unisono di voci, le canzoni edificanti. E il pensiero di esibirsi a Fairbridge le dava qualcosa a cui aspirare. Un'altra occasione per scrollarsi di dosso l'oscurità che l'aveva tenuta in pugno con la volontà di Cerbero da quando era tornata in Australia.

Durante la pausa per il tè, Fiona le consegnò il testo della canzone che avrebbe dovuto imparare. 'Grazie mille', disse Fiona, sorridendo a Heather mentre si allontanava.

'Non posso credere che mi esibirò in un coro in un festival musicale', disse Yvette, scartando subito un'immagine dei suoi nipoti.

'Andrà tutto bene'.

Gli altri contralti si riunirono per darle il benvenuto. Sue sorrise calorosamente e tese la mano. Aveva un contegno autorevole e Yvette immaginò che potesse essere un'insegnante. Heather presentò la donna accanto a lei come Beth. Beth aveva l'aria un po' fastidiosa dell'appassionata di comitati. Era una donna dall'aspetto fiero, del tipo che stira i jeans; il berretto verde che portava stile commando sostituito oggi con un altrettanto formidabile foulard di cotone. Yvette sorrise educatamente e le strinse la mano.

Heather gesticolò di nuovo. 'E Fran', disse. Yvette sorrise guardando gli occhi marroni di Fran. Fran sorrise di rimando, un sorriso a bocca aperta che rivelava perfetti denti bianchi, meravigliosi sul viso profondamente abbronzato. In effetti, tutta la sua pelle esposta era abbronzata. Doveva passare tutte le sue giornate sulla spiaggia.

Un'altra donna era in piedi dietro di lei. Era sottile e minuta, quasi fragile. 'E infine, Karen', disse Heather. In un fluente vestito hippy e infradito di pelle viola non sembrava una 'Karen'. Era più simile a una 'Sky'.

Subito la conversazione si concentrò sulla gravidanza di Yvette, quando avrebbe dovuto partorire, oh mamma che pancia, Heather rivelò che si trattasse di gemelli, Yvette si fece piccina per tutti i commenti benintenzionati e la raffica di domande e aneddoti, soprattutto da parte di Sue e Beth che erano entrambe nonne. Fran aveva due figli ma fortunatamente si era astenuta dal descrivere il parto. Karen raccomandò un parto in acqua prima di augurarle buona fortuna e scivolare via.

Yvette fu a suo agio con tutte le donne, ma senza avere la sensazione di coltivare amicizie profonde. Tuttavia, c'era un senso di solidarietà tra loro, sapendo che in poche settimane avrebbero tratto forza l'una dall'altra sul palco.

La casa di Gordon a East Fremantle era a un isolato dalla fermata dell'autobus. Scese dall'autobus e camminò lungo lo stretto marciapiede, controllando i numeri civici, abbassandosi per evitare un ramo basso di un cespuglio quando raggiunse il cancello d'ingresso. Poteva vedere dalla facciata che la sua casa era un duplex, una vecchia casa di mattoni con finestre ad anta e una veranda a naso di bue tutt'intorno, tagliata nel mezzo per formare due abitazioni.

La porta d'ingresso era socchiusa. Esitò, a tratti apprensiva, curiosa e attratta da questo accattivante gentiluomo, e attrattadall'animosità di Anthony. Non si aspettava di guadagnare artisticamente dalla visita; era convinta che lui potesse offrirle poco in quel senso. Lui rappresentava una possibilità, di cosa, non ne aveva idea, e l'esplorazione senza meta delle possibilità sembrava costituire la sua vita qui a Perth. Era alla deriva, un gommone senza timone che galleggiava con le correnti, mentre la progenie che cresceva nel suo grembo e il Dipartimento dell'Immigrazione determinavano il suo destino.

Suonò il campanello e lo sentì suonare da qualche parte

all'interno. 'Avanti', chiamò Gordon. Lei aprì la zanzariera ed entrò in un vestibolo compatto che conduceva, attraverso una porta aperta, a un piccolo soggiorno elegantemente arredato. Due sedie a dondolo erano disposte ad angolo davanti a un tappeto persiano circolare. Tra le sedie c'era una pila di libri rigidi ordinatamente impilati su un tavolo di riproduzione Queen Ann. C'erano un piccolo televisore e un lettore CD angolati l'uno verso l'altro su un basso comò di quercia. Una lampada standard con un voluminoso paralume bordeaux completa di lunghe nappe era posizionata all'estremità di un'alta libreria piena di tascabili accuratamente disposti. La luce filtrava attraverso strette tende veneziane inclinate contro il sole. Alle pareti color biscotto erano appesi una serie di dipinti ad acquerello e acrilico di scene di Fremantle, il porto, la striscia dei caffè, i mercati, tutti vibranti e sorprendentemente buoni.

Gordon entrò nella stanza da un'altra porta e si precipitò verso di lei, con uno strofinaccio sul braccio. 'Siamo in cucina' disse, baciandole la guancia. 'Seguimi'.

La cucina era luminosa e ariosa. Armadi di colore grigio talpa, in stile moderno, fiancheggiavano una parete e metà di un'altra. Una porta scorrevole di vetro si apriva su un'area pavimentata che portava a un rettangolo di prato bordato di arbusti nativi tagliati. Di fronte alla finestra, anch'essa rivolta verso il giardino, due sedie di legno erano disposte davanti a uno stretto tavolo coperto di plastica. Il tavolo era apparecchiato in modo ordinato con un assortimento di carta e matite da disegno. Lo studio di Gordon.

Rendendosi conto di aver dimenticato anche il suo portamatite di latta, disse con un sorriso di scusa: 'Non sapevo cosa portare'.

Gordon piegò lo strofinaccio e lo mise accanto allo scolapasta.

'Te stessa', disse. 'E come puoi vedere, sono ben equipaggiato'.

Lei rise. 'Non mi piace venire a mani vuote'.

'Andiamo, Yvette. Stai forse esagerando un po''. Le agitò un dito in segno di finta disapprovazione, poi ridacchiò con uno sguardo che suggeriva che pensava che l'osservazione fosse forse troppo azzardata.

Yvette si sedette su una delle sedie.

'Qual è il tuo background?' disse lei. 'Artisticamente parlando'.

'Sono un ingenuo. Sono arrivato tardi alla mia creatività, poi ho scoperto che mi piaceva. Così mi sono iscritto a tutti i corsi serali che ho trovato. E tu?'

Lei rabbrividì interiormente. 'Gli orafi e la Royal Academy'.

'Allora ho il privilegio di essere seduto al tuo fianco'.

'Non credo che la formazione accademica sia migliore di qualsiasi altro percorso. Pensa a Séraphine Louis', disse Yvette. 'O a Henri Rousseau'. Stentava a credere che quelle parole fossero uscite dalla sua stessa bocca.

'Pensavo di non essere bravo e che non lo sarei mai stato, ma non dimenticherò mai il giorno in cui il mio tutor, dopo aver sentito la mia lamentela, si è messo dietro la mia spalla e mi ha ammonito dicendo: 'Naturalmente il tuo lavoro non è così buono, ma se persisti lo diventerà'. Ero davvero ingenuo'. Emise una risata autoironica. 'Pensavo che l'arte fosse un dono che si aveva o non si aveva, non un insieme di abilità raffinate che richiedevano anni per essere acquisite'.

La sua storia la impressionò, allo stesso tempo innocente e perspicace. 'Qual è il tuo mezzo preferito?' disse, decidendo di prendere sul serio le sue capacità artistiche.

'Trovo che gli acrilici diano all'artista libertà di espressione'.

'Da qui l'espressionismo.'

'Non mi piacciono gli ismi', disse Gordon. 'Per me, un quadro deve trasmettere un'emozione'.

'O un'idea'.

'O un'idea. Ma non un'idea inerte. L'arte è passione. Come la recitazione o il canto'.

'Non sono mai stata brava a esprimere la passione'.

'Prima devi trovare la passione dentro di te'. Le rivolse uno sguardo comprensivo. 'Poi impara ad attingere al pozzo'. Esitò e continuò. 'Non devi usare gli acrilici. Molti famosi artisti espressivi hanno lavorato ad olio. Come Kandinsky e Chagall'.

Trovava curioso che lui citasse quei due artisti russi piuttosto che, diciamo, qualcuno australiano. Entrambi usavano il colore e la linea in modo espressivo, per trasmettere piuttosto che ritrarre, creando impressioni e astrazione. In qualche modo Gordon le sembrò più realista, una supposizione che si rafforzò quando disse: 'Cominciamo?' e mise tre oggetti all'estremità del tavolo: una grande conchiglia, una singola rosa rossa e un busto di Mozart.

'Natura morta?' disse lei dubbiosa.

'Lo chiamo disegno dal vero al posto del nudo'.

Si sedette accanto a lei e scelse una matita, non perdendo tempo ad abbozzare le forme. Lei studiò gli oggetti e fece un inizio, dando un'occhiata al suo lavoro di tanto in tanto, colpita dal suo stile fluido, un'infarinatura qui, un tratteggio là, abili guizzi e tratti attenti intervallati da pause speculative.

Un'ora dopo posò la matita.

'Facciamo una pausa', disse. 'Devi essere affamata, mangi per due'.

'Tre'.

'Oh sì, tre! Santo cielo!'

Mise a bollire il bollitore e dispose con cura le fette di torta su piatti delicati. Poi scaldò una teiera, facendo girare l'acqua bollente prima di rovesciarla. Aggiunse il tè sfuso dalla sua teiera, fece bollire di nuovo il bollitore e versò delicatamente l'acqua. Esitò, aggiunse ancora un po' d'acqua, mise un copriteiera a maglia e girò la teiera tre volte. Era il modo in cui la nonna Grimm preparava il tè. Yvette fu trasportata indietro a un tempo che ricordava così debolmente, prima che la sua famiglia partisse per l'Australia, quando si sedeva nella cucina della nonna, respirando l'odore della pancetta fritta, del tè forte e dei budini con lo strutto, e del bucato steso sopra i fornelli.

'Sei una meraviglia', disse Yvette.

'È solo una cosetta', disse lui, agitando una mano nella sua direzione. Le passò un piatto, una forchetta e un tovagliolo di lino, poi la guardò mangiare.

'Ti piace?'

'Buona,' disse lei tra un boccone e l'altro.

'L'ho fatta io'.

'Sei così bravo in casa'. Poi, curiosa di sapere di più su di lui, ha detto: 'Vivi da solo?'

'Scapolo giurato'.

'Non ti senti solo?'

'Per niente. Sono troppo esigente per tollerare un coinquilino. Sai il genere di cose, peli nel sapone'.

Lei sorrise. Non c'era una sola cosa fuori posto in tutta la casa, non un briciolo di sporco o di polvere.

Versò il tè in tazze di porcellana. Passandole una tazza e un piattino, disse: 'Da che parte dell'Inghilterra vieni?'

Si rese subito conto della qualità esitante della loro unione, conoscenti che corteggiano l'amicizia, incerti l'uno dell'altro, di come l'altro si sente, di cosa potrebbero rivelare o si sono rivelati a vicenda, che tipo di amicizia potrebbe esistere tra loro.

'Londra', disse lei. 'Sono cresciuta qui a Perth, però'.

'Un inglesina post-bellica'.

'Sono troppo giovane'.

'Oh, sì. Certamente.'

Continuò a spiegare, nel modo più conciso possibile, il racconto della sua vita da inglesina che faceva avanti e indietro, dando colore alla narrazione con calde descrizioni di Heather e Josie.

Lui ascoltò attentamente e quando lei arrivò alla fine del suo racconto indicò la sua tazza e disse: 'Te la riempio?'

Lei scosse la testa e gli passò la tazza. Le loro mani si sfiorarono brevemente e lei fu trascinata in un'intimità inaspettata, quella sensualità del tocco umano, allo stesso tempo rilassante ed esaltante, e comunemente sperimentata dal parrucchiere.

'Grazie per oggi', gli disse.

'Ti è piaciuto?'

'Molto,' disse lei, con sentita gratitudine.

'Stessa ora tra due settimane?'

'Non ci rinuncerei mai'.

3.16

Era una serata tranquilla. L'aria era fresca. Il tramonto brillava di un ricco color cremisi su South Beach. Onde pigre si infrangevano sulla riva. Un chilometro di sabbia dorata si estendeva tra i frangiflutti. Oltre, a nord, le luci di Fremantle Marina e delle navi da carico ancorate in mare scintillavano nell'oscurità crescente. Ora che le sue borse a tracolla erano vuote e senza volantini, si sentiva fisicamente sollevata. Emotivamente, era tuta un'altra storia.

Si chiese quanto a lungo sarebbe stata in grado di sopportare questa corsa ai volantini. L'orgoglio gareggiava con l'oscurità costante della sua situazione, chiudendola in un mondo privato, un mondo sorvegliato, autoprotettivo e solitario di rimpianto e auto-recriminazione, un mondo pronto a eclissare la sua alterità di donna incinta a ogni passo. Si fece coraggio. Si disse che doveva essere forte per il bene dei piccoli dentro di lei che avrebbero sicuramente assorbito le sue sensazioni.

Mise una mano in una borsa a tracolla e ne estrasse con cura un sacchetto di carta bianca. Il sacchetto era caldo. Il grasso scuriva un'area del lato inferiore del sacchetto e una piccola macchia marrone si vedeva attraverso la carta in uno degli angoli inferiori. Tirò indietro la carta per esporre il pasticcio di carne che aveva acquistato in una panetteria lungo la strada. Era l'ultima pizza nello scaldavivande, senza dubbio era stata lì a languire tutto il giorno, una vecchia e solitaria pizza di carne. La crosta era diventata gommosa e una goccia di liquame marrone aveva rotto il bordo a un'estremità.

Inclinando la testa all'indietro, diede un morso, attenta a non abbassare troppo rapidamente le mascelle per paura di provocare un rigurgito attraverso la crosta spaccata, perché era diventata un'abile mangiatrice di pasticcio di carne, risultato di numerosi rovesciamenti e dell'occasionale lingua bruciata. Masticò, ignorando l'irrancidimento che filtrava attraverso la pesante spolverata di sale e pepe a cui è sottoposto il contenuto di tutti i pasticci, e, dopo diversi altri morsi, la pellicola di grasso che si induriva sul palato.

Accartocciò l'involucro della torta, lo rimise nella borsa a tracolla e ruttò. Era veramente disgustosa.

Fissava l'oceano e il cielo, desiderando di poter uscire da questa realtà in un paesaggio marino, dipingendo la propria immagine mentre saliva a bordo di una nave diretta in Africa, una versione di se stessa dalla vita sottile che stringeva il braccio di uno straniero bruno. Eppure, non poteva fuggire dalle sue circostanze. I demoni della torta erano proprio lì dentro di lei.

Tornando a casa attraversò Wilson Park, un rettangolo piatto di prato bordato da alti pini di Norfolk. Il parco era vuoto. Cercò di immaginare di scorrazzare con la sua prole, cosa che vedeva spesso fare ai genitori, giocando a rincorrersi, o lanciando i figli in aria, tutti sorrisi gioiosi e strilli di risate. Apparteneva lei a quella schiera di genitori devoti, desiderosi di nutrire, pronti a sacrificare i propri desideri per soddisfare i bisogni di un altro? O aveva ragione Thomas? Non aveva mai pensato a se stessa come a un'egoista. Forse lo era. In pochi mesi sarebbe diventata madre, costretta a rinunciare alla sua libertà per soddisfare le esigenze delle creature che crescevano nel suo ventre. Di tanto in tanto si chiedeva se ne fosse capace.

Una sensazione di bruciore le salì dallo stomaco e ruttò di nuovo.

3.17

Stava aiutando Heather a sparecchiare la tavola per la cena quando Thomas telefonò. Sembrava allegro e non perse tempo per arrivare allo scopo della sua chiamata.

'Ti piacerebbe venire a uno spettacolo?'.

'Sì. Cosa c'è?'

'Gli studenti dell'Anton's Academy fanno uno spettacolo al Subiaco Arts Centre'.

'Reciti in qualcosa?'

'Non quest'anno. Sto lavorando ad altro.

Si diedero appuntamento nel foyer venerdì sera alle sette.

Il Subiaco Arts Centre era un edificio modulare immerso in giardini ordinati. Era quasi buio quando si incamminò dalla stazione ferroviaria lungo Hamersley Road ed entrò nel parcheggio. Mentre si avvicinava all'edificio, vide Varg nell'atrio che chiacchierava con un piccolo gruppo. La trepidazione la attraversò. Era questo lo scopo dell'invito di Thomas? Sicuramente no. Scacciò l'impulso di allontanarsi nell'oscurità, rassicurata dal fatto che probabilmente lui non era così bravo in matematica.

Nel momento in cui lei entrò nell'edificio, Varg lasciò l'atrio attraverso un'altra porta. Non credeva che l'avesse vista. Si trovava nell'atrio, spazioso con pavimenti lucidi, una grande tela che occupava la maggior parte della parete di fondo, una rappresentazione figurativa di una tartaruga d'acqua, il dipinto reso in punti, linee ondulate e cerchi. L'opera era elegante e lei apprezzò la forma e le ricche sfumature di ocra. L'arte indigena aveva uno strano fascino, curiosamente più irresistibile di qualsiasi opera che aveva visto degli australiani bianchi, come se nei punti stessi fosse racchiuso l'apprezzamento di questa terra.

Si tirò il cardigan lungo e largo sull'addome. La gente vestita in modo casual le scorreva accanto e si univa al pubblico all'interno. Aspettò e aspettò, e finalmente Thomas apparve, precipitandosi attraverso le porte con Anthony alle calcagna. Lei lottò per mantenere la sua compostezza.

Si scambiarono baci e saluti educati.

'Mi fa piacere che tu ce l'abbia fatta', disse Anthony con artificiosa sincerità.

'Perché?' disse lei, incapace di mascherare la sua ostilità.

'Oh, vedrai', disse con una torsione ironica della bocca. Era vestito in modo sgargiante con una camicetta di seta stropicciata rosa sgargiante e una cravatta viola sotto un abito grigio troppo grande, con le spalline che arrivavano ben oltre la pelle sottostante.

Thomas se ne stava in disparte, con le spalle ingobbite, sistemando l'allineamento delle maniche della camicia. Era decisamente fuori di sé, il che sembrava insolito, persino per lui.

Con il suo solito artificio, Anthony le porse il braccio e la guidò nell'auditorium. Thomas la seguì.

Il teatro era grande con posti a sedere a gradoni di fronte a un palco ad angolo. Il luogo sembrava piuttosto sontuoso per una produzione amatoriale; poco più di una rassegna eseguita da studenti. Forse c'era uno sconto infrasettimanale sul noleggio. Yvette si sedette tra Thomas e Anthony nella seconda fila dal davanti. Si guardò intorno. La gente continuava a entrare. In poco tempo, tutti i posti nelle quattro file dietro di loro erano occupati. La prima fila era vuota, tranne una sedia all'estrema sinistra, dove Anton sedeva con una cartellina in mano. Yvette lesse il programma che aveva preso dalla sua sedia prima di sedersi. Il pezzo di Varg, un estratto da *Tradimenti* di Harold Pinter, era l'ultimo.

Ci fu un breve momento di silenzio quando le luci dell'auditorium si abbassarono e Anton si precipitò sul palco. Dopo la sua lunga introduzione il sipario si aprì e lo spettacolo iniziò.

Sul palco, un riflettore illuminava due uomini ventenni dai baffi ordinati, entrambi seduti al tavolo di legno. Era l'atto di apertura di *Ricorda con rabbia* di John Osborne. Gli uomini stavano sfogliando i giornali e una giovane donna dai capelli neri in piedi sulla sinistra del palco stava stirando delle camicie. Mentre uno degli uomini si lanciava in una filippica di antagonismi, Yvette diede un'occhiata ad Anton, che stava sorridendo, con le mani giunte in modo salutare.

Seguì un estratto da *Cavalcade* di Noël Coward, interpretato con competenza da una coppia di mezza età vestita in costume edoardiano - entrambi paffuti, entrambi semplici, entrambi pomposi.

Una ragazza snella e dai capelli scuri interpretava Eliza Doolittle accanto a un ragazzo occhialuto e allampanato che si sforzava di passare per l'erudito Henry Higgins. Ma il pubblico li adorava.

E l'estratto da *Aspettando Godot* di Samuel Beckett fu eseguito in modo eccezionale da due adolescenti in abito scuro e bombetta. Quei due comandavano il palco. Quando il loro pezzo arrivò alla fine, il pubblico fece loro un applauso entusiasta. I ragazzi lasciarono il palco e il sipario si chiuse.

Quando si aprì, una donna snella era seduta all'estremità di una *chaise longue* rossa posta ad angolo in modo che il pubblico potesse vederla di tre quarti. La donna era vestita in modo semplice, con lunghi capelli chiari che incorniciavano un viso rotondo e nervoso. Stava leggendo un libro. Davanti a lei stava Varg, le mani nelle tasche dei suoi pantaloni a vita alta, i capelli rosso fuoco raccolti in una coda di cavallo sulla nuca.

Fece un gesto.

Lei alzò lo sguardo verso di lui.

Varg esitò.

Lei borbottò una battuta.

Tutta la loro performance mancava dell'ardore represso e della tensione di un'opera di Pinter, come se avessero velato le loro emozioni e motivazioni così spesso da farle svanire.

Yvette voleva scivolare dalla sedia. Thomas rimase fermo, ma Anthony si agitò. Prima si spostò sul suo sedile. Poi appoggiò il gomito sul loro bracciolo comune e fece scivolare una mano sulla guancia. Soffriva ogni volta che Varg parlava. Yvette guardò Anton, che ora stava scarabocchiando degli appunti. Quando Varg e la sua co-protagonista si inchinarono a un leggero applauso, Anton saltò dalla sedia e si diresse verso il palco.

'È stato imbarazzante', sussurrò Anthony a voce alta.

Yvette era certa che le persone sedute nelle vicinanze lo avessero sentito, ma nessuno lanciò uno sguardo verso di loro. Thomas aveva lo sguardo fisso sulla fila di poltrone di fronte a lui. Nella luce fioca del teatro, non riuscì a leggere l'espressione sul suo viso.

Presto le luci si illuminarono e gli attori si allinearono in ordine di apparizione. Si presero per mano e si inchinarono. Il pubblico si animò con fischi e applausi. Thomas era seduto in avanti nel suo posto con le mani alzate in un applauso costante. Anche Anthony fece uno sforzo per conformarsi, le sue mani battevano a tempo con quelle di Thomas.

Anton ringraziò tutti per essere venuti, il sipario calò e il pubblico cominciò a uscire.

Nel foyer Anthony fu aspro. 'Non lo chiamerei recitare. Varg ha borbottato le sue battute senza alcuna convinzione'.

'Non essere sgradevole!' Disse Yvette.

'Sono onesto'. Ha emesso una risata superba.

'E schietto', disse Thomas, portandosi una mano alla bocca per nascondere, inefficacemente, una sua risatina.

Anthony spostò tutto il peso su una gamba, l'anca in fuori, le braccia piegate sul petto, la testa inclinata di lato. 'Dove, di grazia, era l'emozione?'

'Ovviamente la parte non ne richiedeva alcuna'.

'Oh, andiamo, Yvette! Varg non riuscirebbe a recitare dalla fine di un trampolino! È un perdente pretenzioso'.

'Cos'hai contro Varg?' sibilò Yvette.

'Oh, niente', disse Anthony con un'occhiata ariosa alla sua pancia.

Si bloccò. Non c'era nulla di redentore nel carattere di Anthony? Che lui scegliesse di essere sprezzante nei confronti del possibile padre dei suoi figli, come per dimostrarle la profondità della sua follia, era esasperante. E, notò con sconcerto, che si era basato su una supposizione che sembravano aver fatto entrambi. In ogni caso, che importanza poteva avere per lui? Erano a malapena amici.

Con quest'ultimo commento Anthony guidò Thomas fuori dall'atrio. Thomas si guardò alle spalle, si premette la mano sul viso a forma di telefono e mormorò: 'Ti chiamo'.

Li guardò attraversare il parcheggio e scomparire, il dispiacere che provava era amplificato dalla consapevolezza che avevano ragione. Varg non sapeva recitare. E sperava che nessuno dei suoi bambini avesse i capelli rossi.

242

Un'altra settimana volò via. Yvette era seduta sul gradino posteriore e ascoltava Viktor che urlava a sua moglie e le sue risposte mute e angosciate. Doveva essere in casa. Yvette non aveva idea dell'argomento del loro alterco: lo scambio era in serbo.

Una porta sbatté e poi tutto divenne silenzioso. Yvette sperò che la donna stesse bene. Viktor sembrava un tipo untuoso capace di brutalità sull'asse da stiro.

Qualsiasi tipo di tensione domestica le ricordava suo padre. Era una corsia preferenziale nella sua psiche, una di quelle che la mano che afferrava usava per riportarla indietro alla sua infanzia con l'alacrità di un proiettile. Ed eccola lì, in piedi nel corridoio del numero cinquantadue, di fronte a suo padre e alle sue due valigie gonfie. Lui stava lottando per aprire la porta d'ingresso. Le lacrime gli fluivano sulle guance. Lei rimase ferma e lo incitò a proseguire. Aveva sedici anni. Sua madre era da qualche parte in casa, probabilmente in giardino, e Debbie era nascosta nella sua camera da letto. Jimmy era un uomo distrutto e stavano lasciando a lei il compito di dirgli addio.

Due anni dopo Leah incontrò e sposò Joe, e ottenne la residenza permanente per il nuovo nucleo familiare per tornare in Australia, l'intera serie di eventi si svolse a un ritmo frettoloso e ancora oggi sconcertante.

Yvette si alzò in piedi ed entrò. Trovò il suo telefono sul comodino. Compose il numero di sua madre e aspettò.

'Dove sei stata, Yvette? Ero preoccupata'.

'Non hai ricevuto i miei messaggi?'

'Mi aspettavo una telefonata'.

'Ho avuto da fare'.

'Suppongo non ti abbiano fatto sapere nulla'.

'No.'

Silenzio.

'Come stai?' disse Yvette.

'Ho passato la mattina a inseguire una giovenca che era entrata nel paddock del vicino. Si è rotolata sotto il recinto. Possono essere dei rompiscatole, sai'. Continuò a fare un resoconto dettagliato del dramma fino a quando la giovenca non tornò con la mandria, Yvette aspettava l'occasione per intervenire.

Quando l'ultima frase di Leah si interruppe, disse: 'Mamma, avrò due gemelli'.

'*Gemelli?*'

Yvette non parlò.

'Non si fanno le cose a metà. Da quanto tempo lo sai?'

'Non molto', mentì.

'E come va la gravidanza?'

'Bene'.

Ci fu un altro momento di silenzio.

'Mamma?'

'Sì?'

'Perché sei tornata in Australia?'

'Mi perseguitava'.

'Chi?'

'Tuo padre.'

'Ti perseguitava?'

'Telefonate da stalker al lavoro. Lettere ai miei capi. La sua macchina parcheggiata fuori casa. Non c'era fine'.

'Perché non me l'hai detto?'

'Te l'ho detto.

Yvette si fermò, cercando nella sua mente. Ricordava solo, e debolmente, l'ansia di sua madre. Ora la rapida decisione di Leah di lasciare l'Inghilterra aveva un senso e Yvette ammoniva la sua memoria per aver cancellato quel ricordo senza dargli peso. Sua madre voleva solo quello che ogni donna avrebbe voluto, la sua libertà, una nuova vita lontano dal padre dei suoi figli, diventato un pericolo.

Yvette continuava a disprezzare suo padre anche se provava per lui una sorta di leggera simpatia. Lei non sarebbe mai esistita se sua madre non lo avesse sposato. È una strana sensazione, desiderare di avere almeno un genitore diverso, quando in realtà si sta desiderando di non esistere. Yvette si immaginò Leah, seduta sul suo divano, il viso timido, i capelli bianchi che si assottigliavano intorno alla fronte. Lui le aveva tolto la spontaneità a suon di botte. Leah non aveva avuto altra scelta che sostituirla con il riserbo.

'Perché l'hai sposato?' disse dolcemente.

'Per allontanarmi da mia madre', disse senza esitazione. Era troppo critica e invadente'.

Per un solo orribile momento Yvette immaginò sua nonna, Leah e lei, una trinità che condivideva tratti sgradevoli, come se un bastone fosse passato lungo la linea generazionale. Si sentì come un cliché che attraversa la vita, ignara dell'ordinarietà delle sue reazioni, combattendo ora contro la realizzazione che, per gene o per educazione, c'era una parte di Leah che viveva in lei.

Si inventò una scusa e riattaccò il telefono.

246

per gene o per educazione, c'era una parte di Leah che viveva in lei.

Si inventò una scusa e riattaccò il telefono.

3.19

Un vento da est soffiava l'aria calda del deserto sulla città. Primo pomeriggio e la brezza marina che di solito arrivava all'ora di pranzo non riusciva a farsi strada attraverso la costa. Yvette bussò alla porta d'ingresso di Gordon e sentì subito lo scalpiccio dei passi. La porta si aprì. 'Vieni avanti'. Gordon la spinse dentro prima di chiudere la porta al vento.

All'interno era più fresco, il soggiorno era poco luminoso con le veneziane chiuse, ma la luce del sole cuoceva la finestra della cucina, la tenda che avrebbe dovuto schermare la stanza tirata indietro per far entrare la luce naturale. Già il sudore le imperlava la fronte.

Si sedette davanti al suo schizzo che Gordon aveva messo sul tavolo davanti a un piccolo cavalletto. Sul cavalletto c'era una tela. I tre oggetti della natura morta erano spariti. Lo schizzo di Gordon, che giaceva accanto al suo, impegnava il suo occhio acuto nel confronto. Quello di lui era più sciolto nello stile, più evocativo, drammatico. Quello di lei Gordon, invece, dovette ammettere, mancava di vigore.

'Se mi non ti dispiace la critica,' disse Gordon, seguendo il suo sguardo, 'il tuo disegno è troppo letterale.'

'Non mi dispiace affatto.'

Si accomodò sulla sedia accanto a lei, squadrando il suo schizzo con il bordo del tavolo. Poi raccolse un granello di qualcosa, alzandosi di nuovo per metterlo nel cestino della cucina e sciacquandosi le mani prima di tornare al suo posto.

'Oggi ho pensato che potremmo iniziare a dipingere', disse lui, osservandola da vicino.

'Così presto?' disse lei dubbiosa.

'Non c'è niente di meglio che la parte più profonda'.

'Facevo decine di schizzi prima di osare avvicinarmi a una tela'. Emise una risata incerta.

'Liberiamo noi stessi. Lasciamo che l'immaginazione prenda il controllo'.

Mai una tela bianca era apparsa più stimolante. Era tornata a scuola, costretta dal programma di studi a un esercizio noioso dopo l'altro, da una sedia rovesciata a intere lezioni dedicate allo spazio negativo. Guardando indietro sospettava che il suo insegnante d'arte traesse la maggior parte della sua ispirazione da *Disegnare con il lato destro del cervello*. Volse lo sguardo al suo schizzo.

'Non avere aspettative così alte', disse Gordon incoraggiante. 'Pensa a questo come a un gioco'.

'Um... ok.'

Prese la sua borsa a tracolla e tirò fuori un fascio di pennelli e i tubetti di acrilico che Dan le aveva dato. Prima di lasciare la casa di Heather aveva sospettato che questo sarebbe stato un giorno di pittura, sebbene avesse portato anche la sua scatola di latta. Gordon le fece mettere via il contenuto della sua borsa.

'Ma...'

'Niente ma.'

Sospirò un grazie e scelse un pennello largo dalla collezione sul tavolo. Gordon spremette della terra di Siena bruciata su una tavolozza, immerse il pennello in un barattolo d'acqua e procedette a dare alla sua tela una sottile mano di fondo. Lei fece lo stesso.

Mentre aspettavano che la vernice si asciugasse, disse: 'Sai una cosa? Kandinsky e Chagall si sono sviluppati come artisti attraverso l'attenzione al mito e alla fiaba'. Fece una pausa. 'Torniamo tra un attimo'. Mise le mani sulle cosce, si alzò dalla sedia e lasciò la stanza. Le venne in mente Josie, il modo in cui faceva capolino dalla parete divisoria che separava i loro studi alla Goldsmiths e con un identico 'Sai una cosa?' si lanciava in una lunga spiegazione della fatica che facevano artisti come Séraphine Louis per trovare i pigmenti per i loro colori: le argille, i fiori, il sangue animale. Era ciò che attirava Josie a Malta, ispirata dai terreni ricchi, dalla pietra color miele e dal patrimonio neolitico. L'arte, per Josie, era terrena e primordiale.

Gordon tornò con due libri d'arte: Kandinsky e Chagall. Si chiese allora se la fonte del suo interesse per i due artisti derivasse dal suo acquisto di questi libri, o se avesse scelto i libri per via di un preesistente interesse per i due. Lui le porse il Kandinsky e lei sfogliò le pagine.

'Entrambi hanno usato gli estremi del colore e del tono per creare tensione nel proprio lavoro', disse, guardando i libri.

Sembrava pittoresco e lei ammirava il suo impegno ingenuo ma sincero. Erano passati molti anni da quando aveva dato a uno dei due artisti più di un'occhiata superficiale. I suoi pregiudizi le sembravano ora sfaldati come l'intonaco di calce che si asciuga al gelo, sgretolandosi dalle pareti di un falso edificio che aveva costruito nella sua mente.

La vernice si asciugò presto ed entrambi lavorarono sulle grandi forme della natura morta. Gordon era diventato loquace. 'C'è stato un rinnovamento spirituale nell'arte all'inizio del ventesimo secolo', disse. 'Fu un'esplosione'. Elencò decine di artisti e movimenti, tutti famosi e nessuno australiano. Come se avesse ingoiato Gombrich come una pillola, fornì una *soupçon* di informazioni per ognuno, scoppiando di entusiasmo mentre parlava. Lei ascoltava educatamente, osservando i suoi gesti, il modo in cui muoveva una mano rilassata avanti e indietro come se sfogliasse le note, inclinando un po' la testa, prima a sinistra, poi a destra, manierismi che lei trovava accattivanti, quello che una volta poteva essere affettazione era diventato in lui naturale. Aspettò che lui finisse senza interruzioni.

'Perché sei attratto da quegli artisti in particolare?' chiese lei, finalmente desiderosa di un chiarimento.

'Kandinsky e Chagall? Perché entrambi hanno lottato'.

'Tanti artisti lo fanno'.

'Forse tutti noi.'

'Forse'.

Gordon toccò leggermente la sua tela. 'I benefici di un vento orientale'. Cominciò a sgrossare le aree più scure della sua composizione. Lei lo seguì. Cominciò a godersi l'incertezza, l'anticipazione, sapendo che non aveva idea di come sarebbe venuto fuori questo quadro e realizzando che non le importava.

'Kandinsky ha avuto un'educazione difficile in Siberia', disse lui, tornando ai suoi pittori preferiti. 'E poi è stato evitato più e più volte dalla scena artistica conservatrice di Monaco. Chagall era un ebreo, naturalmente, coinvolto in entrambe le guerre mondiali. Ecco...' Lasciò di nuovo la stanza e tornò poco dopo con una stampa incorniciata. '*L'angelo che cade*. La mia preferita'. Afferrò la cornice di legno scuro con entrambe le mani, sistemando il dipinto all'altezza della vita per il suo esame. 'Serve come memoria della sua vita. È tutto lì: guerra, rivoluzione, persecuzione, fuga, esilio'. Lei fissò il dipinto, immergendosi nel dramma, la donna dipinta nel più brillante dei rossi, e c'era Gordon stesso, e improvvisamente tutte le tribolazioni espresse nell'opera si estesero oltre la cornice.

Portò via il quadro poi tornò a sedersi accanto a lei, tamponando leggermente un dito sulla sua tela. Era asciutta. Yvette apprezzò rapidamente questo semplice valore del mezzo. Entrambi cominciarono ad esplorare i colori, applicandoli con parsimonia, accentuando grossolanamente i tratti del busto, i petali, le volute della conchiglia.

Il pomeriggio passò. Gordon diede al suo lavoro un'ultima infarinatura di giallo cadmio, poi agitò il pennello nel barattolo dell'acqua e andò a fare il tè. Qualche altra pennellata e Yvette posò il suo pennello accanto al suo.

Gordon tornò indietro e si mise dietro di lei.

'Vedi la storia che emerge?' disse.

'Più o meno.'

'Lo vedrai. Questo processo evita il pensiero analitica. È così veloce che non hai la possibilità di scegliere quello che stai facendo e l'immaginazione prende il sopravvento'.

Era impressionata. Lui aveva dato libertà di espressione; si fidava della sua creatività, mentre lei aveva passato la sua vita artistica aderendo a un mucchio di regole. Lo guardò preparare la teiera con la stessa attenzione meticolosa che aveva ammirato l'ultima volta che era stata lì.

Lui le porse una fetta di torta all'arancia su un piccolo piatto completo di forchetta argentata e tovagliolo di lino. 'Grazie', disse lei, e aprì la fetta in due. Era umida e aromatica, poco meno che paradisiaca. 'È deliziosa'.

'Ho fatto uno sforzo in più', disse, guardando la sua pancia, 'per voi tre'.

'Siamo onorati', disse lei. Dopo diversi altri bocconi, chiedendosi dove portare la conversazione, disse: 'Sembri australiano. Sei nato qui?'

'No. Liverpool. Sono stato mandato qui negli anni '60. Avevo cinque anni'.

'*Mandato?* Pensavo che l'era dei detenuti fosse finita da un pezzo'.

'Ero uno dei bambini dimenticati, trasportati qui soprattutto dagli orfanotrofi'.

'Trasportati dagli orfanotrofi? Ma è scandaloso!' La signora Thoroughgood non aveva mai menzionato questa parte della storia dei migranti in Australia. 'Perdonami', aggiunse. 'Non avevo idea che questo accadesse'.

'Oh, è successo. Per decenni'.

Versò il tè e le passò una tazza e un piattino, tornando in cucina a prendere il suo. 'Ancora torta?' chiese, mentre lei finiva la fetta.

'No, no, ma grazie.'

Lui prese il suo piatto, lo posò nel lavandino e tornò a sedersi accanto a lei.

La mente di Yvette turbinava di domande. Chi erano quegli orfani? Perché erano stati mandati in Australia? Che razza di governo avrebbe potuto sognare un tale schema pieno di disumanità? Dove finivano i bambini una volta arrivati lì? Dove si trovavano ora? Era in compagnia di uno di loro. Era un argomento delicato, ma lei doveva saperne di più.

'Cos'è successo ai tuoi genitori?' disse lei con cautela.

Mise la sua tazza nel suo piattino, posandoli sul tavolo. Le sue mani avevano un leggero tremolio. 'Mia madre non ce l'ha fatta dopo la morte di mio padre, così mi ha abbandonato per quella che pensava sarebbe stata una vita migliore per me'.

'Deve essere stato molto difficile, per lei e per te.'

'Sì. Lei era francese. Mio padre era inglese. Si sono incontrati a Blackpool durante la guerra'. Guardò distrattamente fuori dalla finestra, come se al di là del vetro le scene del suo passato si stessero svolgendo. 'E si innamorarono. Nonostante la disapprovazione di entrambi i genitori, si sposarono e lei si trasferì a Liverpool. Io arrivai molti anni dopo. Un felice incidente, si potrebbe dire'.

'E tuo padre?'

'Era uno scaricatore di porto. Un giorno finì sotto un carico che cadeva. A mia madre si spezzò il cuore. Dopo avermi mandato via tornò in Francia. Ho faticato molto per rintracciarla'.

'Ma l'hai fatto.'

'Per fortuna sì. La mia cara madre. La cara Semille'. Aveva un'aria malinconica. 'Ha fatto ciò che riteneva più opportuno.'

'E cosa ti è successo?'

'Sono stato mandato al Fairbridge Children's Home'.

Si irrigidì. Fairbridge? Doveva essere una coincidenza, sicuramente non era lo stesso luogo del festival. Fairbridge, si assicurò, deve essere una città.

Andò ad aprire un cassetto del comò dietro di lei, tirando fuori un piccolo album di fotografie. Le mostrò una fotografia di una fila di ragazzi di varie età e taglie in piedi davanti a una capanna in lamiera non dipinta. I ragazzi erano vestiti con pantaloncini e magliette. Tutti loro stavano sorridendo.

'Non farti ingannare dai sorrisi. Nessuno di noi era felice'. Indicò un ragazzo magro alla fine della fila. 'Tranne lui.'

'Oh?'

'Veniva da un ambiente molto difficile. Era selvaggio quando arrivò all'orfanotrofio. Ma rispondeva bene all'autorità. Gli piaceva la disciplina'. Gordon si bloccò momentaneamente. 'Gli piaceva soprattutto il lavoro duro. Fairbridge era una scuola agraria, vedi. Dovevamo tutti lavorare la terra'.

Chiuse l'album e lo rimise nel cassetto.

$$3.20$$

Quella sensazione di desolazione tornò. Mettendo da parte l'amicizia con Heather e il suo nuovo legame con Gordon, i suoi amici erano diventati pagliuzze, il suo stesso cuore una mano che afferrava. Le mancava terribilmente Josie, ma da lei non giungeva ancora nessuna e-mail. Aveva spesso pensato di contattare la sua amica, ma resisteva ogni volta; aveva almeno venti tentativi memorizzati come bozze nel suo account di posta elettronica. La loro amicizia esigeva una risoluzione, come fosse un'opera d'arte incompleta che aspettava le ultime pennellate per suggellare il lavoro. Non aveva più sentito Thomas dopo lo spettacolo; un'altra amicizia che richiedeva una risoluzione, o almeno una conversazione per chiarirsi le idee.

Stava vagando per le strade secondarie della zona dei caffè di Fremantle, in procinto di entrare in un negozietto alla ricerca di giocattoli per bambini quando, dritto davanti a lei, camminando con un'andatura vivace, c'era Thomas. Sobbalzò alla sua vista, il suo mondo nuovamente scosso dal caso: dal suo primo incontro con la sua amica d'infanzia Heather nel caffè di

Pinar; gli scarafaggi nel vecchio appartamento di Thomas che la spinsero a inciampare su *Profits of Doom*, aprendo in lei una comprensione dei richiedenti asilo che altrimenti non avrebbe mai ottenuto; Thomas che la aveva presentata a Dan, che le aveva spontaneamente regalato un tesoro di materiali artistici; e Gordon che era accorso in suo aiuto a Myer's, con la sua vecchia conoscenza di Anthony e la rivelazione della sua triste infanzia trascorsa nell'istituto per bambini Fairbridge - la stessa città che ospitava un festival musicale in cui lei avrebbe dovuto cantare in un coro. Piccole coincidenze concatenate, o tutto puro caso, niente a che fare con il destino, potevano capitare a chiunque. Eppure, una parte di lei rabbrividiva all'idea che i suoi stessi pensieri avessero il potere di manifestarsi, come le chiacchiere del diavolo, e non c'era modo di sapere dove tutto ciò fosse diretto, ammesso che fosse diretto da qualche parte.

Vestito con una camicia colorata a maniche corte e jeans, con un berretto nero inclinato di lato, sembrava del tutto diverso dal Thomas teso e svampito di qualche settimana prima. Lei lo riconobbe a malapena. Stava per passarle accanto quando lei chiamò il suo nome.

Si voltò nella direzione della sua voce, con aria perplessa. Poi un lampo di riconoscimento apparve sul suo volto.

'Yvette!'

'Che piacere incontrarti'.

Si sorrisero.

'Come stai?'

Si trattenne dal raccontargli lo sconforto che provava ora che il suo pancione era diventato più grande di un'anguria. Non voleva incorrere in un rimprovero di 'te l'avevo detto'.

'Sembri così diverso', disse Yvette rapidamente.

'Anche tu'. Il suo sguardo fece un giro del busto di lei.

Yvette emise una breve risata. 'No, davvero. Sei cambiato'.

'Ho lasciato il mio lavoro di programmatore di computer.

Sto insegnando l'inglese come seconda lingua e soprattutto', disse entusiasta, 'ho un ruolo principale in una commedia. Apriamo al Deck Chair Theatre in aprile'.

Era una trasformazione sorprendente, come un cambio di costume per l'atto successivo. 'Devi venire a vederlo'.

'Mi piacerebbe molto'.

'Ecco'. Srotolò un poster da un rotolo sotto il braccio.

'La Discesa di Orfeo', lesse ad alta voce.

'È un'opera di Tennessee Williams'.

'È con Anton?"

'Sì. Ha fatto un'audizione ai suoi studenti più promettenti', disse con una certa dose di orgoglio.

'Congratulazioni, Thomas. Devi essere entusiasta'.

Avrebbe voluto poter attribuire alle sue parole più sincerità di quella che sentiva. Le loro vite si erano divise su traiettorie diverse, quella di lui piena di espressione creativa, quella di lei di bambini, supremo atto creativo in realtà, poiché dava alla luce nuova vita, eppure piena di obblighi e responsabilità e difficoltà e senza dubbio implacabile altruismo. Lei era gelosa della sua libertà. E c'era qualcos'altro nei suoi modi. Si chiese se stesse ancora con Anthony. Sembrava scortese chiederlo.

'Dobbiamo rimanere in contatto', disse.

'Ecco il mio nuovo numero. Immagino sia questo il motivo per cui non ti ho sentito in queste ultime settimane. Ho cambiato il mio numero. Ho avuto chiamate da qualcuno che ansimava.'

Risero entrambi. In realtà, lui non si era preoccupato di chiamarla e lei non l'aveva mai chiamato.

3.21

Sabato si svegliò di nuovo di cattivo umore. Giaceva sulla schiena, con gli occhi fissi sul soffitto. Sentì dei passi nel corridoio. Bussarono e Heather sbirciò dietro la porta e le chiese se voleva una tazza di tè prima di sparire di nuovo in cucina. Yvette si girò su un fianco e poi si alzò in piedi, mettendo da parte la guida su come crescere dei gemelli che aveva letto la sera prima. Si mise una vestaglia sottile e attraversò il corridoio.

'Sembri stanca', disse Heather.

'Sto bene, beh, più o meno'.

'Cosa c'è?'

'Sono esausta'.

'Posso immaginarlo'. La voce di Heather era calda. 'Ho pensato che potessi sentirti appesantita'.

Il bollitore gorgogliava e Heather versò l'acqua in due grandi tazze. Poi andò nella dispensa e tirò fuori una grande scatola rotonda. 'Dimmi quando', disse, il coltello in bilico su una torta di datteri e noci, inarcandosi lentamente finché Yvette non chiamò. Heather mise la fetta su un piatto e la passò lungo il bancone. 'Questo è per cominciare', disse, dirigendosi verso il frigorifero.

Yvette guardò Heather affettare il pane per i toast, poi friggere pancetta, funghi, metà del pomodoro e uova in una padella di ghisa. Ammirando la disinvoltura di Heather si rese conto che la sua amica aveva preso il posto di sua madre. No, di più, era la madre che Yvette non aveva mai avuto. E in Gordon, con la sua natura avventurosa, un padre. Era l'uomo anziano più gentile che avesse mai incontrato. Era come se avesse acquisito nuovi genitori. Continuò ad ammirare la sua amica, la sicurezza di sé, la facilità con cui affrontava la sua giornata.

'Come hai fatto a diventare un consulente olistico?' chiese, perplessa su come qualcuno la cui madre lo aveva abbandonato potesse dedicare la propria vita ad aiutare gli altri.

'Ah, vecchia ferita. Ho studiato psicologia all'università, ho trovato il corso troppo convenzionale e mi sono ramificata nella mioterapia e poi nella consulenza olistica'.

'Ti piace?'

'Immensamente'.

Tutto questo successo, e Yvette stava consegnando della posta spazzatura. Cambiò argomento, chiedendo se Heather avesse avuto notizie di Angus - non ne aveva avute - prima di cercare altri argomenti di conversazione e rendersi conto dei limiti del loro legame, circoscritto dal loro passato comune, un luogo che lei aveva poca voglia di visitare, e il coro. Non aveva mai parlato con Heather di Malta. O di Londra. O dell'arte.

Rimasero in silenzio per un po'.

'Heather?' disse con cautela, sperando che la risposta a una domanda che la tormentava da giorni non fosse quella prevista.

'Sì?'

'Puoi dirmi dove si trova il Fairbridge Music Festival a Fairbridge?'

'Fairbridge non è una città. È un istituto per bambini'.

Yvette rimase silenziosa. Le sue viscere fecero una capriola. Le balenò nella mente quella fotografia di Gordon in piedi in una fila di ragazzi con sorrisi forzati davanti a una capanna di lamiera non verniciata. Chi avrebbe scelto di organizzare un festival musicale in un ex istituto per bambini? Sarebbe stato come l'Hogmanay a Bethlem. Non fece cenno alle sue perplessità. Heather le passò un piatto della colazione dall'aspetto più delizioso che avesse mai visto. Lei prese la forchetta.

3.22

Il coro era a metà della dolce ninna nanna, 'Inannay', quando entrarono nella sala. Dopo la sontuosa colazione di Heather, avevano trascorso la mattinata occupandosi del bucato e delle faccende domestiche e compilando una lista di oggetti per i bambini, che Heather aveva appuntato al frigorifero. Ora Fran, Sue, Beth e Karen erano in piedi in fondo ai contralti.

Yvette si mise accanto a Fran, catturando il suo sguardo con un leggero sorriso. Fran ricambiò il sorriso. Senza esitazione Yvette si unì al coro, la sua voce si fondeva con le altre, trasportata da quell'ondata di voci, che salivano e scendevano, le diverse altezze dell'armonia a tre parti che si fondevano e si alzavano in un sublime incastro.

La canzone finì e Fran si girò e strinse Yvette tra le sue braccia.

'Come *stai*?' sussurrò all'orecchio di Yvette.

Yvette la abbracciò, un po' sorpresa dalla familiarità. Quando lei allentò le braccia, Yvette disse: 'Sto bene. E tu?'

'Una vita frenetica, ma sopravvivrò'.

Yvette non aveva idea di cosa volesse dire.

Stava per chiederglielo quando Fiona, che Yvette riusciva a malapena a vedere oltre il gruppo di contralti di fronte a lei, chiamò. 'È stato meraviglioso. Penso che abbiamo fatto centro. Ci vediamo la prossima settimana e grazie per essere venute'.

Yvette guardò con curiosità Fran.

'Anch'io ero in ritardo. La settimana scorsa ha spostato l'orario in avanti. Adesso iniziamo all'una'.

'Ah,' disse, giurando di non perdere un'altra prova. Si rivolse a Heather. 'Hai tempo per un caffè?'

Heather guardò il suo orologio.

'Certo.'

'Da Gino?'

'Dove sennò?'

Salutarono gli altri e lasciarono la sala.

Si diressero verso South Terrace, passando per i negozi e i caffè ospitati negli edifici neocoloniali graziosamente dipinti, protetti dalle tende da sole, con la pelle leggermente rinfrescata dalla brezza marina. Chiacchieravano del coro. Erano due amiche che si godevano la reciproca compagnia. Yvette avrebbe potuto rimanere in quel limbo di educata convivialità, ma la sua voglia di sfogarsi cresceva a ogni passo.

Attraversarono la strada ed entrarono nel caffè. Dopo un breve tratto di coda, ordinarono al bancone e si sedettero a un tavolo vicino. Da Gino non c'era nulla di tenero o intimo, nulla che suggerisse che potesse servire come una sorta di confessionale laico, ma l'effetto del viavai di clienti, le loro voci che si fondevano con il sibilo e lo scalpiccio dietro il bancone e si riverberavano intorno alle pareti in un sordo fragore, il sapore cosmopolita del locale con le sue alte finestre e le sedute all'aperto, e la stessa Heather, formosa, sana e gentile, e una valanga di informazioni ruzzolò fuori da Yvette: Carlos, l'aborto, la chiromante, il trittico di uomini e la sua crescente disperazione. Il flusso di sangue in volto le arrossava le guance. Si sentiva impacciata e incerta ma non riusciva a fermarlo.

'Sono molto preoccupata, Heather.'

'Immaginavo lo saresti stata. Di sicuro gli piace farti aspettare'.

'All'Immigrazione? Lo so. Una parte di me spera che perdano il mio file'. Abbassò lo sguardo. Doveva essere sicura che non si stesse trattenendo troppo a casa di Heather, anche se, dopo la lista di cose per bambini appuntata sul frigorifero, niente l'avrebbe convinta del contrario. 'Non posso stare con te per sempre', disse, sollevando lo sguardo.

'Prenditi tutto il tempo che ti serve'.

'Ma non vorrai una casa piena di pannolini e bambini che piangono'.

'Potrebbe essere una sfida, ma a cosa servono gli amici?' Fece a Yvette un sorriso comprensivo.

'No, Heather. Sarebbe troppo.'

Yvette bevve un sorso di caffè. Una giovane donna esuberante e il suo giovane uomo esuberante passarono con la loro giovane nidiata esuberante. Heather seguì lo sguardo di Yvette fino a dove la famiglia si era riunita intorno al bancone. 'E tua madre?'

'Mamma?'

'Pensi che verrà ad aiutare?'

'Non ne ha parlato. Sono sicura che pensa che se resiste, io tornerò indietro'.

'Non ci vorrà molto e non sarai più in grado di viaggiare'.

Entrambe guardarono la pancia di Yvette ormai gonfia come un pallone.

3.23

La casa era tranquilla. Yvette si afflosciò lungo il corridoio e portò le borse della posta nella sua stanza prima di andare in cucina a fare il tè. Stava per sedersi sul gradino posteriore quando il suo telefono squillò. Premette il telefono all'orecchio. Era sua madre.

'Ho delle novità', disse Leah senza preamboli.

Yvette aspettò, aspettandosi un altro resoconto dei litigi di Debbie con l'insegnante di Peter per l'approccio disattento di suo figlio alla scrittura.

'Debbie è incinta.'

'Ancora?'

'Per favore, non iniziare. Sta per avere due gemelli'.

'Gemelli?'

'Faresti meglio a telefonarle e dirle che sei contenta'.

L'avrebbe fatto, una volta superata la sensazione di essere stata surclassata. Anche lei era a disagio. Ora che Debbie era incinta, e di due gemelli, sua madre non avrebbe nemmeno considerato di volare a Perth per aiutarla. Come poteva sua sorella essere così sconsiderata? No, era ridicolo, ma fece fatica a continuare la conversazione e si intromise rapidamente nel flusso di sua madre con una scusa veloce e riattaccò. Si sentiva un'emarginata.

264

3.24

Aveva cominciato a camminare come una papera. Per quanto si sforzasse di mantenere un'andatura normale, il suo ventre era così gonfio che non aveva altra scelta che zoppicare dietro di esso. Diventava ogni giorno più stanca, incline a periodi di affanno e a viaggi infiniti verso il bagno. Un pomeriggio scese dall'autobus per andare a casa di Gordon e fu colta da un improvviso capogiro. La giornata era calda e luminosa e lei si fermò all'ombra della sua veranda e aspettò che l'ansimare si placasse prima di bussare.

Gordon spalancò la porta e le rivolse un sorriso. 'Entra pure'.

In sua presenza si sentiva viva e piena di ottimismo, come se entrando in casa sua stesse entrando in una realtà alternativa, una di benevolenza, creatività e gioia. Lo seguì in cucina, allestita come prima, i due cavalletti affiancati, e i tubi di acrilico, i pennelli e un barattolo di acqua pulita disposti sul tavolo.

A prima vista il suo quadro aveva un fascino sorprendente. 'Ti piace quello che vedi?' disse lui, in piedi accanto a lei.

'Credo di sì.'

'Eccellente.' Fece un ampio movimento del braccio. 'Andiamo?'

'Sì.'

'Allora che il divertimento abbia inizio'.

Si sedettero come due appassionati che aspettano il colpo di partenza.

Questa volta Yvette applicò la pittura spontaneamente, ma non con un abbandono sconsiderato, più un impulso intuitivo, che la condusse prima qui e poi lì, prendendo le curve, le spazzate, gli accenti, lo spazio negativo e le luci a turno. Il fiore cominciò a scoppiare di vita, il busto più umano ad ogni pennellata, la conchiglia che rivelava le sue profondità nascoste nell'ombra, la forma che emergeva dall'ombra profonda come la lampada della natura. Con Gordon accanto a lei, le sue rifiniture e la sua solida abilità manuale che si infiltravano in lei come osmosi, era un'ora miracolosa. Poco dopo Gordon riempì il bollitore.

'Gordon?' disse a tentoni, non volendo procedere con quello che stava per dire, ma rendendosi conto che se non l'avesse fatto sarebbe stato un tradimento della loro amicizia.

'Sì, mia cara?'

'Vado a Fairbridge'.

Esitò. 'E perché ci devi andare?'

'Per il festival della musica. Sono in un coro'.

'Oh, cielo', disse, portando una mano piatta al petto.

'Mi dispiace. Ti ho sconvolto'.

'No, no', disse lui, anche se chiaramente agitato. 'Sono solo stato colto di sorpresa'.

'Sapevi che lì si tiene un festival?'.

'Sì. È uno spazio in affitto in questi giorni. E un museo'.

'Non ci andrò', disse lei, improvvisamente non volendo calpestare il suo passato.

'Devi. Sei un artista', disse. 'Devi andare come artista'.

Dubitava della sua capacità di fare qualcosa del genere.

Continuò a preparare il tè.

'Non posso immaginare come dev'essere stato per te', disse mentre lui le porgeva un piatto di cheesecake al ribes nero. 'Io sarei crollata sotto il peso di tutto questo'.

'L'ho fatto.' Tornò al banco della cucina. 'Ho passato due decenni della mia vita adulta da alcolizzato'. Tornò con il tè. 'Poi c'è stato il periodo a Graylands'.

'L'ospedale psichiatrico?'

'Il posto migliore per me in quel momento. Ero un pazzo ed era un manicomio'.

'Ma è terribile'. Era inorridita e impressionata allo stesso tempo, dalla franchezza, dall'onestà, dalla volontà di rivelare.

Continuò. 'Era un inferno. Ma era il mio inferno emotivo. Mi ci è voluto molto tempo per assumermi la responsabilità di me stesso'. Prese il suo tè, bevendo un lento sorso prima di rimettere la tazza nel suo piattino. 'Comunque, alla fine mi sono ripreso. Dopo essermi ricongiunto con Semille'.

'Che bello'.

'Fu allora che imparai ad amare. Vedi, ciò che quei posti ti lasciano, al di là degli abusi, è l'incapacità di amare'.

'Mi sembri molto affettuoso'.

Prese un boccone di cheesecake e quasi svenne. Era deliziosa, così liscia e saporita. 'L'hai fatta tu?' disse.

'Certo.'

'È divina'.

'Sei molto gentile, Yvette'. Lui la guardò in faccia. 'Qualcosa mi dice che anche tu ne hai passate tante'.

'Niente in confronto a te'.

'Ora, perché lo trovo difficile da credere?'.

Lei prese il suo tè chiedendosi come lui riuscisse a vedere nel suo passato.

3.25

Il sabato pomeriggio seguente, Yvette si diresse lungo High Street nel nord-est di Fremantle, portando con sé una curiosità ambigua; non aveva mai visto Thomas recitare. Non riusciva a immaginarlo diverso da se stesso, nervoso, nevrotico, introspettivo, con un pessimo gusto per gli uomini.

Il Deckchair Theatre era ospitato nella Victoria Hall. Circondata da degli edifici moderni dal design assurdo, la sala era in stile classico simmetrico, la facciata in stucco piena di pilastri e parapetto. Si precipitò attraverso le porte d'ingresso. Era in ritardo. Sua madre aveva telefonato mentre stava per uscire di casa e, prima che lei avesse la possibilità di intervenire, aveva proceduto con una litania di domande e consigli sulla sua domanda di residenza e aveva pensato di trovare un avvocato, per sicurezza. Sospettava che Leah avesse visto qualcosa in televisione. Nessuna parola su Terry o Debbie questa volta. Riattaccò appena possibile, ma perse l'autobus e dovette aspettare mezz'ora per il successivo.

C'era una donna seduta a un tavolino all'interno della sala. Yvette frugò nel contenuto della sua borsa a tracolla poi, fingendo scuse, resse lo sguardo della donna e chiese il prezzo scontato di dieci dollari. La donna non le chiese il documento d'identità.

Si diresse verso l'auditorium, cavernoso con file di sedie temporanee disposte davanti al palco. Prese posto nell'ultima fila. I posti di fronte a lei erano occupati da uomini e donne di tutte le età, vestiti elegantemente come se il loro stesso abbigliamento anticipasse una performance di qualità.

Il sipario si alzò. Il palcoscenico era allestito come un negozio di prodotti secchi nell'America del sud negli anni cinquanta. Lungo una parete di fondo c'erano scaffali di legno pieni di lattine, barattoli di vetro, brocche di terracotta e cesti di vimini. Due sedie e un tavolo rotondo erano disposti su un lato. E c'era Thomas, vestito in modo casual con una camicia a collo aperto e pantaloni larghi, appoggiato a un alto bancone di legno, con in mano un registratore di cassa vecchio stile. Una donna di mezza età e civettuola con un vestito lungo fino al polpaccio e un cappello a cilindro entrò in scena. Si avvicinò a Thomas, con i riccioli che ondeggiavano, le ciglia che sbattevano. E in circa mezzo minuto Yvette capì di essersi sbagliata: Thomas sapeva davvero recitare. Ad essere onesti, era superbo, tutto passione fumante e intensità erotica. Non stava interpretando Val, era Val. La cadenza, i manierismi, ogni gesto e postura, dal modo in cui si chinava sul bancone ai suoi movimenti sul palco.

Non fu l'unica ad essere colpita. Quando il sipario scese sul secondo atto il pubblico applaudì energicamente, e quando il sipario si alzò e Thomas si inchinò ci furono fischi e applausi.

Yvette rimase in disparte mentre il pubblico accorreva fuori dalla sala. Il teatro si svuotò e lei si chiese se dovesse andarsene quando Anton le si avvicinò curioso e, una volta che lei glielo spiegò, mandò prontamente la bigliettaia che aleggiava lì vicino a cercare Thomas nel backstage.

In poco tempo, Thomas apparve da una porta laterale e si diresse verso di lei con una rapida occhiata alla sua pancia. Lei tese le braccia e lo abbracciò con affetto. 'Sei stato fantastico'.

'Grazie.' Era arrossito e leggermente senza fiato.

'Dov'è Anthony?' disse lei, guardandosi intorno.

'Ci siamo separati.'

Lei lo guardò in faccia. Non sembrava turbato. 'Per sempre?' chiese lei.

'Per sempre'.

Chiacchierarono brevemente delle meravigliose opportunità che Perth offriva, Thomas con sincero entusiasmo, Yvette che faticava a concordare. Percependo che lui stava per andarsene, lei disse: 'Tornerai in Inghilterra?', senza nemmeno sapere perché avesse fatto la domanda, notando che non le importava come lui avrebbe risposto.

'Per cosa?'

'Voglio dire, ora non sei con Anthony'.

'Non ho nessuno lì'.

'Tua madre?'

'È morta il mese scorso'.

'Mi dispiace.'

'Non esserlo. C'è voluta la morte di mia madre per mostrarmi quanto può essere insensibile Anthony'.

Era curiosa, immaginando le battute ariose, ma si trattenne dal curiosare. 'Mi chiedevo quando te ne saresti reso conto', disse.

'Il potere della lussuria'. Si lasciò sfuggire un ghigno. 'La verità è che mi sento liberato'.

'Sono davvero felice per te', disse lei con calore genuino. E si rese conto che mentre lei aveva incasinato la sua vita, lui aveva trovato se stesso. Lui brillava, raggiante come un sole d'estate, le loro vite su due strade distinte, la sua ora un soggiorno attraverso una festa in un parco, la sua più una discesa sassosa attraverso l'oscurità di un bosco infestato.

'Non credo che tu abbia tempo per un caffè', gli disse.

'Mi dispiace. Ho una prova. Non ci si ferma mai'.

'Un'altra commedia?'

'No. I Romanas. Suoniamo al Fairbridge Music Festival'.

'Allora ci vediamo lì'.

'Te ne vai?' Sembrava stupito.

'Canterò nei Cushtie Chanters', disse, sorridendo con improvviso orgoglio e stupore, rendendosi conto che era la prima volta che dava valore alla sua partecipazione al coro. Non aveva mai dubitato che suonassero bene, ma i Cushtie Chanters erano sempre stati per lei solo un coro.

Lei gli diede un altro abbraccio e lo guardò tornare sul palco.

La giornata era calda e ventosa, il marciapiede aveva poca ombra. Seguendo il consiglio del suo medico, si era iscritta al corso di parto naturale in un centro comunitario a South Terrace. Si trascinò lungo la strada, sapendo di essere in ritardo. Dieci minuti dopo l'ora in cui doveva partire, era stata colta da un dubbio se chiedere o meno a Heather di raggiungerla. Aveva deciso di andare da sola, lasciando Heather a casa e ignara. L'intimità le era sembrata eccessiva, anche se pensava che la sua amica potesse aspettare di essere invitata.

Il centro sociale doveva essere stato un tempo una casa di famiglia. Aprì il cancello, poi qualche passo dopo la zanzariera.

All'interno, il cottage originale in pannelli di legno era caratterizzato da alti soffitti con stanze ai lati di un ampio corridoio. Seguì un cartello tagliato a forma di freccia, entrando in una spaziosa stanza sul retro con porte scorrevoli in vetro che si aprivano su un'area giochi per bambini. Nella stanza c'erano già otto coppie di partorienti, ogni donna incinta seduta su un tappetino da yoga con il suo compagno accanto. L'istruttrice, una donna snella sulla quarantina, aveva il contegno ultravivace di un'allenatrice di palestra. Lanciò un'occhiata a Yvette e indicò un tappetino libero vicino alle porte scorrevoli.

'Il mio nome è Susie', disse, 'a beneficio dei ritardatari'.

Ci fu un mormorio di risate. Yvette fece scivolare il suo corpo su una stuoia libera, ignorando gli occhi indagatori degli altri.

Susie rovistò in una borsa, estraendo un bacino di plastica e una grande bambola dagli occhi grandi. Spiegò i processi di impegno della testa e di dilatazione della cervice da zero ai dieci centimetri critici, facendo passare la bambola attraverso il bacino con un gesto del braccio per simulare il passaggio del bambino attraverso il canale del parto. Non importa quanto siano forti le contrazioni', disse con un dito scodinzolante e un occhiolino smielato, 'non dovete spingere finché la cervice non è completamente dilatata'. Guardò tutte le future mamme con un sorriso consapevole sul volto. 'Avrete voglia di spingere, credetemi. Una volta che la cervice ha raggiunto i sette centimetri, il travaglio entra in quella che noi chiamiamo transizione e le contrazioni sono più frequenti e più intense'. Mise giù il bacino e la bambola. 'Compagni di parto, è qui che entrate in gioco voi'. Esaminò la stanza, fissando ogni partner. È un esercizio di respirazione. Soffia, soffia, soffia'. Inspirò e poi emise due brevi soffi d'aria seguiti da un lungo soffio. 'Andiamo tutti, soffia, soffia, soffia.'

Tutta la stanza sbuffava e soffiava, sbuffava e soffiava. Era una scena ridicola, le donne e i loro partner si impegnavano nell'esercizio con uno zelo incredibile. Sembravano quasi professioniste, forse al loro secondo o terzo figlio. Il debutto di Yvette sulla scena del parto fu poco brillante. Seduta in questa stanza affrontò la piena forza di una disconnessione tra la sostituzione di un feto perso e il desiderio di avere i bambini che crescevano dentro di lei. Si sentiva un'imbrogliona.

Susie passò alla fase successiva della dimostrazione,

chiamando il gruppo all'attenzione con una mano alzata. 'A volte la futura mamma prova dolore alla schiena', ha detto. 'I compagni di parto possono aiutare con un massaggio delicato. Come questo'. Si accovacciò dietro la donna incinta più vicina a lei e le massaggiò la parte bassa della schiena.

Gli altri compagni di parto la copiarono. Yvette guardò intorno alla stanza. Tutti i compagni avevano un aspetto premuroso e mostravano grande interesse e dedizione. Volevano davvero aiutare. Ora rimpiangeva di non aver chiesto a Heather. Non si era mai sentita così abbandonata prima. Prevedeva con orrore la sua imminente genitorialità.

Susie si avvicinò e si inginocchiò dietro di lei, sussurrandole all'orecchio di non preoccuparsi. Ma lei non riusciva a trattenere le lacrime.

3.27

La sera seguente, scese a South Terrace come un mulo appesantito. Doveva frustare le cosce per continuare ad andare, per arrivare vertiginosamente alla prossima cassetta delle lettere, la sua volontà bloccata in battaglia con la sua resistenza.

All'angolo, si fermò a guardare le macchine che si dirigevano verso di lei. I marciapiedi erano piatti e fiancheggiando tutte le strade laterali, le vecchie case di pietra arenaria con i loro piccoli giardini nascosti dietro muri di pietra e alte recinzioni erano confortanti e alienanti allo stesso tempo. All'interno di quelle case, le famiglie guardavano la televisione o cenavano, bevevano un bicchiere di vino, sorridevano, ridevano, forse giocavano a giochi da tavolo come Scarabeo o leggevano un libro. Tutto questo mentre lei infilava della posta spazzatura nelle loro cassette delle lettere mentre passava.

Le sue borse erano vuote quando arrivò alla fine di South Terrace. Attraversò Wilson Park e proseguì attraverso il parcheggio e lungo un sentiero sabbioso tra le dune di sabbia. La spiaggia era deserta. Le onde impazienti schiaffeggiavano la riva in un ritmo di schiant, impeti e risucchi. Il sole era tramontato e il cielo era chiaro. Non c'era la luna. Le luci della città gettavano una spenta lucentezza rosata sul cielo a nord e a est. Scorgeva Orione e la Croce del Sud. Cercò di trovare una costellazione dello zodiaco, forse la Bilancia, ma non aveva idea di dove guardare e nemmeno di cosa cercare.

Le stelle ammiccavano con indifferenza. Erano mute. Nonostante quello che credono gli astrologi, le stelle non potevano dire nulla. Erano inutili. Peggio che inutili, pensò lei, se le si impregna di un potere portentoso. Gli schemi nelle stelle erano come linee in un palmo di mano. Si stupiva della propria stupidità, cedendo a un desiderio indotto dal dolore, mentre era lì ora con la sua pancia rigonfia, il prodotto di uno di un trittico di uomini del tutto indesiderabili. Si immaginava il dispiacere etnocentrico a labbra strette di sua madre al solo pensiero che uno di loro fosse il padre dei suoi nipoti. La sua visione dei contendenti era coerente con quella di sua madre per ragioni completamente diverse: Varg il vichingo sembrava un uomo vanaglorioso con pretese non lontane dal delirio; Lee, con la sua mezza eredità portoghese e l'altra metà cinese, trattava le sue consorti come pezzi di arredamento; e Dimitri il russo conosceva a malapena la differenza tra seduzione e violazione.

Si tolse i sandali. La sabbia era fredda. Si avvicinò alla riva e lasciò che l'acqua poco profonda le passasse sui piedi e si ritirasse di nuovo, godendosi l'acqua fresca che si increspava sulla pelle e il suo odore fresco e pungente. Poi si diresse verso le estremità.

Cosa avrebbe dovuto fare? Era troppo tardi per tornare alla fattoria di sua madre. Odiava ammettere che Leah aveva ragione; avrebbe dovuto sposare Terry, o qualcuno, chiunque. Doveva poi sposarsi, dopotutto? Ma chi l'avrebbe presa ora, anche solo come favore? Lei, un'imbrogliona di origine inglese?

Quando i veri richiedenti asilo avevano una giustificazione molto più convincente per un atto del genere, persino una donna incinta del figlio di un altro uomo. A differenza loro, era stata lei stessa a provocare tutta questa situazione.

Si voltò e guardò indietro lungo la spiaggia e le case al di là. Invidiava Heather, allora, la sua vita agiata a Fremantle, agiata con un reddito elevato, con la garanzia di una vita stabile. Invidiava Debbie, con il suo maritino e i suoi due ragazzi che scorrazzavano nella fattoria. Avevano una vita troppo facile, di sicuro. Invidiava Thomas, che si era ritrovato qui a Perth dopo mesi di angoscia e desiderio di una vita con Anthony. Invidiava Gordon per essere venuto a patti con il suo passato tormentato. Invidiava persino Angus per la sua volontà disinvolta, per la facilità con cui perseguiva i suoi obiettivi.

Tornò indietro lungo la spiaggia, poi attraverso il parco, dove si pulì i piedi dalla sabbia e si infilò i sandali. Fu una lunga passeggiata fino a casa. Ad ogni passo cercava di cancellare il tumulto dalla sua mente. Invece aggiunse al suo disagio due cosce in fiamme e un paio di vesciche ai piedi.

I giorni e le settimane passavano e ad ogni alba Yvette si ritirava un po' di più dal mondo che la circondava. Si costringeva a uscire di casa quando doveva consegnare la posta spazzatura o andare dal medico per un controllo della gravidanza. Anche il coro era un salasso per le sue scarse energie, e il viaggio a casa di Gordon per le sessioni di pittura era ormai troppo lontano. Dopo la sua ultima visita, aveva telefonato per spiegare, insistendo che lui tenesse il suo dipinto. La tristezza le aveva stretto la gola, non sapendo quando o anche se l'avrebbe rivisto. Non poteva affrontare una telefonata con Thomas. Soffriva le telefonate occasionali di sua madre, ignorando i suoi consigli e i suoi riferimenti a Terry, infastidita ogni volta che non le offriva di farle visita. Passava le giornate a gironzolare per casa, svogliata e annoiata. Niente tratteneva il suo interesse. Galleggiava su un mare morto e calmo, in attesa.

Era il sabato di Pasqua, e dopo aver provato a leggere un altro libro sull'educazione dei gemelli, si ritirò presto, addormentandosi con i toni morbidi della musica di meditazione di Heather che si diffondeva attraverso la parete adiacente.

La casa era silenziosa quando aprì gli occhi e si sdraiò su un fianco a fissare il buio. Da qualche parte nella casa c'era uno scricchiolio. Poi un altro. Erano le travi che si contraevano al freddo? O qualcos'altro? Un panico oscuro la invase, un esercito di pulsazioni tese. C'era una presenza, era sicura che ci fosse una presenza nel corridoio, proprio fuori dalla porta della sua camera da letto. Dov'era Heather? Si rannicchiò e si gettò la coperta sopra la testa, la minaccia oscura ora aleggiava proprio sopra di lei. Era terrorizzata. Ogni respiro era uno sforzo. Non riusciva a muoversi. Era una bambina piena di paura, incapace di emergere da sotto le coperte, incapace di fermare il forte battito del suo cuore.

Si svegliò con lampi di memoria, affilati come coltelli, di essere sdraiata in un letto, sola in una casa, pietrificata. La sua mente turbinava in una disperazione febbrile. Aveva cinque anni, aveva dieci anni, aveva tutte le altre età in cui i terrori notturni l'avevano consumata. Pensava di averli superati. I terrori non la consumavano più da quando aveva diciotto anni. Perché adesso? Che diavolo stava succedendo?

Il terrore si diffuse, lasciando le orme di suo padre scolpite nel paesaggio della sua mente. Dopo un decennio di resistente determinazione a non percorrere mai quel sentiero, ora si sentiva condannata a seguirlo, la sua mente che trotterellava indietro nel suo passato come un cane devoto. Da qualche parte dentro di sé, lei era un'isola. Un'isola così giovane che non aveva mai avuto la possibilità di conoscere se stessa prima che le fessure in lui vomitassero la loro roccia fusa; prima che cascate della sua cenere invasiva paralizzassero ogni cellula vivente di lei.

E in un lampo di illuminazione che le fece esplodere la mente per la sua forza, capì che per tutta la sua vita adulta era stata un'isola persa in se stessa, persa nel mondo, intrappolata sotto questo nucleo di materia aliena. Ora suo padre la riempiva con la sua presenza e insieme al terrore di lui sentiva una densa melassa di disgusto. Non solo il suo carattere era stato un flagello nella sua infanzia, ma la sua stessa esistenza era l'unico ostacolo alla sua permanenza in quel paese, e lei lo incolpava allora, per tutto.

Quella mattina Heather era partita per Rockingham per fare visita a suo padre. Durante la colazione, aveva insistito a invitare Yvette, ma no, c'era qualcosa che doveva fare. Heather l'aveva guardata preoccupata. Yvette aveva rassicurata l'amica con un 'starò bene', e l'aveva salutata con un cenno del capo. Poi aveva attraversato la casa fino al giardino sul retro e al capanno. Angus aveva lasciato tutto l'armamentario della sua ristrutturazione dell'autobus, vari pezzi di listelli di legno e tavole di pino, ritagli di tappeto e vecchie ante di armadi. Accatastati contro la parete di fondo c'erano fogli di compensato riciclato di varie dimensioni. Yvette tirò fuori il secondo foglio da davanti, circa un metro per un metro e mezzo. Portò il foglio in giardino dove lo appoggiò sul bordo di un vecchio tavolo, il compensato appoggiato alla recinzione posteriore. Esitò ed entrò in casa, tornando con una manciata di pennelli di Dan e un vecchio giornale.

Tornò al capanno e passò in rassegna le scatole di vernice acrilica che Angus aveva usato sull'autobus. Tra una serie di colori c'era una grande scatola di bianco, una piccola scatola di rosso e un'altra di blu brillante, e una scatola non aperta di nero. Prese una spazzola per il pavimento e diede una bella spazzata al compensato prima di stendere il giornale. Tornò al capanno e con un vecchio cacciavite fece leva sui coperchi delle scatole di vernice e le portò fuori. Il suo studio all'aperto era completo. Di solito si sedeva quando lavorava a un quadro. Questa volta stava in piedi.

Era a malapena consapevole della siepe che correva per tutta la lunghezza della recinzione laterale, in piena fioritura e coperta di api estatiche. Il paranco delle colline, la bordura di impatiens che orlava l'ampia striscia di pavimentazione folle direttamente fuori dalla casa, la fila di solchi pieni di erbe e foglie verdi, la melaleuca vicino al capanno che le forniva l'ombra tanto necessaria, perfino il sole stesso, il calore che cresceva costantemente mentre il sole saliva più in alto – non capiva niente di tutto questo, eppure nessuna immagine le riempiva la mente.

Intinse il più grande dei pennelli rotondi di Dan nel rosso e fece roteare la vernice al centro della tavola. Poi prese un altro pennello e spalmò il nero intorno al rosso. Le sue pennellate erano spesse e non misurate. Non aveva mai dipinto così velocemente e senza metodo o disegno.

La forma di un corpo emerse dal centro rosso e mentre strizzava la vernice sul compensato Yvette cedette a un'ondata di sensazioni a cui non riusciva a dare un senso.

Lasciò cadere il pennello e fece un passo indietro. Era un passo insopportabile. Fu costretta ad andare di nuovo avanti. Aveva bisogno di essere più vicina, di fondersi con l'opera. Non le importava più dell'aspetto del quadro. Tutto ciò che contava era la sua intima vicinanza, come se un centimetro di distanza fosse un dolore lungo chilometri.

Senza un attimo di esitazione immerse una mano nel barattolo di blu e schiaffò la vernice sul compensato. La vernice era scivolosa e fredda. E deliziosa. Immerse prima una mano, poi l'altra, nel nero e nel rosso e nel bianco e nel blu, e spalmò la vernice in un'eruzione di impulsi creativi, una frenesia di colori che stese di qua e di là con le dita e i palmi, creando il ventre, i seni, le braccia a pancia in su, le gambe stese. Era tutt'uno con la sua creazione, come se il colore sulle sue dita fosse il suo stesso sangue.

Era fusa.

Alla fine, dopo un tempo che non era tempo, si alzò di nuovo. Ed ecco la donna, perfettamente proporzionata, reclinata, con il busto che si allontanava dal rosso al centro, la sua femminilità. Yvette non aveva idea di come fosse riuscita a produrre una forma così piacevole a guardarsi.

Una forma senza testa, perché non aveva dato la testa alla sua donna, perché la sua donna non aveva la testa.

PARTE QUARTA

4.1

Un autunno più caldo della media si prolungava. Yvette si svegliò al suono confortante di Heather che si muoveva in cucina. La porta del frigorifero si aprì e si chiuse. C'erano tintinnii di posate e piatti, il fruscio della carta. Dopo poco Yvette sentì bussare piano alla sua porta ed entrò la sua amica con una tazza di tè.

'Ecco qui', disse con un sorriso materno.

'Grazie.'

'La colazione è pronta fra cinque minuti', disse, tirando le tende mentre usciva.

Yvette si girò su un fianco. Stentava a credere di essersi svegliata in questa stanza ogni mattina per mesi, avvolta dalla femminilità terrosa di Heather che era in ogni colore di vernice e consistenza di tessuto, nell'atmosfera creata dalla sua amica che emanava persino dalle assi del pavimento che brillavano di marrone miele, una stanza che aveva sostituito nel suo cuore la sua camera da letto nella casa di Carlos. Guardando indietro, quella stanza era austera, con le sue pareti bianche, le pesanti travi che scendevano dalla grande altezza del soffitto, le travi scure del baldacchino, il pizzo antico che ricopriva i vecchi comò, i comodini e il letto in bianco e avorio, una stanza che si era abbinata perfettamente alla nitidezza del suo umore.

Si voltò verso la finestra. Il cielo sembrava una distesa di acqua pallida. Il sole doveva ancora superare i tetti bassi della periferia. Guardò una gazza che beccava sul prato. Poi si sollevò sui cuscini e sorseggiò il tè.

Il suo quadro era appoggiato al muro vicino alla porta. Una volta che la vernice si era asciugata quel giorno, aveva portato il compensato dentro. Dopo essersi strofinata le mani e gli avambracci, aveva frugato nella grande pila di riviste che Angus aveva lasciato in soggiorno, una sgradevole collezione di porno soft e automobili. Aveva strappato una fotografia dopo l'altra di donne seminude con seni esagerati e sguardi d'intesa e, una volta ottenuta una pila consistente, aveva staccato teste e tagliato fondi di bikini rotondi, lasciando una pila più piccola di membra e torsi smembrati.

Aveva disposto i frammenti in un collage di persone, vagamente a forma di lacrima. Soddisfatta, aveva incollato il collage al suo quadro tra le gambe stese della donna.

Poi aveva affrontato la testa. Sembrava sbagliato lasciare la sua figura senza testa, un altro collage non le sembrava giusto. Si sentiva come una ladra che rovistava nei cassetti e negli armadi della cucina, della lavanderia e del bagno; ci doveva essere qualcosa in casa di Heather che andasse bene.

Alla fine, nell'ultimo cassetto dell'armadietto del bagno, trovò un piccolo specchio rotondo senza cornice.

E l'opera d'arte era completa.

Heather tornò circa un'ora dopo. Yvette aveva riordinato la casa e il giardino ed era in cucina a prendere le sue opere d'arte appoggiate alla porta posteriore, incerta su cosa fare.

'Sei stata occupata', disse Heather, avvolgendole un braccio intorno alla vita.

'Ti piace?'

È incredibile'.

Yvette guardò la sua amica e aspettò che lei dicesse di più. Heather osservò il lavoro in silenziosa ammirazione. Alla fine, disse: 'Fa una bella figura'.

Yvette era perplessa. Per lei, il lavoro era catartico, niente di più.

'Lo specchio sembra invitare lo spettatore a guardarsi'. Heather gesticolava con la mano mentre parlava. 'E il corpo sta dando vita alla disperazione'.

'Non mi era venuto in mente'.

'No?'

'Ti piace davvero?'

'Lo adoro. È così... primitivo'.

Yvette fissò di nuovo la donna che emergeva dal nero e dal blu, il rosso al centro che si fondeva con i toni più morbidi del ventre e delle cosce.

'Dove hai trovato i materiali?'

'Um...' Guardò peccaminosamente Heather. 'L'intera faccenda è il prodotto di tuo fratello. Ho trovato il compensato e i vecchi barattoli di vernice nel capannone'.

'Sono contenta che tu abbia trovato un uso per quella roba. E il collage?'

'Ho fatto un'incursione da *Ralphs*'.

Heather si mise a ridere. Era ora che andassero al riciclaggio'.

Finì il tè e scivolò fuori dal letto, avvolgendosi un pareo intorno alla pancia. Prima di uscire dalla stanza, vide un'immagine del suo profilo nello specchio dell'armadio, i seni gonfi che corrispondevano al rigonfiamento della pancia, i glutei che si erano ingrossati per controbilanciare. La base della spina dorsale aveva sviluppato una curva acuta. Sembrava a termine. Stranamente, e nonostante la sua eterna preferenza per le forme snelle, si sentiva compiaciuta. La gravidanza era ormai una condizione che non poteva essere cambiata. E la sua forma gravida era temporanea. Si sarebbe rimpicciolita di nuovo. Ciò che era immutabile, scolpito come nel marmo, era un futuro di maternità. Eppure, non poteva giudicare i suoi istinti anche se sapeva che l'avevano tradita. Il buon senso si era preso una vacanza nel momento in cui aveva messo piede sulle coste di Malta. Quando era arrivata in Australia, non c'era da meravigliarsi se aveva sbagliato il suo destino. Si mise di fronte allo specchio e guardò il suo riflesso sorridere. Una donna stupida. Pazza.

Ad attenderla in cucina c'era un piatto di uova strapazzate condite con formaggio grattugiato ed erba cipollina, guarnito con quarti di pomodoro e circondato da fette di pane integrale leggermente imburrato.

'Appena in tempo', disse Heather, sedendosi di fronte a un piatto con dentro le stesse cose.

Yvette si meravigliò dell'incrollabile propensione della sua amica per la casa e il focolare. 'Sei un angelo', disse.

Heather aprì una rivista di salute olistica e lesse un articolo mentre mangiava. Quando finì, riunì coltello e forchetta e disse: 'Pronta tra un'ora?'

La domanda di Heather suscitò in Yvette un sussulto di apprensione. Oggi sarebbero andate a Fairbridge. 'Sì', disse, e continuò a mangiare.

Un'ora dopo, Yvette diede un'occhiata alla camera da letto, controllando di avere tutto il necessario prima di afferrare la sua borsa a tracolla, piena di vestiti per il fine settimana. Uscendo notò il caldo autunnale fuori stagione, la luminosità del sole. La sua permanenza a Perth finora era stata una lunga estate.

Heather stava aspettando in macchina. Una volta che Yvette si fu accomodata sul sedile del passeggero, uscì dal vialetto e si avviò lungo la strada. Yvette si appoggiò al sedile.

Heather aveva fatto i bagagli, caricato la macchina e ora era l'autista.

Passarono davanti a un cartello di vendita fuori da una delle case vicino all'angolo della strada successiva.

'Deve essere bello vivere qui', disse Yvette.

'Tu vivi qui', disse Heather con una breve risata.

'Intendo possedere qualcosa'. Fece una pausa, osservando le affascinanti facciate delle case che passavano. 'Da quanto tempo vivi nella tua casa?

'Cinque anni'.

'Non credo di aver vissuto da nessuna parte per così tanto tempo'.

'E' ora di mettere radici.'

'Non potrei mai permettermi la caparra'.

'Sì. Queste case sono costose. Credo di essere stato fortunata'.

'Hai vinto alla lotteria?' Yvette si chiedeva come qualcuno potesse accumulare abbastanza ricchezza nella prima decade dell'età adulta per permettersi anche un piccolo quadrato di prato a Fremantle.

Heather girò in Hampton Road. 'No. La casa era di mia madre. Me l'ha lasciata nel suo testamento'.

'Dev'essere stato strano. Voglio dire, considerando...'.

'Lo era. Penso che sia il modo di mia madre di espiare'.

'Non ti sembra strano vivere lì?'

'Ci sono abituata. Anche se penso che sia ironico che il mio destino sia stato determinato dal senso di colpa'.

Anche così, la vita di Heather sembrava tutta una serie di bon bon nel cellophane legati da un bel fiocco d'oro.

Yvette abbassò il finestrino e guardò la periferia monotona di Hamilton Hill scivolare via, le case di periferia contrastavano malamente con le pittoresche strade di Fremantle. La guida di Heather era rassicurante e Yvette sentì un'ondata di soddisfazione, come se fosse protetta dalla morbida garza della presenza di Heather.

Andando verso sud presero la strada di Coogee fino a Kwinana, e in poco tempo arrivarono a un incrocio, dove la raffineria di allumina profumava l'aria, un odore decisamente metallico che Yvette trovò immediatamente nauseante.

'Odio quell'odore', disse. 'Mi ricorda i vestiti di mio padre'.

'Mi ricorda mia madre'.

'Anche tua madre lavorava lì?'

'In ufficio'.

Yvette diede una rapida occhiata a Heather. Sembrava preoccupata. Non disse altro mentre svoltava nella strada successiva. Seguendo le indicazioni per Rockingham e Safety Bay, mantenne una velocità costante nella corsia interna, indifferente ai fuoristrada che sfrecciavano sulla loro destra. Passarono diversi minuti prima che parlasse di nuovo.

'Yvette', disse con cautela. 'Ho qualcosa da dirti. Credo che tu abbia il diritto di sapere'. C'era un'apprensione nel suo tono che mise Yvette a disagio.

'Vai avanti'.

'Non avevi idea che mia madre conoscesse tuo padre?'

'No.' Anche se sembrava plausibile. Si immaginava suo padre come faceva sempre, con un sorriso a denti stretti e un battito di ciglia inesorabile, una caricatura che lo faceva sembrare allo stesso tempo ridicolo e innocuo, ora in piedi nell'ufficio della raffineria con la sua tuta da lavoro.

'Si conoscevano molto bene', disse Heather.

'Davvero?'

'Hanno avuto una relazione.'

'Cosa?!' Per qualche istante la sua mente fu un turbinio di vertigini. Si chiese se ci fossero altri atti vili di cui non sapeva nulla, rendendosi subito conto che quello che già sapeva era abbastanza orribile. La cosa curiosa era che trovava difficile immaginare suo padre come un seduttore; supponeva che il suo disprezzo e quello di Leah fossero frammenti di un disprezzo universale e senza eccezione. 'Come lo sai?' disse lei.

'Mio padre l'ha scoperto'.

'Merda'.

Non c'era da stupirsi che Heather abbia aspettato tutto questo tempo per dirglielo.

'Così ha buttato fuori tua madre?'

'No. Se n'è andata. Ma non ho scoperto perché finché non mi sono riunita con lei'.

Yvette impiegò un po' di tempo per assimilare il tutto. Pensava che il desiderio di Heather di raggiungerla, il suo calore e la sua disponibilità a lasciarla vivere in casa sua, fossero basati sulla semplice bontà di lei. Le era anche passato per la mente, in uno dei suoi momenti più paranoici, che la sua amica potesse aver sviluppato un attaccamento a lei che andava oltre l'amicizia, riflessioni che liquidò rapidamente in assenza di prove, visto che Heather non aveva fatto nemmeno un accenno a un incontro segreto. Ora Yvette si sentiva stranamente responsabile ma incapace di espiare le azioni di suo padre. Quello che aveva fatto era irreparabile. Persino le scuse sembravano inutili.

'Mi dispiace. Mi dispiace davvero', disse lei.

'Mi dispiace di averti sconvolta'.

Si sentiva legata a Heather in un modo che non avrebbe mai potuto immaginare. Di tutte le persone che avrebbe potuto incontrare a Perth, Heather era entrata nella sua vita quel giorno nel caffè, una donna dall'aspetto familiare, e lei aveva sentito un'eco della bambina triste che non aveva mai potuto sfilare con un bel vestito.

Heather doveva aver provato qualcosa di simile. 'In qualche modo ho sempre saputo che ti avrei incontrato di nuovo un giorno', disse.

Mentre si avvicinavano ai tentacolari complessi residenziali di Rockingham, i pensieri si affollavano nella mente di Yvette come un branco di gazzelle spaventate. Si annebbiò la vista, non volendo vedere un luogo che una volta era stato, per lei, l'inferno: un luogo dove suo padre aveva tradito sua madre e il padre di Heather; una relazione che aveva portato la madre di Heather ad abbandonare la propria figlia.

Si sentì meglio una volta che furono sul rettilineo che portava a Mandurah e poté guardare la piatta pianura sabbiosa di cespugli di sale e alberi d'erba.

'Sai, non riesco a capire perché mio padre non sia tornato in Scozia dopo questo', disse Heather con disinvoltura.

'Forse si era sistemato'.

'No. Non lo è ancora. Nazionalista scozzese tinto nella lana. Dovresti sentirlo nell'Anzac Day. Sproloquia con chiunque lo ascolti, delirando sulla cultura americana bloccata dell'Australia. Pensa che 'Lest We Forget' dovrebbe essere 'God, we've forgotten'.

Yvette si mise a ridere. 'Ha ragione. Penso che tuo padre mi stia simpatico'.

'Non capisce che la maggior parte dei migranti viene qui per sfuggire all'insicurezza economica. Vogliono una vita migliore'.

'Immagino che quello che sta dicendo è che potrebbero non trovarne una'.

Scivolarono nel silenzio. La strada continuava attraverso il paesaggio immutabile. Yvette si aggiustò la cintura di sicurezza che aveva iniziato a stringere.

Si stava chiedendo di cosa parlare quando Heather disse: 'La vita è strana'.

'Certo che lo è'.

'Può essere una strada lunga e difficile. E a volte è una lama di rasoio con un precipizio su entrambi i lati'.

Cosa voleva dire?

Heather gettò uno sguardo nella sua direzione, ma non riuscì a leggere il suo volto. 'Sono così felice che tu venga a Fairbridge', disse.

'Anch'io.'

In breve tempo attraversarono l'ordinata e irrilevante cittadina di Pinjarra, girando a sinistra quando raggiunsero il centro, poco più di una sfilata di negozi in periferia. Dall'altra parte della città attraversarono il ponte sul fiume Murray, dove gli alberi della riva crescevano alti, l'acqua ferma che rifletteva le chiome e il cielo blu brillante con sfumature di viola, terra di Siena e ocra, un paesaggio degno del pennello di Constable, ma allo stesso tempo distintamente australiano. Sapeva in quello scorcio cos'era che attirava gli artisti a dipingere questa terra.

La strada oltre la città era un altro lungo tratto di autostrada dritta e piatta che attraversava ancora lo stesso tipo di cespuglio, ora intervallato da campi di erba sbiancata. Gli alberi erano meno stentati, l'intera foresta non era più una macchia costiera, ma il terreno era ancora sabbia grigio-marrone.

Avrebbe dovuto esserci un grande cartello con scritto 'Children's Home' e 'Farm School', ma l'unica indicazione di dove si stavano dirigendo era un piccolo cartello stradale che diceva 'Fairbridge Road', indicando la via lungo un'altra strada dritta e sigillata in gran parte vuota di automobili. Dirigendosi verso una serie di basse colline, la strada scolpiva un sentiero attraverso grandi paddock di erbe stoppose e macchie di sabbia. Era difficile immaginare che una fattoria di qualsiasi tipo potesse sopravvivere qui. La terra non sembrava degna di essere lavorata.

La monotonia del paesaggio finì bruscamente quando raggiunsero l'ingresso di Fairbridge, passando tra due pergolati sostenuti da colonne di mattoni rossi e marroni per unirsi a una coda di auto che avanzava. Un boschetto di alberi schermava l'area del festival; si potevano vedere solo le cime bianche dei tendoni. C'erano persone ovunque impegnate in un frastuono di attività.

'Eccitata?' disse Heather.

'Molto', disse Yvette, ricambiando il suo sorriso.

Finalmente arrivò il loro turno e una volontaria del festival, vestita con una maglietta larga e una salopette beige, li spuntò dalla sua lista e consegnò a Yvette attraverso la finestra aperta due borse di plastica. Dentro ogni busta c'erano opuscoli, fogli di istruzioni, una mappa del sito, un'arancia e una Cherry Ripe.

Heather guidò per qualche metro e si fermò.

'Cerchiamo di capire dov'è l'alloggio', disse, rovistando nella sua borsa per trovare una mappa del sito.

Yvette trovò la sua, aprendo l'opuscolo, e notò subito il fiume South Dandelup che serpeggiava intorno al perimetro del sito, dando un spiegazione a come questo pezzo di terra fosse stato ritenuto adatto alla coltivazione. Disposti in file come soldati obbedienti c'erano una serie di piccole capanne, ognuna delle quali portava il nome di qualche esploratore o comandante militare o altro eroe dell'impero, da Raleigh, Nelson, Livingstone e Darwin allo stesso capitano Cook. C'erano capanne più grandi, una chiesa e un edificio che ora serve come museo.

Seguendo la strada per Scratton Lodge, Heather manovrò l'auto lungo uno stretto sentiero oltre una serie di edifici in muratura situati tra gli alberi, evitando i partecipanti al festival che serpeggiavano in tutte le direzioni. Yvette si chiese se Thomas fosse arrivato e dove fosse alloggiato.

Si fermarono in un piccolo parcheggio davanti a un cottage in legno dipinto di chiaro con piccole finestre a battente in stile georgiano e una profonda veranda che ombreggiava le porte d'ingresso. Dal tetto di ferro si ergeva una torre dell'orologio quadrata, anch'essa dipinta di crema. La torre aveva un basso tetto quadrato, i quadranti bianchi degli orologi centrati in ognuno dei quattro lati non lasciavano dubbi sull'ora del giorno. Per tutta la grandiosità della sua torre dell'orologio, Scratton era poco più di una capanna Nissen. Aveva la stessa sensazione di scopo pratico e funzionale, costruito senza alcun accorgimento di stile.

'Credo che saremo le guide per il fine settimana', disse Heather, scendendo dalla macchina.

Yvette si slacciò la cintura di sicurezza, aprì la portiera e si liberò dal sedile. Poi rimase in piedi nel parcheggio, unendo le mani dietro la schiena prima di strofinarsi la base della spina dorsale.

'Stai bene?' disse Heather, uno sguardo di preoccupazione apparve sul suo volto.

'Ti do una mano'.

'No. Tu stai lì'. Heather sbloccò il bagagliaio e tirò fuori due borse di tela della spesa. Ignorandola, Yvette afferrò un'estremità di un Esky che, a giudicare dal peso, era pieno zeppo. Accanto c'era una cassa del latte carica di pentole, piatti, tazze e posate.

'Quando hai impacchettato tutto questo?' disse Yvette.

'Ieri sera e stamattina presto. Stavi dormendo'.

'Accidenti'.

'Benvenuti nel grande stile di vita australiano'.

'Dov'è il barbecue?'

'Ce ne sarà uno'. Lei si mise a ridere. 'Ce la fai?'

Lei sollevò la sua parte dell'Esky. 'Sto ancora consegnando la posta spazzatura, ricorda'.

'Anche così. Fai attenzione'.

Una doppia porta di legno conduceva a una grande stanza con un pavimento di assi non lucidate e un camino di mattoni a un'estremità. Pannelli di legno scuro costeggiavano il terzo inferiore delle pareti; il telo in fibra di vetro sovrastante era dipinto di un crema opaco. Una porta sul retro della stanza conduceva a una cucina, dotata di un fornello, due frigoriferi, un congelatore, un bollitore e un tostapane. Scaricarono l'Esky sul pavimento sotto una delle panche.

Dopo aver scaricato le provviste della cucina, Yvette prese la sua borsa a tracolla dal sedile posteriore dell'auto e si diresse verso la loro stanza. Le camere da letto erano situate in due ali ai lati della stanza principale. Girò la chiave nella porta numero tre.

La camera da letto conteneva due set di letti a castello e una cassettiera in legno di quercia. Come il resto dell'edificio, la stanza era cupa e spoglia. Si accovacciò su una delle cuccette più basse e aspettò Heather. Non poteva fare a meno di sentirsi come un'orfana, ogni cellula del suo corpo in rivolta. Quando Heather entrò nella stanza, Yvette la guardò e disse: 'A che ora siamo in scena?', desiderosa di un motivo per scappare.

'Alle cinque'.

Alle cinque? Era lontana un'eternità.

'Ma Fiona vuole incontrarci sul retro del tendone alle due. Ti va una tazza di tè?' Fece una pausa prima della porta. 'Spero di non averti scioccato prima.'

Yvette fu colta di sorpresa, il suo ambiente attuale eclissava la precedente rivelazione della sua amica, 'È stato scioccante. Ma non sorprendente', mentì. 'Mio padre era...'

'Tuo padre'. Heather sorrise a Yvette con una misura di contrizione e lasciò la stanza.

Yvette rovistò nella borsa del festival cercando la Cherry Ripe prima di studiare di nuovo la mappa del sito del festival. Il tendone principale era stato piantato sul lato vicino alle file di casette a pochi passi da Scratton. Le altre sedi musicali si trovavano negli edifici più grandi, insieme a una sala verde, l'ufficio degli organizzatori e il negozio del festival, il quale utilizzava pienamente gli edifici della scuola agraria. Oltre il complesso c'erano le aree di campeggio.

Poi aprì il programma degli eventi. Il gruppo di Thomas, i Romanas, si esibiva nella clubhouse alla stessa ora dei Cushtie Chanters. Ma domani li avrebbe visti. Il coro aveva un'esibizione nella cappella e Thomas era in scena più tardi, da Ruby.

Yvette si strinse intorno alla vita il cardigan largo che aveva cominciato a indossare sempre, ora che il tempo era un po' più fresco, sperando di nascondere la pancia. Ultimamente, quando si avventurava per il suo giro della posta indesiderata, aveva notato altre donne incinte nei negozi, nei caffè e nei parchi che sfoggiavano le loro protuberanze tonde e tese sotto i vestiti stretti. Gravidanze singole, tutte quante. Anche a sei mesi sembrava già nel terzo trimestre. 'Quando nascerà?' le chiedevano a caso gli estranei nelle code delle panetterie. Poi le toccava spiegare che stava per avere due gemelli, costretta a sopportare un assalto di esclamazioni, congratulazioni e storielle. 'Oh, sarai enorme! Mia sorella...' Sorrideva vacuamente mentre cedeva, con la sua sensibilità consapevole della linea che si rivoltava, a un'altra voglia di pasticcio di carne.

Uscì dalla branda e andò in cucina, trovando Heather che sorseggiava il tè e chiacchierava con due adolescenti, entrambi con i capelli rasta.

'Ops', disse Heather, passandole una tazza.

Gli adolescenti fissarono Yvette, lasciando che i loro sguardi cadessero sul suo gargantuesco torace. Heather si inginocchiò sul pavimento per aprire l'Esky. Si raddrizzò, tenendo in mano una grande lattina rotonda.

'Lei sta mangiando per tre', disse, tagliando a Yvette una fetta di torta alla frutta.

'Wow!'

Una delle adolescenti procedette con un resoconto dettagliato del parto gemellare di sua madre. 'È fantastico avere un gemello', disse, guardando di sbieco il fratello.

Yvette sgranocchiò la sua torta, incapace di contemplare i decenni di educazione dei figli che aveva davanti.

Poco prima delle due, passeggiava con Heather nel parco. Mentre si avvicinavano al tendone, vide un recinto di commercianti che vendevano ogni sorta di prodotti alimentari. C'erano hamburger, kebab, pizze, hot dog, involtini di pancetta e uova, gelati, un bar che vendeva succhi di frutta e una bancarella di Hare Krishna per i vegetariani. E fortunatamente nessuna bancarella di pasticcio di carne in vista.

Le Cushtie Chanters erano riunite in una calca dietro il

palco. Alla vista di Heather e Yvette, Sue e Beth si allontanarono.

'Ah, ce l'hai fatta!' disse Sue.

Heather guardò l'orologio. 'E non sono nemmeno in ritardo'.

'Anche così, ci hai fatto preoccupare', disse Beth. 'Non ti abbiamo visto da nessuna parte per tutta la mattina. Dov'è il tuo alloggio?'

'Scratton. E il tuo?'

'Siamo in campeggio', disse Sue, avvolgendo un braccio intorno alla vita di Beth.

Heather aprì la bocca per parlare, ma la richiuse quando Fiona si mise all'angolo del tendone con aria agitata.' Sto avendo problemi a trovare un posto per le prove', disse. 'È tutto pieno'.

'Scratton ha una bella veranda e una grande stanza', disse Heather, 'e non c'è nessuno'.

'Fantastico. Tutti contenti?'

Ci fu una manciata di sì.

Ritornando verso Scratton, il coro passò davanti alle baracche dei ragazzi. Yvette lanciò rapidi sguardi alle facciate. Con le loro finestre dipinte di bianco incastonate in pareti di cartone marrone scuro, le capanne non si addicevano affatto alle denominazioni che conferivano l'orgoglio dell'Impero. La foto di Gordon avrebbe potuto essere scattata fuori da una qualsiasi di esse.

Il coro salì i gradini della veranda e si riunì nei tre gruppi vocali nell'ordine in cui sarebbero apparsi sul palco. I tenori stavano in un'unica fila più vicina alla ringhiera. I contralti si allontanarono leggermente; Yvette, che era l'ultima della sua fila, si trovò a guardare nell'oscurità della stanza d'ingresso di Scratton. I soprani presero posizione davanti agli altri.

Fiona affrontò il coro. 'È bello vedere tutti i nostri vestiti colorati'. Ogni donna indossava un abito vibrante, i soprani che spiccavano nei toni dell'arancione bruciato, i tenori elegantemente abbigliati in abiti che andavano dal turchese al verde mela, i contralti più eclettici con Sue, Beth e Karen vestite nei toni del giallo, Heather nel suo fluente abito viola e Yvette che ostentava la sua pancia rigonfia in un involucro di rosso abbagliante. Nell'insieme, il coro era uno splendido bouquet.

Fiona, pudica in un abito grigio, alzò le braccia, scrutò i volti del coro, fece un piccolo cenno e li condusse attraverso il set. Mentre si lanciavano nella seconda canzone, Yvette sentì un battito nella pancia seguito da un piccolo calcio secco. Sorrise interiormente ai movimenti dei suoi bambini, immaginandoli stipati nella loro cavità acquosa mentre si dimenavano e si muovevano.

Il coro cantò per tutto il set senza un intoppo. Alla fine dell'ultima canzone Fiona batté le mani in un applauso. Fran incrociò lo sguardo di Yvette e le fece l'occhiolino. 'Nervosa?'

'Un po'.'

'Andrà tutto bene'.

'Staremo tutti bene', disse Sue, ascoltando.

'Abbraccio di gruppo', disse Karen e subito i contralti si riunirono in una calca di corpi premuti e braccia abbracciate, il ventre di Yvette che si accoccolava contro i fianchi di Sue da un lato e Fran dall'altro. Fu un curioso avvicinamento, l'intimità che gli altri mostravano spontaneamente, allo stesso tempo artificiosa in Yvette, gran parte di lei che rimaneva ostinatamente in disparte finché anche non si arrese al momento.

Il coro tornò nella zona ristorazione per mangiare un boccone veloce prima del loro spettacolo. Heather e Yvette rimasero a Scratton per cenare con la torta Hunza e l'insalata dell'Esky.

Passò un'ora ed erano di nuovo al tendone, entrando sul retro attraverso uno sportello laterale in una zona di erba che conteneva alcune sedie di plastica e un lungo tavolo. Sul tavolo c'erano una brocca d'acqua e una colonna di bicchieri di plastica. Al di là, una scalinata temporanea portava al palco; una piattaforma rialzata, gli altoparlanti impilati ai lati di grandi torri nere. Il numero sul palco era un trio maschile con violino, mandolino e chitarra, che suonava frenetici reel e giga. Mentre ascoltava, i nervi di Yvette salirono, il suo battito cardiaco accelerò al vigoroso applauso alla fine del set del trio.

In poco tempo il trio lasciò il palco.

Yvette aveva i palmi sudati. Il presentatore stava annunciando i Cushtie Chanters.

'Ci siamo', sussurrò Fiona, accompagnando i tenori.

Yvette seguì Karen e prese il suo posto alla fine dei contralti. I soprani la seguirono.

Il tendone era pieno, non un posto libero in vista, i ritardatari in piedi intorno al banco del suono.

Poteva sentire il sudore colarle sotto le ascelle. Guardò il pubblico, una fascia di volti in attesa. Era sicura che ogni paio di occhi si posasse sulla sua pancia.

Fiona prese posizione di fronte al coro e il pubblico tacque. Si inchinò e aspettò che l'applauso di benvenuto si placasse prima di voltarsi verso il coro. Con una rapida occhiata intorno, alzò le mani. Yvette si chiese se la sua voce avrebbe fatto un sussurro.

La battuta iniziale della prima canzone e le loro voci si fusero e amalgamarono, una burrasca sonora che presto spazzò via i nervi di Yvette. Dopo due battute della seconda canzone aveva perso il senso di sé. Era un tutt'uno con il coro, il pubblico, l'intero festival. Non pensava a come si fosse trovata a cantare in un coro a un festival. I suoi nipoti e la loro madre non le erano mai venuti in mente. Non sentì un solo momento di imbarazzo, non mise mai in discussione la sua presenza in quek tendone alla Fairbridge Children's Home. Accanto a lei, anche se non osava guardare, c'era Heather, e sentiva la sua amica ondeggiare, ne riconosceva bene la testa alta, la gola aperta, le labbra che arrotondavano ogni sillaba.

Alla fine dell'ultima canzone Yvette era immersa in un'euforia che non aveva mai provato prima; la cocaina che si era ficcata nel naso a Malta non ci si avvicinava nemmeno. L'esibizione si era conclusa troppo presto, come se i trenta minuti del loro set fossero passati in pochi secondi. Non era stata l'unica persona nel tendone a godersi l'esperienza. I Cushtie Chanters si inchinarono davanti a un applauso scrosciante. Yvette scese dal palco esultante. Gli altri sembravano provare la stessa cosa.

'Abbiamo bisogno di qualcosa per smettere di essere così su di giri', disse Fran.

'Tendone della birra?' Beth fece strada, spingendo attraverso i festaioli che camminavano in ogni direzione, schivando donne e uomini di tutte le età, bambini e persino neonati nei passeggini.

Passando davanti a una lunga fila di bancarelle di cibo, Yvette non poté fare a meno di notare che quasi tutti avevano la pelle bianca. E sospettava che gli uomini africani che si allontanavano tra la folla facessero parte di una band. Per occhi abituati alla vibrante diversità delle culture di Londra, culture che si esprimevano con aplomb baccanale in carnevali come quello di Notting Hill, questa realtà monoetnico era impressionante. Se i festival folkloristici erano tutti uguali e attiravano un pubblico omogeneo, allora cosa diceva questo del multiculturalismo della nazione? Nel migliore dei casi era compartimentalizzato, ogni gruppo diverso celebrava a modo suo, o tutti insieme in eventi simbolici come quello del

Burswood Entertainment Centre all'Australia Day. Nel peggiore dei casi le profonde tradizioni della nazione racchiuse nelle canzoni popolari, quelle dei detenuti e dei primi coloni, quelle quindi dagli australiani bianchi, degli australiani bianchi, per gli australiani bianchi, sostenevano un senso di identità che escludeva gli altri, non ultimi gli australiani indigeni, e mentre lei supponeva che i frequentatori del festival avessero probabilmente una visione positiva dei richiedenti asilo, questa intera tradizione popolare in qualche modo spingeva quelli rinchiusi su Manus e Nauru più lontano. Fare baldoria e dimenticare l'oscura macchia sul. cuore della nazione. Poi le venne in mente Anthony con i suoi atteggiamenti superficiali e decise di desistere da una linea di pensiero così inquietante.

Un gruppo di festaioli stava liberando un gruppo di sedie di plastica vicino all'entrata della tenda della birra. Sue fece una rapida corsa e si sedette, guardando Beth dietro di lei. 'Mi prenderesti una birra?'

Yvette seguì gli altri fino al bancone, una serie di lunghi tavoli allineati da una parte all'altra dietro i quali diversi dipendenti dall'aspetto stanco ma adeguatamente allegri servivano la birra in bicchieri di plastica. Heather catturò il suo sguardo indagatore e Yvette annuì quando l'amica indicò il bicchiere di Fran.

Con le birre in mano, si unirono agli altri, che erano tutti chiacchiere e risate. Yvette guardò la mischia degli amanti della musica che passeggiavano tutt'intorno, finché il suo spirito non si calmò. Seduta accanto a Heather, sentendo il calore familiare del suo essere, lo spirito generoso, la donna accomodante e comprensiva che era, Yvette si sentì legata come una parente, come se suo padre e la madre di Heather, in un infido atto di lussuria, le avessero rese sorelle di sangue.

Vide allora Thomas che camminava con un gruppo di uomini con camicie vistose e cappelli di paglia. Si stavano dirigendo verso il tendone della birra. Yvette fissò lo sguardo su Thomas e catturò il suo sguardo. Uno sguardo confuso balenò sul suo volto prima che lui le sorridesse e si avvicinasse.

Lei si alzò e lui le diede un rapido abbraccio, curvando il busto in avanti e quasi perdendo l'equilibrio. 'Non ero sicuro che saresti stata qui' disse, lanciando un'occhiata imbarazzata alla sua pancia.

Yvette non aveva idea di cosa dire. Si sentiva impacciata e dolorosamente in imbarazzo. Si rivolse a Heather. 'Heather, questo è il mio amico Thomas. È il motivo per cui sono venuta a Perth. Mi ha offerto il suo appartamento'.

Heather tese la mano e sorrise. 'Piacere di conoscerti'.

Thomas le sorrise.

'Conoscevo Heather quando vivevo qui da bambina', disse Yvette. 'Era la mia migliore amica'.

Ci fu una pausa. Li aveva fatti conoscere per il ruolo che avevano avuto nella sua vita. All'improvviso le sembrò di essere egocentrica. Non riusciva a pensare a nient'altro da dire. Per fortuna lo fece Thomas.

'Anche tu fai parte del coro?' chiese a Heather.

'I Cushtie Chanters'. Lei guardò la custodia del violino che lui teneva in mano. 'E tu ti esibisci?'

'I Romanas.'

'Fantastico. Dovrò venire a guardarti'.

Yvette guardò i suoi amici. Ognuno di loro rappresentava una parte del suo passato. Ed eccoli qui, e vide nel calore di due paia di occhi, nei sorrisi, nei gesti e nelle parole dette, che Heather e Thomas si piacevano. Non avevano motivo per non farlo. E lei voleva che si piacessero. Era un desiderio inaspettatamente forte. Si sedette di nuovo sentendo che stava vivendo la sua esistenza da quando era arrivata in Australia, dall'altra parte della normalità, dove regnano il caos e l'instabilità. Le venne in mente la donna pazza incatenata a una sedia nel suo sogno e cominciò a chiedersi se si fosse liberata.

Tornata a Scratton, la sua cupa tristezza tornò, e così lei mise da parte le sue recenti gioie come tanti giocattoli irrilevanti. Era seduta sul bordo della sua cuccetta a guardare Heather che frugava nel contenuto della sua borsa. 'C'è qualcosa di inquietante in questo posto', disse.

'Cosa te lo fa pensare?' disse Heather senza alzare lo sguardo.

'Echi. Sento gli echi dei bambini'.

'Lo fai sembrare un manicomio'.

'Forse lo era'.

'Fairbridge ha una buona reputazione. Beh, meglio della maggior parte.'

'Se la signora Thoroughgood è stata capace di terrorizzare i suoi studenti in una scuola elementare di Rockingham negli anni novanta, non è difficile immaginare che qui fuori succedesse molto di peggio'.

'La signora Thoroughgood non era così male.'

'Non lo era?'

'Era severa ma non crudele.'

Yvette riusciva a malapena a credere che Heather intendesse dire quello che aveva detto. La signora Thoroughgood era una donna che avrebbe dovuto andare in pensione anni prima. I suoi metodi d'insegnamento erano arcaici, un rigido gesso e parlantina le cui opinioni ristrette, soffocate da un curriculum progressivo, si sfogavano sui suoi alunni ad ogni occasione. Yvette si sentì infastidita dalla visione rosea che Heather aveva della loro insegnante e non riusciva a comprendere il ruolo che la sua amica era pronta a dare alla casa dei bambini. 'Heather, so per certo che i bambini di Fairbridge sono stati trattati male', disse, con l'immagine del piccolo Gordon in testa.

'Forse. Ma non c'è nulla che suggerisca che abbiano subito gli abusi di Bindoon'.

Come si possono classificare gli abusi? Mettere su un continuum dal minore al maggiore i mali che hanno avuto luogo? E per la prima volta una macchia apparve nella perfezione di Heather.

La stanza era tranquilla. Il respiro di Heather era leggero e ritmico. Yvette giaceva sul fianco, con gli occhi spalancati. Non riusciva a dormire. Si alzò dal letto, si infilò una vestaglia e aprì delicatamente la porta.

Il corridoio era buio, tutta Scratton era silenziosa. Fuori, da qualche parte nelle vicinanze, ci fu uno stridore improvviso e poi il silenzio. In lontananza il festival continuava con una band dal suono vivace. Dirigendosi verso i bagni, si insinuò nel corridoio al suono del suo stesso battito cardiaco. La paura le pizzicava la pelle. Ad ogni passo era sopraffatta dalle immagini di ragazzi abbandonati, i ragazzi della foto di Gordon, solo con i volti non sorridenti, con i volti segnati dal dolore. La crudeltà filtrava dai pori delle pareti, provocando uno zampillo di scene non volute di madri casalinghe che presiedevano a fustigazioni e pestaggi, donne brutali che punivano le denunce di stupro con una cintura o un'espulsione. Yvette era un tripudio di angoscia. Poteva sentire i mugolii, i lamenti, i tormenti. Era l'unica partecipante al festival capace di percepire la vibrazione?

Evitò i bagni e si diresse verso la stanza principale, sedendosi su una delle sedie di legno. La stanza era illuminata da un unico globo nudo appeso al centro del soffitto. Gordon aveva trascorso i suoi ultimi giorni a Fairbridge in una di queste stanze di Scratton? Lei aveva pensato che lui fosse stato aperto e franco con lei quelle volte che aveva parlato del suo passato. Le aveva confidato di essere stato un alcolizzato e di aver passato del tempo in un ospedale psichiatrico. Ora si rendeva conto che non era stato così aperto. Aveva sette anni quando era stato mandato lì. Non aveva rivelato quello che doveva essergli successo, a lui e a tanti bambini. Forse soccombeva ancora alla vergogna, quella cerata che sigilla i ricordi, proteggendo il bambino dentro da una pioggia di giudizi e controaccuse. Scomoda sul duro sedile, Yvette si alzò e fece un giro.

Sopra il caminetto c'era una foto incorniciata di Kingsley Fairbridge, la descrizione sottostante diceva che era un ex studioso di Rodi che aveva fondato la casa nel 1912 come esperimento di riforma sociale. Prendeva bambini disagiati dagli orfanotrofi e dalle strade della Gran Bretagna, pensava Yvette, compresi i figli di ragazze madri come Gordon, per dare loro quella che lui aveva deciso sarebbe stata una vita migliore nelle colonie, compiacendo il governo popolando l'Australia di simpatici piccoli anglosassoni. Fairbridge, un nome ironico. Un ponte verso l'equità? Un passaggio equo e giusto verso l'età adulta? Nessuna delle due cose è vera. Kingsley Fairbridge può anche aver avuto buone intenzioni, ma che dire degli altri responsabili? La bontà non nasce mai da un contesto che è fondamentalmente malvagio, e questo posto aveva i mali dell'impero, del colonialismo e del paternalismo fino al suo nucleo.

Tutto rimase tranquillo a Scratton ma la musica del festival continuava. Solo che ora lo stile della musica era cambiato. Tutto quello che poteva sentire era un basso rimbombante che si riverberava attraverso di lei, rinforzando il suo stato d'animo già tormentato.

Fissò l'oscurità della cucina finché non si sentì così oppressa che uscì e si sedette sui gradini della veranda. Davanti a sé, un grande camper oscurava la piccola auto rossa di Heather. Gli alberi oltre la radura erano immobili. C'era un leggero gelo nell'aria. E ora i suoi pensieri si posarono su una bizzarra ironia. Eccola qui, in un deposito per bambini deportati in Australia, bambini strappati alle loro madri e alla loro patria, in procinto di subire un destino simile al suo, m al contrario, per aver avuto l'audacia di voler stare nella stessa terra di sua madre. Almeno era libera, si disse, e non stava lentamente impazzendo in una tenda in un campo di detenzione a Nauru.

Come devono soffrire quei detenuti!

Era più facile quando non le importava, più facile quando ignorava la situazione degli altri. Eppure, sapeva che non c'era ritorno alla sua precedente indifferenza. Era bloccata dal disagio dell'impegno.

Tornò nella stanza tre, si infilò nel letto e si sforzò di dormire.

4.4

Il suo umore non migliorò con l'alba. Aprì gli occhi alla luce del giorno mentre Heather usciva dalla sua cuccetta. Rimase immobile e guardò la sua amica infilarsi una vestaglia e dirigersi fuori dalla stanza con la borsa degli articoli da bagno infilata sotto un braccio. Poi gettò via le coperte e raccolse un pareo intorno al busto, prese i suoi articoli da bagno e seguì Heather alle docce.

Tornò in una stanza vuota. L'asciugamano di Heather si stava asciugando sullo schienale di una sedia. Yvette si vestì e andò in cucina, trovando Heather che preparava la colazione.

'Buongiorno, raggio di sole'. Heather le porse una tazza di tè. 'Hai fame?

In pochi minuti erano seduti nella sala principale con piatti di uova fritte, pomodori e fette di pane tostato e imburrato. Presto si udirono passi e voci basse nei corridoi, e persone sveglie con gli occhi stanchi che camminavano.

Yvette ringraziò Heather per la colazione e riportò il suo piatto in cucina dove lo sciacquò e lo asciugò e lo rimise tra le cose di Heather. Poi disse a Heather che aveva bisogno di schiarirsi le idee e lasciò Scratton per vagare nel parco.

Le bancarelle stavano aprendo, ma c'era poca gente. I festaioli dovevano dormire o fare le loro abluzioni mattutine, la fascia di posti a sedere di plastica vicino alle bancarelle del cibo era vuota.

Oltre la platea c'era la cappella, una robusta e severa costruzione di mattoni rossi, con file di piccole finestre ad arco che scrutavano sotto un tetto dall'aria meschina. Sotto un tetto a padiglione c'era una serie di finestre più piccole in posizioni identiche a quelle di sopra. Il campanile, posto su un lato, non era diverso da una torre di guardia di un campo di concentramento. La cappella si ergeva in un'intransigente disapprovazione di tutta l'area circostante, una volta solo i vari edifici della scuola agraria, ora anche file di bancarelle di vestiti che fiancheggiavano il sentiero che portava agli altri locali. Bancarelle che vendevano una serie incongrua di parei batik, abiti di cotone indiano ricamati con elefanti e Taj Mahal, vestiti tinti a mano per donne, uomini e bambini, jeans lavati a pietra, magliette serigrafate e cappelli akubra.

Sulla facciata della cappella c'erano due serie di porte d'ingresso.

All'interno, la cappella era estremamente semplice. File di banchi di legno si affacciavano sull'altare, ora un palco. Il pavimento di cemento, i muri di mattoni nudi e le travi di legno scuro in alto opprimevano i suoi sensi, la cappella imponeva una volontà rigida, sanzionando le condizioni, l'ethos, gli abusi che avvenivano qui. Povero Gordon. Doveva essersi seduto su uno di quei banchi, con le ginocchia strette, la bocca serrata, gli occhi fissi davanti a sé. Questa cappella non era un rifugio d'amore e di buona volontà; era una cittadella di dominio, Dio stesso reclutato come oggetto di paura e di obbedienza incondizionata. Non riusciva a credere che stesse per cantare in quel luogo.

4.5

Tornò a Scratton, seguendo un percorso che si era animato nel breve tempo in cui si trovava nella chiesa, passando accanto alla gente che passeggiava, schivando i giocolieri e gli incendiari che intrattenevano un'accozzaglia di genitori e bambini con la faccia dipinta, e un uomo atletico su un monociclo che arrancava sul terreno accidentato.

Heather era seduta in veranda. Alzò lo sguardo e disse: 'Hai fatto un buon giro?'.

'Sono stata nella cappella'.

'Com'era?'

'Austera'.

Il sorriso di Heather svanì.

Yvette continuò. 'La folla del festival sembra ignara di questo scenario'.

'Sono sicura che non lo siano.'

'Davvero?' Yvette sentì la sua rabbia salire. 'Penso che il festival mascheri la storia di questo posto con la sua allegria'.

'Potrebbe essere una cura'.

'Ne dubito.'

'Yvette, devi rilassarti.'

Yvette sapeva che Heather ragione. Eppure, non riusciva a superare il suo disgusto per un festival piazzato in mezzo a una ex casa di accoglienza per bambini immigrati più di quanto potesse perdonare che la prigione di Fremantle fosse usata come un centro culturale e turistico. E poi? Trotteremo tutti al centro di internamento di Curtin per un becco appiccicoso? Meravigliandoci dei prefabbricati, del filo spinato, dello schifo? Si allontanò dal suo amico, si sedette sui gradini della veranda e guardò negli spazi tra gli alberi. Un vento leggero fece frusciare le foglie di una vicina gomma piperita. Si sentì inquieta. Si voltò di nuovo verso Heather e disse: 'Ti va una passeggiata?'

Heather si alzò senza esitare. 'Fai strada'.

Tornarono indietro in direzione dell'area di ristorazione. C'era ancora più gente e la musica era iniziata nel tendone. Girarono intorno al tendone della birra e Yvette stava per suggerire di continuare a camminare oltre le bancarelle di vestiti quando davanti a loro, di fronte a lei, vide Varg. Doveva essere Varg, nessun altro aveva quella statura con quella criniera di capelli rossi. Afferrò il braccio di Heather e la guidò in direzione del museo.

'Cosa c'è?' disse Heather.

'Te lo dirò tra un minuto'.

Fu sollevata nel trovare le porte del museo aperte e corse dentro con l'amica.

Girovagarono tra gli oggetti esposti, leggendo lettere e dichiarazioni di ex residenti su tempi felici e scappatelle. C'erano decine di fotografie dei bambini, dei loro sorveglianti e degli edifici. Strani pezzi di macchinari erano sparsi qua e là. Yvette camminava senza farci molto caso. Quando si trovarono in un angolo in fondo, lontano dagli altri che sfogliavano, Yvette si girò verso Heather e sussurrò: 'Quello era Varg'.

'Varg?'

'Uno dei possibili padri'.

'Ops.'

'Non so quanto sia bravo in matematica, ma non voglio che sospetti nemmeno di essere il padre'.

'Perché no? Non sei curiosa di scoprirlo?'

'No. Tutti e tre i contendenti hanno dimostrato di essere esattamente il tipo di uomini con cui non voglio condividere i miei figli'.

'Non hai considerato i diritti dei bambini?'

'Heather, per favore. Se vengo deportata, i gemelli vengono con me. Ma cosa succede se il padre decide di chiedere la custodia? Riesci a immaginare il dramma?'

Lasciarono il museo e tornarono indietro attraverso l'area di ristoro. Yvette esaminò la mischia, sollevata nel non vedere Varg da nessuna parte.

Poi, mentre camminavano intorno al tendone della birra, rieccolo lì, diretto verso di loro, con la donna ubriaca del municipio di Fremantle al suo fianco. Yvette si bloccò. Heather le stava vicino.

'Ehi, Yvette', disse, fermandosi e chinandosi a baciarle la guancia. 'È da tanto che non ci vediamo.'

'Ciao Varg. È bello vederti'. Salutò la donna con un debole sorriso.

'Wow! Mi sembra che le congratulazioni siano d'obbligo', disse lui, guardando la sua pancia.

'Grazie. È successo tutto così in fretta'. Lei rise. 'Ho incontrato Robert, il padre, pochi giorni dopo averti visto l'ultima volta. Incredibile! Non mi aspettavo di rimanere incinta così facilmente'. Rise di nuovo. 'Comunque, ci sposiamo il mese prossimo, giusto in tempo'.

'Bene, allora. Doppie congratulazioni', disse. 'Ci vediamo in giro'.

Quando furono fuori dalla portata delle orecchie, Heather disse: 'Dovresti iniziare a recitare. Saresti brava'.

Yvette era sicura di aver percepito una nota di disapprovazione nella sua voce, ed era contenta di non aver mai affrontato l'argomento dei richiedenti asilo con la sua amica, sospettando che, nonostante la sua natura gentile, Heather avesse una visione delle cose poco empatica. Quando si trattava di diritti umani, Heather chiaramente non aveva le idee molto chiare, e Yvette decise lì per lì che il mondo di Heather era troppo ristretto.

Dopo un pigro pomeriggio a chiacchierare e sorseggiare il tè sulla veranda di Scratton, Yvette tornò alla cappella con Heather per la seconda e ultima esibizione del Cushtie Chanter. Incontrarono gli altri membri del coro riuniti su un lato della cappella e quando la musica di un quartetto d'archi terminò e iniziarono gli applausi, entrarono silenziosamente attraverso una porta stretta. I banchi erano già pieni. Bassi mormorii si fondevano in un ronzio dal suono vuoto. A diverse file dal fondo vide Thomas. Era contenta di vederlo, contenta che stesse per sentirla cantare, contenta di averlo come amico, eppure rattristata dalla sua pancia mostruosa che sapeva li avrebbe separati per sempre: lui non era il tipo che metteva i bambini al centro dell'attenzione. Nemmeno lei lo era, ma presto avrebbe dovuto farlo.

Yvette prese posizione alla fine dei contralti, aspettando, meno nervosamente questa volta, che Fiona salisse sul palco. Guardando il pubblico dall'alto del palco, una vista che era privilegio del prete, era facile immaginare come la cappella, con i suoi mattoni rossi, gli archi e il tetto a volta tenesse lo sguardo del pubblico fisso all'altare in comandata obbedienza. E l'aspetto diede coraggio a Yvette. Quando Fiona salì sul palco, si inchinò tra gli applausi e si voltò verso il coro, un brivido delizioso la percorse.

Il coro cantò, le loro voci all'unisono formarono un'unica eco che saliva fino al tetto, infondendo alla performance una qualità spirituale allo stesso tempo inaspettata e inevitabile. Erano uccelli in volo, che si libravano, planavano, si inclinavano, scendevano in picchiata e quando l'ultima canzone giunse alla fine e Fiona si girò, il pubblico era estasiato. Venne chiesto il bis, alcuni rimasero in piedi, e nella loro intimità dietro i soprani Heather le prese la mano.

Seguendo gli altri fuori dal palco, Yvette era di nuovo euforica, solo che questa volta si aggrappava a un pensiero, non lontano dalla rivelazione, che teneva con una presa tenace, non volendo lasciarselo sfuggire. La cappella che si ergeva saldamente, ogni mattone un monumento al dominio e all'abuso, era anche un santuario per il culto, per la riverenza, e una camera, non per caso ma per progetto, capace di produrre da un coro di voci qualcosa di sublime. Questo era ovvio, ma apprezzare la bellezza non significava negare l'orrore. Si trattava di avere una visione della vita a colori, non monocromatica. La bellezza era amorale? Forse, ma soprattutto, la creazione della bellezza dovrebbe essere una ricerca morale? Evocò *L'angelo cadente* di Chagall, mentre le rimanenti vestigia del suo attaccamento all'arte Precisionista appassivano. L'approccio, decise, era moralmente privo, poiché caratterizzato da una profonda mancanza di critica; un'assenza di giudizio che era essa stessa un'accettazione dello status quo, capace di glorificare le manifestazioni dell'industria come i vecchi maestri avrebbero potuto fare con una chiesa. Non poteva più tollerare di dipingere edifici di potere, non importa quanto fosse accurata la rappresentazione.

Gli altri si diressero verso la tenda della birra, lasciando Heather e Yvette in piedi vicino alla porta laterale. Yvette diede un'ultima occhiata alla cappella, intravedendo Thomas che entrava nel vestibolo anteriore.

4.7

I Romanas sarebbero saliti sul palco nel giro di dieci minuti. Yvette camminò con Heather fino a Ruby, entrando attraverso una serie di doppie porte in un palazzetto dello sport. Travi d'acciaio sostenevano un alto soffitto inclinato. Le pareti erano color crema. Linee colorate dipinte sul pavimento lucidissimo delineavano una varietà di formazioni di campi da gioco. L'aria era stantia e calda e aveva un leggero odore antisettico. Yvette e Heather si libravano vicino al banco del suono e scrutavano le schiene del grande raduno che riempiva le file di sedie di plastica di fronte al palco. Vedendo una coppia liberare due sedie a metà del corridoio, si precipitarono prima che qualcun altro le prendesse.

I Romanas si erano riuniti sul palco. Thomas era in piedi sulla destra del palco con il suo violino, alla sinistra di un uomo corpulento che stava accordando il suo basso. Il chitarrista, un uomo magro con il pizzetto, sedeva su una sedia verso il centro del palco. Erano presenti anche un flautista, un fisarmonicista e un batterista. In poco tempo i membri della troupe erano in posizione, si guardavano l'un l'altro, in attesa di un segnale. Il chitarrista fece un rapido cenno al batterista, fece un uno-due-tre-quattro in direzione del bassista e la musica cominciò.

Suonarono un set energico. Lo sguardo di Yvette si fissò su Thomas, che suonava il suo violino meravigliosamente, inclinando il corpo avanti e indietro mentre faceva scorrere l'archetto sulle corde. Alla terza canzone aveva persino iniziato a battere i piedi e a muovere un po' i fianchi.

All'inizio della quarta canzone, diverse donne con i capelli rasta e vestite con abiti fluenti si spostarono davanti a tutti e danzarono liberamente. Presto furono raggiunte da un gruppo di bambini.

Alla fine del brano finale il pubblico applaudì. I Romanas si inchinarono, il presentatore li ringraziò e, mentre facevano per lasciare il palco, annunciò l'atto seguente. Thomas era scomparso. Yvette si sentì triste per un momento, ma lasciò perdere. Lui aveva la sua strada, lei la sua.

'Pronta?' Disse Heather.

'Sì.'

Avevano deciso di tornare a casa quella sera. Heather aveva preparato la macchina dopo pranzo. Mentre tornavano a Scratton un'ultima volta, Yvette si ritrovò a salutare tutti gli edifici, le bancarelle, le tende, quel curioso mix di festival e casa per bambini.

In poco tempo stavano tornando sulla strada per Pinjarra.

4.8

Tornata a casa, Yvette raccolse la posta di venerdì dalla cassetta delle lettere e seguì Heather all'interno. In cucina esaminò le buste. Una bolletta telefonica, un estratto conto bancario e una affrancata con lo stemma ufficiale del Dipartimento dell'Immigrazione. Era presa da un vortice di anticipazione e paura. Non riusciva ad aprire la lettera. La strinse con entrambe le mani e stropicciò la falda incollata, facendo leva e appiattendo gli angoli più e più volte.

Guardò Heather arrancare avanti e indietro mentre scaricava la macchina.

Quando Heather mise l'ultima scatola sul tavolo della cucina, prese le chiavi e la borsa e senza guardarsi intorno disse: 'Faccio un salto al negozio per il latte. Hai bisogno di qualcosa?'

Yvette borbottò un tranquillo no.

Quando sentì la porta d'ingresso chiudersi, si sedette al tavolo della cucina e tirò fuori la lettera. A circa metà della seconda frase rimase senza fiato. Era l'ordine di deportazione che aveva previsto. Doveva lasciare l'Australia entro sei settimane a sue spese. Sapeva che la sua domanda sarebbe stata rifiutata, sapeva di aver vissuto in una falsa nebbia di speranza, ma aveva fatto del suo meglio per mettere da parte l'inevitabile. Facile da fare, visto che era stata libera di muoversi per il paese, socializzare, lavorare e cantare in un coro. Bizzarro.

Era incinta di circa sette mesi, convinta di non essere in grado di viaggiare. Se fosse tornata in Inghilterra non sarebbe stata in pericolo fisico, a differenza dei veri richiedenti asilo. Ma sarebbe stata indigente.

La sua mente era oppressa dal peso di tutto questo. Non aveva idea di cosa fare. Non aveva scelta. Chiamò sua madre.

Dovette ascoltare il resoconto dettagliato di Leah sulle conseguenze della mostra agricola del febbraio precedente, su quanto fosse stanca della politica del comitato e delle faide di vecchia data. Yvette aspettò, senza pazienza, mentre lei la informava che Terry aveva finito di costruire la sua casa a blocchi di bush e la sua arte stava apparentemente ottenendo un buon prezzo nelle gallerie di Melbourne. Disse che aveva incontrato Tracy, l'insegnante di scrittura buddista, per strada.

'Un uomo così gentile e ben intenzionato', disse Leah.

'Sì, mamma.'

'E tu come stai Yvette?' disse, iniettando un tono materno nella sua voce.

'Sto bene.'

'Hai sentito qualcosa?'

Sentì le lacrime sgorgare. 'Ho un ordine di deportazione', disse in tono piatto, cercando di mascherare la sua angoscia.

Ci fu l'inevitabile rimprovero. 'Avresti dovuto sposare Terry'.

'Lo so', disse Yvette pesantemente. 'Mamma, cosa diavolo devo fare?' Sentì un infantile tono lamento sofiltrarle nella voce.

Silenzio. Poi: 'Puoi sempre tornare qui per il momento'.

'Suppongo di sì', disse senza convinzione e cercò nella sua mente una scusa per riattaccare il telefono.

4.9

Andò a zonzo nella sua camera da letto, soccombendo a un'oscurità crescente. Si sdraiò sul fianco del letto sperando di alleviare il dolore alla schiena che cresceva ad ogni chilometro sulla via del ritorno da Fairbridge ed era peggiorato drammaticamente. Fissò il vuoto alla finestra, troppo esausta per muoversi.

La stanchezza lasciò il posto all'allarme quando un dolore lancinante le attraversò il ventre.

Il dolore si attenuò solo per tornare circa cinque minuti dopo.

Yvette aspettò.

Un'altra contrazione.

Poi un altra.

Giaceva in un ciclo di dolore per quella che sembrava un'eternità.

Dove diavolo era Heather?

Alla fine, sentì Heather entrare in casa. La chiamò.

La sua amica si precipitò nella stanza. 'Cosa c'è?'

'Sono in travaglio'.

'Sei sicura?'

'Ho bisogno di fare una valigia'.

'Aspetta lì'. Heather si precipitò fuori dalla stanza, tornando con una borsa a tracolla vuota. 'Cosa ti serve?'

Yvette si sollevò e premette le mani contro la base della spina dorsale. Non faceva differenza per il dolore, ma la pressione era confortante.

Poi arrivò un'altra contrazione.

Senza fiato, afferrò lo stipite della porta. 'Spazzolino da denti'. Sussultò. 'Pantofole'. Un altro sussulto. 'Biancheria intima'.

'Al lavoro'.

Quando Heather si fermò davanti al portico d'ingresso dell'ospedale di maternità di East Fremantle, Yvette non era lontana dal delirio. Diede un'occhiata alla facciata dell'ospedale, convinta di stare per entrare nella realtà medievale del castello di Gormenghast.

Heather aprì la porta del lato guida e si precipitò davanti alla macchina. Aprì la porta del passeggero e si arrampicò per slacciare la cintura di sicurezza di Yvette. Yvette prese il suo braccio e si trascinò fuori dal sedile.

Con Heather al suo fianco, entrò di slancio nell'area della reception, scarsamente arredata e vuota. Davanti a lei, una donna dall'aspetto primitivo con i capelli grigi a caschetto era seduta dietro uno sportello alto. Un paio di occhiali con la montatura di corno, appesi a una catena d'oro, poggiavano sulla sua camicetta bianca. Yvette appoggiò i gomiti sul bancone per sostenersi e senza aspettare che la donna alzasse lo sguardo dal singolo raccoglitore ad anelli verde aperto sulla sua scrivania, disse: 'Credo di avere le doglie'.

La receptionist chiuse di scatto il raccoglitore ad anelli e le lanciò uno sguardo imperioso. 'Di quante settimane è incinta?'.

'Trentatré, credo'.

'Sei enorme', disse lei dubbiosa.

'Sono due gemelli'.

'Gemelli? Non nascono molti gemelli qui'. La receptionist si accigliò con confusione e incredulità, come se Yvette fosse entrata in un negozio di ferramenta e avesse chiesto un chilo di formaggio. 'Perché non sei al King Edward?' disse. 'Hanno un'unità gemellare di alta tecnologia'.

'Voglio un parto naturale'.

'È giusto?'

La receptionist le consegnò un modulo su una cartellina. Nome, indirizzo, parente più prossimo. Non aveva mai pensato a Heather come parente prossimo, ma scrisse il suo nome. Quando le restituì la cartellina, la receptionist fece scorrere un'unghia smaltata sul modulo, soffermandosi qua e là, prima di lanciarle uno sguardo sospettoso.

'Tessera sanitaria', disse, tendendo la mano.

'Non ne ho una'.

'Non ce l'hai', disse lei in modo categorico. 'Assicurazione sanitaria privata?'

'No.'

'No?' La donna fece una pausa per un momento, senza riflettere.

'Sono qui con un visto turistico', disse Yvette, desiderando di non dover dare spiegazioni. Non le era venuto in mente che avrebbe dovuto pagare un ospedale per partorire. Fece alla donna un sorriso senza speranza.

'Assicurazione di viaggio allora', la donna scattò.

Yvette scosse la testa.

'Come proponi di pagare questa nascita?'

'Mi dispiace.'

'Come? Ti dispiace. Semplicemente non riesco a capire perché non sei tornata da dove sei venuta prima?'

Yvette si irritò per l'interrogatorio invadente. Le sue

circostanze non erano davvero affari dell'ospedale. L'umiliazione lasciò il posto alla disperazione quando un'altra contrazione le attraversò la pancia. Si aggrappò al bancone, chinò la testa e lasciò uscire un gemito prolungato. L'addetta alla reception la osservò con indifferenza inflessibile. L'interrogatorio riprese.

'Quanto sono distanziate le tue contrazioni?'

'Non lo so.'

'Non lo sai?'

'È difficile da dire.'

'Braxton Hicks', mormorò la donna.

'Braxton Hicks?'

'Le contrazioni di Braxton Hicks possono essere molto dolorose cara'.

'Queste non sono Braxton Hicks!'

Il suo urlo riverberò nella capiente sala di ricevimento, uno spazio brillantemente illuminato che conteneva una sola fila di scaffali, un portatile solitario su una grande scrivania e una sedia nera girevole. Una stanza di massima efficienza, la sola presenza di un file o di un pezzo di carta da lettere era un affronto all'ordine scrupoloso imposto senza dubbio dalla stessa signora Montatura di Corno. Un'ipotesi confermata quando la receptionist si arricciò le labbra e abbassò lo sguardo sull'orologio, come se la presenza di Yvette in qul sabato sera fosse un inconveniente insopportabile. 'Chiamerò un'infermiera', disse, prendendo la cornetta del telefono e pugnalando tre tasti in rapida successione.

Ci fu una lunga pausa.

La receptionist guardò Heather, che ora si aggirava ansiosa vicino a un refrigeratore d'acqua, e poi di nuovo Yvette. 'Siediti là', disse, indicando una fila di sedie di plastica vicino alle porte d'ingresso.

Yvette fece come le fu detto. Heather si sedette accanto a

lei e le massaggiò delicatamente la schiena. 'Cerca di rilassarti', disse dolcemente.

Rilassarsi? Guardò in direzione della receptionist, sentendo le parole pronunciate con una voce particolarmente alta: 'È una clandestina'.

Dieci minuti di dolore dopo e un'infermiera emerse da una serie di doppie porte. Era una donna paffuta di mezza età con gli occhi dalle palpebre pesanti, il naso a becco e la bocca stretta e rovesciata, la sua massa schiacciata in un'uniforme da infermiera, tra un ampio seno e i fianchi larghi, lo stomaco che scendeva in una serie di gonfie pieghe ondulato. Si guardò intorno prima di scorgere Yvette e marciò nella sua direzione. In piedi davanti a lei, con le mani sui fianchi, l'infermiera rivolse a Heather, che stava accarezzando una mano confortante sulle spalle di Yvette, uno sguardo ostile, prima di tornare a guardare Yvette.

'Pensi di essere in travaglio, vero?'

'Si vede che è in travaglio', disse Heather in difesa di Yvette.

'Sarò io a giudicare, grazie' disse l'infermiera prima di fare cenno a Yvette di seguirla con un 'Andiamo' e un gesto impaziente del braccio. L'infermiera aveva tutta la padronanza matronale di Hattie Jacques in un film Carry On, senza l'umorismo o la compassione.

Yvette si alzò con l'aiuto di Heather.

'Tu aspetta qui', disse l'infermiera a Heather, che si sedette di nuovo al suo comando. Fu doloroso allontanarsi, Heather era la sua unica protezione da qualsiasi orrore in cui stava per entrare.

L'infermiera condusse Yvette attraverso le doppie porte e lungo un ampio corridoio. L'aria puzzava, come in assenza vita. Il pavimento grigio-verde screziato si curvava per incontrare le pareti del colore delle scottature sulla pelle chiara. Un colore che presto si scurì sotto l'illuminazione fluorescente intermittente, due luci su tre spente, l'effetto surreale, le pareti vascolari, lei stessa un'intrusa in qualche strano mondo sotterraneo.

I passi dell'infermiera fecero dei morbidi scatti ritmici. Yvette si sforzò di tenere il passo. Superarono una pesante porta bianca a sinistra, un'altra a destra, due serie di doppie porte una di fronte all'altra, una specie di incrocio, poi altre porte, una brusca svolta a sinistra e ancora avanti, l'infermiera alla fine si fermò a tirare la lunga maniglia d'acciaio dell'ultima porta prima dell'uscita di sicurezza.

La camera d'esame era piccola e senza finestre e conteneva un letto stretto, una pila di scaffali di melamina accatastati con scatole bianche socchiuse, un piccolo lavandino e un bidone bianco a ribalta.

Senza ulteriori indugi l'infermiera le ordinò di togliersi le mutande, di sdraiarsi e di aprire le gambe. Nessun sorriso, nessuna risposta piacevole. Nemmeno un fruscio di una tenda per la privacy. Yvette non poté fare altro che obbedire. L'infermiera posò la sua massa su uno sgabello all'estremità del letto, si infilò un paio di guanti chirurgici e senza preamboli spinse quella che a Yvette sembrò quasi tutta la mano dentro di lei. Yvette strinse i pugni e la mascella, scioccata da quella indifferenza da operaio, dalla palese noncuranza per i suoi sentimenti. Era stupita che quella donna facesse un lavoro del genere; era inumana. Perth aveva allevato queste donne brutali?

L'infermiera si tolse i guanti e li gettò nel cestino. Senza dire una parola prese una cartellina ed estrasse una penna dal taschino. Dopo alcuni rapidi scarabocchi guardò Yvette e, con il contegno di una maestra che annuncia una trasgressione degna di una punizione corporale, disse: 'La tua cervice si è dilatata di cinque centimetri. Sei in travaglio attivo'. Fece una pausa. 'A malapena'.

Yvette ignorò il suo sarcasmo. Era in travaglio attivo. Era una convalida. Significava che nelle ultime ore il dolore che aveva provato era stato davvero un dolore da travaglio. Ed era terrorizzata. Terrorizzata da ciò che l'aspettava. C'era la crescente intensità del dolore. C'era il rischio di complicazioni. La morte. Con l'aumentare di un'altra contrazione, la paura le aveva piantato un pugno nel cuore. Tutto quello che poteva fare era aspettare che lo spasmo straziante passasse.

'Abituati', disse l'infermiera. 'Starai così per ore'. Poi disse a Yvette che avrebbe mandato Heather a casa. 'Farò sapere alla tua amica dove sei'.

'Cosa vuoi dire?'

'Dobbiamo trasferirti al King Edward. Sei troppo a rischio per questo posto, tesoro'.

Con la cartellina infilata sotto un braccio, l'infermiera ricondusse Yvette lungo il corridoio, sbattendo il fianco contro una serie di doppie porte che conducevano a una grande stanza della stessa tonalità color pesca, contenente quattro letti, ciascuno orlato da una tenda a stampa di foglie. La stanza era scarsamente illuminata e, come la reception, il corridoio, forse l'intero ospedale, vuota, il silenzio del luogo rotto da occasionali mormorii lontani e grida sommesse.

Yvette reclamò il letto più vicino alla finestra.

'Mettiti questo', disse l'infermiera, porgendole un camice da ospedale rosa. Suona il campanello se hai bisogno di me', aggiunse bruscamente, indicando un pulsante rosso accanto al letto. Poi l'infermiera la fissò in faccia, gli occhi che si restringevano a fessure, le labbra che si arricciavano, rivelando un dente anteriore marcatamente sporgente. Era orribile. 'Riposati cara', disse, e nonostante non ci fosse nessun altro nella stanza, tirò la tenda fino alla fine del letto di Yvette. Poi scomparve.

Yvette si spogliò, indossò il camice e si sdraiò sul letto,

girandosi su un fianco e guardando verso i disegni di foglie della tenda disposti a spruzzo. La sua vista si offuscò e ben presto vide nello spruzzo, direttamente sulla sua linea di vista, una faccia di scimmia che la fissava, deridendola. La faccia si trasformò in un'altra, altrettanto brutta e inquietante, e un'altra e un'altra ancora, una proiezione di diapositive di fantastici denti sporgenti e menti eccessivamente arretrate, verruche grottesche e mono-ciglia malevole. I volti le ricordavano le opere di Joy Hester, Arthur Boyd e Danila Vassilieff che aveva visto in biblioteca il giorno del suo fallito annientamento di scarafaggi. Ma questo era di poco conforto. Non c'era nessun posto dove guardare. Si girò sull'altro lato.

Fissava attraverso l'alta finestra rettangolare il vuoto nero della notte. Se chiudeva gli occhi era imprigionata dal dolore. Almeno con gli occhi aperti il suo cervello poteva registrare l'esistenza di un'altra realtà, separata da lei. Con gli occhi aperti poteva pensare in modo libero. Frammenti di memoria le balenarono nella mente, scene d'infanzia, la spiaggia di Safety Bay, il cortile di Heather, l'altalena, la piscina per bambini e le palle di plastica giganti e multicolori. Erano bei ricordi di bei tempi. Ma la sua mente era capricciosa. Frugava in giro, scoprendo ogni sorta di scorie nei passaggi oscuri della memoria. Vide la faccia di sua madre, rossa d'ira, che sollevava il piatto di fagioli al forno che Debbie si rifiutava di mangiare e glielo sbatteva in faccia. Era un ricordo reale o un'invenzione basata sui racconti di sua madre e di Debbie? Suo padre incombeva, un bizzarro amalgama di Joker e Lurch. Un altro ricordo si insinuò nella sua mente come pus, la notte in cui aveva gettato la sua cena contro il muro perché gli era stata data una patata in più. Poteva vedere, come se stesse accadendo ora, i rivoli di sugo, i piselli sul tappeto, una braciola solitaria appoggiata al battiscopa e tre, avrebbero dovuto essere due, schizzi di patate che scivolavano sulla carta da parati. Perché non poteva evocare un bel ricordo di lui? Devono esserci stati *dei* bei momenti. Sua madre le aveva detto che lo idolatrava, ma lei non ricordava di averlo mai fatto.

Scivolava dentro e fuori dalla trance. Ricordava sua madre che raccontava la sua nascita con orgoglio entusiasta. Leah entrò in travaglio di lei su un autobus di Londra. Andò subito in ospedale e due ore dopo Yvette era uscita dai suoi lombi come un razzo. Debbie aveva fatto nascere ognuno dei suoi figli senza troppi problemi. Entrambe si erano dedicate alla maternità con zelo e, almeno nel caso di Debbie, con gioia. Fare la madre era una parte centrale della loro identità e del loro scopo come donne. Yvette non riusciva a immaginarsi di fare lo stesso. Perché, in nome di Dio, aveva riposto così tanta fiducia nella predizione di quella pazza chiromante? Cosa aveva pensato? Non aveva pensato. Aveva ceduto a un impulso irrazionale di procreare.

Passarono ore.

Quando i crampi agonizzanti divennero così forti che la sua mente si divise in frammenti che si sparsero in tutte le direzioni, suonò il campanello.

Circa dieci minuti dopo la stessa infermiera entrò nella stanza e si mise sopra il suo letto.

'Allora?'

Yvette la guardò implorante. 'Per favore' fu tutto quello che riuscì a fare.

'Alzati'.

Yvette scese a fatica dal letto e seguì l'infermiera, sperando di arrivare alla sala d'esame prima della prossima contrazione.

Di nuovo sul letto stretto, con le gambe stese, chiuse gli occhi contro la creatura macabra che stava per spingerle dentro una mano indecorosa.

L'infermiera si tolse i guanti chirurgici, estrasse la biro dal taschino e annotò il risultato prima di annunciare a Yvette che la sua cervice si era dilatata a sette centimetri. L'istruttore di parto aveva detto che doveva arrivare a dieci prima che lei potesse far nascere il primo bambino.

'Le cose cominceranno ad accelerare a questo punto'.

Un'altra onda tortuosa le squarciò il ventre. Yvette lasciò uscire un urlo gutturale, le sue mani, aggrappate al nulla, trovarono finalmente il lenzuolo sotto di lei e si strinsero con forza.

'Alzati', disse l'infermiera senza alcuna offerta di assistenza. La vacca senza cuore.

Una volta che Yvette fu in piedi, aggiunse: 'Potresti usare la petidina'.

'Posso fare una doccia?' Yvette disse, ricordando improvvisamente Susie che raccontava alla classe di preparazione al parto le meraviglie delle docce calde.

'Una doccia?' rispose l'infermiera.

'L'istruttore di parto ha detto che faceva bene per il dolore'.

'Sciocchezze da hippy!' Incrociò le braccia sotto il seno.

'*Per favore.*'

L'infermiera esitò. 'Vieni con me', disse, aggiungendo, 'e *dovresti* prendere la petidina'.

La doccia era nella stanza adiacente. L'infermiera spinse la porta, costringendo Yvette a passarle accanto, prima di lasciare che la porta si chiudesse di colpo. La stanza era piastrellata dal pavimento al soffitto. Un'alta finestra si estendeva lungo la parete di fondo. Panche di legno a doghe erano disposte contro le pareti laterali sotto una serie di ganci per cappotti. Oltre le panche c'era una fila di docce. Yvette si tolse il camice ed entrò nella cabina in fondo.

Fece scorrere l'acqua calda e si appoggiò al muro, esponendo la parte bassa della schiena al getto completo. Il sollievo fu beatificante.

Non aveva fretta di andarsene. Avrebbe potuto partorire proprio lì.

Passò circa mezz'ora e sentì dei passi che si muovevano sul pavimento della doccia.

'Non puoi stare lì dentro tutta la notte', disse l'infermiera.

'Sto bene.'

'Se vuoi la petidina, devi prenderla ora. O sarà troppo tardi'.

'Voglio restare qui'.

'Beh, non puoi'.

Stava per chiedere perché, ma ci pensò meglio. Sconfitta, chiuse i rubinetti.

L'infermiera le conficcò l'ago nella coscia nel momento in cui uscì dal cubicolo, borbottando qualcosa sul fatto che non c'era tempo.

Il sollievo dal dolore era lieve. Presto si sentì assopita. Tornata nella stanza rosa, si sdraiò sul letto e aspettò, sperando che da un momento all'altro arrivasse qualche gentile paramedico per portarla al King Edward.

Non venne nessuno.

A mezzanotte l'infermiera la visitò di nuovo. La dilatazione della cervice si era ridotta a cinque centimetri. Era distrutta. Se questo è ciò che sopportano le donne durante il parto, si chiese perché la razza umana non si fosse estinta da tempo. A quale sorta di logica perversa mascherata da ragione aveva ceduto tutti quei mesi prima?

Aveva perso il senso del tempo. Il contorcersi, il sudare, il gemere, l'ansimare, l'incessante agonia, era tutto troppo. Cercò di dirsi che era fortunata. Era lì, era al sicuro, sperava, la stavano curando, più o meno, non sarebbe successo niente di terribile. Cercò di rinforzare il suo ingegno, di ringraziare la sua fortuna che non stava passando tutto questo in qualche orribile buco infernale, anche se le era difficile immaginare un posto peggiore di questo. Cercò di distrarsi, cercò di ricordare le notizie che aveva letto di donne in travaglio nei centri di detenzione, quanto sarebbe stato terrificante, quanto sarebbe stato schiacciante, avere l'ufficialità che aleggiava per rinchiuderti, rinchiudere il tuo bambino, nato senza libertà. Ma era inutile. Un'altra ondata di dolore e lei si sentì persa. Raggiunse il campanello.

4.10

Aprì gli occhi e sbatté le palpebre. La luce del giorno illuminava la stanza. Sentì un impeto di confusione, ma passò presto. Pochi istanti dopo guardò confusamente un volto femminile gentile.

'Congratulazioni', disse la faccia.

Un'infermiera teneva un bambino avvolto strettamente in una coperta rosa. Un'altra infermiera teneva un secondo bambino anch'esso avvolto in rosa. Due bambine! Ce l'aveva fatta. Aveva partorito, anche se non aveva idea di come ci fosse riuscita.

Le infermiere si chinarono su di lei, inclinando i piccoli fagotti in modo che lei potesse vedere i volti delle sue bambine. Erano bellissime. Così serene. Così delicate. Così vulnerabili. Erano tutto ciò che contava. Ed era sopraffatta da un avvolgente senso di unità, una squisita unità, un noi come nessun altro. Le lacrime le inondarono gli occhi.

'Hai fatto bene ad arrivare a trentasette settimane', disse la gentile infermiera.

'Trentasette settimane? Come fai a dirlo?'

'Il peso. Entrambe le tue bambine pesano tre chili'.

Faticava a recepire la notizia. Trentasette settimane. Trentasette settimane potevano significare che solo un uomo era il padre dei suoi gemelli: Terry. Rifletté sulle sue voglie di pasticcio di carne, sulla sua decisione di curare la loro debolezza ereditata immediatamente, per attrito.

Si guardò intorno nella stanza, piccola e insipida con pareti rosa pastello. Nessun segno dell'infermiera di notte.

'Hai avuto un cesareo, cara', disse l'infermiera dall'aspetto gentile. 'Ti aiuteremo a sederti'. Solo ora Yvette ricordava il progresso del suo travaglio. L'offerta e l'accettazione della petidina, il travaglio che crollava, il sabato che si fondeva con la domenica, altra petidina, il panico, qualcuno che rimproverava all'infermiera di notte di non averla portata al King Edward quando c'era ancora tempo, un'ecografia, subito una flebo di ossitocina dopo che il personale aveva accettato di poter, di dover rischiare il parto, questo parto estenuante e innaturale, il momento brutale in cui l'ostetrica le aveva rotto le acque, poi, niente.

Le infermiere sistemarono i fagotti nelle due piccole culle situate vicino al letto e tennero le braccia di Yvette, inclinandola in avanti e mettendole dei cuscini dietro di lei. Poi le passarono i fagotti.

Yvette guardò due bei visini, gli occhi larghi e azzurri, i nasini impertinenti, la pelle perfetta e le labbra morbide e umide. Non sembravano molto diverse da tutte le foto di bambini che aveva visto nei manuali di auto-aiuto e nelle riviste di maternità, ma per lei erano inequivocabilmente uniche. Avrebbe voluto guardarle per sempre, ma le infermiere si agitavano per iniziare l'allattamento, e lei entrò in un altro tipo di inferno. Posarono le bambine su dei cuscini in modo che le loro teste fossero vicine ai suoi seni, e lei poté tenerle ognuno sotto un braccio. Un'infermiera le allentò il camice dell'ospedale. Yvette guardò in basso con sgomento. I suoi seni erano dei macigni. Quelle piccole bocche si sarebbero attaccate a quei capezzoli appena sporgenti?

Riuscirono, miracolosamente, a succhiare fino ad addormentarsi. Ammirava la curva a cupola della testa della primogenita, la fine peluria di capelli biondi come la seta. La secondogenita era calva. Avrebbe voluto sedersi così, in una vaga euforia, godendo del senso di morbido trionfo nel vedere la sua nuova opera, che batteva con facilità la mostra del suo Maestro; una serie di paesaggi urbani squisitamente lavorati, la luminosità, la grandezza, una rinascita di dettagli nitidi che era la quintessenza del precisionista. Si era persino parlato di una commissione per una compagnia petrolifera in Bahrain. Vedere queste bambine non era paragonabile; questa era un'estasi, le sue braccia che racchiudevano, possedevano, proteggevano. Poi le infermiere insistetterlo per mettere le bambine nelle loro culle in modo che lei potesse riposare. Sapeva che non poteva riposare se non erano tra le sue braccia.

'Saranno proprio qui accanto a te', disse una delle infermiere.

Ma non poteva raggiungerle! Non poteva muoversi, dannazione! Il cesareo l'aveva resa immobile. Se una delle sue bambine gridava, non poteva fare nulla.

'È meglio che lasci riposare anche la mamma', disse la gentile infermiera a Heather, che apparve come dal nulla.

'Ci vediamo domani', disse, baciando la guancia di Yvette e accarezzando a turno le bambine attraverso le loro coperte rosa.

Yvette non dormì. Sollevò il lenzuolo e fissò con orrore il sacco di carne cadente che era la sua pancia.

Nei giorni seguenti, i suoi seni si ingrossarono e lei cominciò ad avere la febbre. Qualcosa le bruciava nelle viscere ogni volta che sentiva un lamento sommesso. Le faceva male dentro, un dolore di un tipo completamente diverso da qualsiasi altra sensazione avesse mai provato prima. La distanza di mezzo metro tra le loro culle e il suo letto era un'insuperabile terra di nessuno. Era insopportabile.

Ad ogni cambio di turno una squadra diversa di infermiere le imponeva una serie di regole diverse. Poteva avere le bambine nel letto con lei. No, non era permesso. Potevano dormire in una culla al suo fianco. No, dovevano andare nella nursery con gli altri bambini in modo che la mamma potesse dormire. L'interferenza era troppo. Lei voleva fare le cose a modo suo, non piegarsi a un'istituzione che vacillava con i turni del personale.

Heather le faceva visita ogni giorno e ascoltava pazientemente le sue lamentele. Insieme cambiavano i pannolini, facevano il bagno e vestivano le gemelle. 'Sei la loro zia', diceva Yvette. E Heather rideva dolcemente.

Il quinto giorno Yvette aspettò che Heather apparisse e si dimise da sola. Ne aveva abbastanza dell'ospedale e delle sue regole assurde. Non aveva idea di come se la sarebbe cavata a casa con l'allattamento, o con tutti i pannolini, tutte le pulizie, tutta la cucina. Era così sconvolta che quando arrivò a casa seguì il consiglio di Debbie e telefonò all'associazione Madri che Allattano. Rispose una donna dalla voce dolce. Yvette le raccontò quello che era successo. Poi, disperata, chiese se le sue bambine sarebbero morte di fame durante la notte.

'Non preoccuparti cara', disse la donna con voce rassicurante. 'Rilassati'.

Nel momento in cui tornò da Heather, la meraviglia della sua creazione svanì come la faccia lucida del sole eclissata da una luna enorme. Niente l'aveva preparata alla maternità. Niente avrebbe potuto prepararla. Nessuna rivista o libro di auto-aiuto, nessun consiglio o suggerimento amichevole. Niente. La maternità aveva già cambiato irrevocabilmente e drammaticamente la sua vita. Il parto era stata un'iniziazione alla perdizione dell'allattamento, un vortice lattiginoso, un incubo di pannolini e notti insonni. Solo Jackson Pollock avrebbe potuto ritrarre il caos, i suoi schizzi tutti sgargianti costretti in posizioni disordinate, costretti dalla tela e dall'artista che ha congegnato l'opera. Poteva solo affrontare con stoicismo vacillante e amara rassegnazione la fatica, la sete inestinguibile delle sue figlie e la raffica di cuscini che la ammucchiavano su una poltrona per quasi tutto il giorno.

Era una mucca senza la contentezza, spiaggiata nel salotto di Heather, costretta a fissare i seni gargantueschi e il rivoltante rigonfiamento che era la sua pancia. Non poteva sopportare di guardarlo. Quando lo faceva le veniva in mente con umiliante intensità Terry, il padre delle sue figlie, che aveva rifiutato la sua precedente ragazza perché la sua pancia post parto non era più piatta. Yvette sapeva che non tutti gli uomini la pensavano così, ma la sua osservazione si era attaccata al suo odio per la sua pancia devastata. Aveva avuto una bella pancia, liscia e tesa. Non si sarebbe descritta come vanitosa, ma la sua autostima era sempre stata intricatamente legata alla forma del suo corpo. Ora aveva una pancia così brutta che dubitava che sarebbe mai più stata fisicamente attraente per se stessa. E non era intenzionata a informare Terry della sua paternità.

Non c'era tregua. Quando riuscì ad estrarre i suoi capezzoli doloranti e screpolati dalla bocca delle bambine durante il loro breve sonno e ad allontanare delicatamente i loro corpi infagottati in modo da potersi muovere, si sentì come se non avesse più muscoli per sostenere la spina dorsale. Si trascinava in casa di Heather come un'invalida, aggrappandosi ai mobili mentre passava. In quelle brevi fughe dalle catene della sua sedia da infermiera si occupava della torre delle faccende domestiche. C'erano pannolini da mettere in ammollo, lavare e asciugare, insieme a tutte le tutine, i body, le tutine da notte, i completi e i bavaglini che Heather aveva gentilmente acquistato la settimana precedente. C'erano piatti da lavare e pasti da cucinare. Pasti che lei si infilava frettolosamente in gola anticipando la *loro* prossima poppata. Aveva l'appetito di un mammut e la sete di un ippopotamo. Era disgustosa.

Era più che mai inorridita da se stessa per aver creduto alla predizione di quella chiromante. Quando quella ciarlatana le aveva detto che avrebbe incontrato il padre dei suoi figli prima dei trent'anni, non aveva detto che sarebbe stato interamente a spese di Yvette. Con tutto quello che era successo negli ultimi nove mesi, non poteva fare a meno di pensare di essere stata ingannata dal cosmo, anche se sapeva che era ridicolo. Cosa mai l'aveva posseduta? Non ne aveva idea. No, non era vero.

Sapeva cosa l'aveva posseduta. La perdita l'aveva posseduta. Il desiderio l'aveva posseduta. Un solo pensiero impregnato del potere della profezia l'aveva posseduta. E aveva perso il possesso di se stessa.

Quando sua madre telefonò, cercò di evitare di trasmettere il suo malcontento. Fingeva di cavarsela molto bene, mentre desiderava che sua madre prendesse il prossimo volo disponibile. Sopportava gli aneddoti dei giorni in cui Leah cresceva i figli, di come Yvette era stata facile, di come era stata facile da dimenticare; del giorno in cui aveva lasciato la carrozzina di Yvette fuori da un negozio, era tornata a casa e si era chiesta cosa mancasse; del giorno in cui aveva parcheggiato la carrozzina nel giardino sul retro e l'aveva lasciata lì per ore, una bella abbronzatura aveva; del giorno in cui aveva portato Yvette al parco in pieno inverno, in pantofole. Avevano percorso metà della strada prima che lei se ne rendesse conto. Yvette non aveva ancora due anni all'epoca. Aveva sentito quelle storie molte volte: drammi familiari e piccole disavventure. Ora assumevano una colorazione diversa. Aveva sempre saputo che sua madre non era distratta, ma non le era mai venuto in mente che fosse stata negligente. Perché, quando si preoccupava di altro, trascurava la sua primogenita? O stava giudicando sua madre rispetto alla sua stessa accanita devozione alle sue bambine?

Heather sembrava trarre genuina soddisfazione dalle nuove coinquiline. Si preoccupava per Yvette, portando tazze di tè e dolcetti sui piattini. Cullava le gemelle tra le braccia e ogni tanto cambiava anche il pannolino, ma Yvette sapeva che non era impegnata, non come lo sarebbe stato un vero genitore. La nuova vita di Yvette era un peso, poteva vederlo sul volto di Heather, la pazienza forzata, la tensione. Heather aiutava ogni volta che era a casa, il che non era spesso. Passava la maggior parte del tempo al lavoro, a fare visita a suo padre o a fare commissioni per amiche. Ogni giorno sembrava che ci fosse un pretesto per farla sparire da casa. Yvette sospettava che fosse il suo modo di sopportare la situazione; era semplicemente troppo leale e premurosa per chiedere a Yvette di andarsene.

Un pomeriggio, mentre la luce fresca filtrava dalle persiane del soggiorno, Yvette inclinò la testa contro lo schienale del divano, con le sue bambine che le succhiavano il seno. Tre settimane di vita e senza nome. Emily e Samantha, Chloe e Sophie, Tasha e Imogen, pensò, ma nessuno le piaceva. Scorse tutti i nomi che conosceva e che iniziavano con ogni lettera dell'alfabeto, ma niente la attirava. Il personale dell'ospedale era visibilmente frustrato e disapprovava le targhette con il nome del bambino A e del bambino B sulle culle. C'erano moduli di registrazione della nascita da compilare, ma lei aveva poco interesse a soddisfare la burocrazia australiana. Più a lungo temporeggiava, più difficile sarebbe stato per tutti loro essere deportati, così pensava

L'unica cosa che sapeva per certo era che non poteva stare con Heather ancora per molto. Sconfitta, prese il suo telefono.

4.12

Heather si fermò fuori dalla sala partenze dell'aeroporto. La mattina era soleggiata, nuvole vivaci attraversavano il cielo e un vento fresco soffiava da sud. Yvette scese dalla macchina e aprì la porta del passeggero posteriore, slacciando un marsupio, grata ancora una volta a Heather per aver trovato e comprato entrambi i marsupi di seconda mano.

Le gemelle stavano dormendo. Sembravano così tranquille. Non conoscevano la turbolenza di quelle prime settimane della loro vita. Posò il portapacchi sul marciapiede e aprì l'altra porta posteriore. Heather aveva preso la sua borsa da viaggio blu e la sacca di tela dal bagagliaio, con le scarse cose di Yvette stipate dentro, poco più di quelle che aveva avuto quando era arrivata a Perth tutti quei mesi prima. Aveva spedito per posta il suo materiale artistico a sua madre.

Mentre si preparavano a lasciare la casa, Heather aveva chiamato Yvette dalla cucina per dirle di non dimenticare il suo quadro. Yvette si voltò di nuovo verso il corridoio.

'È tuo.'

Heather fece una pausa. 'Non potrei...'

'Insisto. Ti piace ancora, vero?'

'Lo adoro'.

'Consideralo un regalo'.

'Grazie.' Heather le prese la mano. 'Yvette, prima che tu vada.' Vacillò. 'Voglio che tu sappia che non biasimo tuo padre.'

'Io sì', disse Yvette velocemente, presa alla sprovvista dall'acquiescenza di Heather. Spontaneo o pianificato, non poteva dirlo.

'Lo so. Ho incolpato mia madre per anni. Ero distrutta quando se n'è andata. Anche Angus la prese molto male'. Heather fissò Yvette negli occhi senza battere ciglio. 'Mia madre era una civetta. Anche negli ultimi anni aveva un certo fascino, tutto zuccherino. Poco prima di morire confessò che pensava che papà fosse noioso. Aveva già avuto delle relazioni in passato. Questa volta papà l'ha scoperto'.

'Come?'

Heather rabbrividì. 'Ha chiamato il nome sbagliato'.

'Oh no!'

'Quando ho saputo della relazione mi è dispiaciuto per te'.

Yvette non riusciva a parlare. Era questa la fonte della sua amicizia? La pietà? Redenzione? Espiazione dei peccati di sua madre? Erano legate dalle azioni dei loro genitori. Per la prima volta da quando si era riunita con Heather sentì la profondità della ferita della sua amica, riaperta e piangente in sua presenza, e quanto Heather fosse stata coraggiosa ad affrontare tutto questo.

Heather continuò. 'Non sapevo se tua madre l'avesse scoperto. Ho pensato che potesse essere il motivo per cui sei tornata in Inghilterra'.

Un autobus si fermò qualche metro dietro di loro, tutto sibili e strilli. Una coppia passò spingendo un carrello carico di valigie. Yvette raccolse i marsupi e si diresse verso la facciata a vetri della sala partenze.

Heather la seguì con le sue borse, affrettandosi ad aprire la porta.

Diede a Yvette uno sguardo gentile. 'Starai bene?'

Tratteneva la tristezza nel suo cuore, che minacciava di scoppiare in presa al suo autocontrollo.

'Mi terrò in contatto'.

'So che lo farai. Andiamo.'

A braccia cariche entrarono e si misero in coda al banco. Il suo volo per Canberra partiva tra venti minuti. Leah aveva pagato il biglietto senza esitare. Yvette aveva provato una doppia sconfitta quando sua madre le aveva fatto l'offerta, sapendo che stava seguendo esattamente i desideri di sua madre. Diede i suoi dati all'addetto al banco, con la carta d'imbarco in una mano, attraversò il salone con i marsupi, grata di avere Heather che le camminava accanto con le valigie, grata che le sue bambine dormissero ancora, temendo il volo e tutte le manovre scomode di una madre single con due gemelle appena nate. Un bambino lo puoi portare in giro mentre fai altre cose. Anche se è appoggiato sul fianco, hai una mano libera. Puoi prendere in braccio un bambino, sostenendogli il collo, ma prova a prendere il secondo con il primo in un braccio. Un bambino che urla può essere confortato con un abbraccio. Non due bambini che urlano.

'Fai attenzione', disse Heather quando raggiunsero il cancello di partenza.

'Lo prometto.'

Mise giù i portapacchi e abbracciò la sua amica. Il peso della definitività premeva su di lei, la separazione dalla migliore amica che avesse mai avuto, una specie di sorella. Rimase al cancello e guardò Heather che curvava alla fine del passaggio e scompariva.

PARTE QUINTA

5.1

La camera da letto era fredda. C'era stata una gelata la notte precedente e il calore della stufa a legna faticava ad arrivare fin lì. Yvette si abbottonò il cardigan. Era passato quasi un anno dall'ultima volta che era stata lì. Allora la stanza era un santuario. Ora era arredata solo con un letto singolo con struttura in acciaio e una piccola cassettiera per fare spazio alle brandine che Leah aveva preso in prestito da Debbie. La sua borsa da viaggio e la scatola di materiale artistico erano stipate sotto il letto. Sembrava tutto così temporaneo. Rabbrividì e tirò le tende verticali.

Le montagne all'orizzonte occidentale brillavano di ambra nella luce soffusa del sole mattutino. Yvette sorrise, notando la vecchia carrozzina che Leah aveva parcheggiato sotto la veranda accanto a una carriola di legna da ardere, un regalo di qualcuno del comitato dello spettacolo. Il giardino era immacolato come sempre, sua madre era senza dubbio da qualche parte fuori, vestita con i pantaloni della tuta e armata di cesoie.

Yvette tornò nella stanza. Tirò la trapunta sul cuscino del

suo letto e fece lo stesso con i copriletto delle brande. Poi prese la cartolina appoggiata sul cassettone. Debbie gliel'aveva data mentre tornavano dall'aeroporto. L'aveva avuta in suo possesso negli ultimi mesi, essendo finita nella sua casella postale invece che in quella della madre, e l'aveva nascosta per sbaglio in un cassetto e dimenticata, fino al ritorno di Yvette. La cartolina era di Josie, che, per una ragione inspiegabile, aveva scelto la vecchia maniera di corrispondere. Girò la cartolina per guardare la foto: la camera principale dell'Ipogeo, un antico tempio sotterraneo, con il suo complesso di gallerie e camere interconnesse. Nella foto enormi architravi e pilastri di pietra calcarea tagliata sostenevano una porta, il tetto una serie di fasce di pietra scolpite in curve. Il modo di Josie di ricordare a Yvette le prime settimane che aveva trascorso a Malta, prima che Carlos arrivasse e le cambiasse la vita. Josie e Yvette avevano esplorato un sito antico dopo l'altro, ma era l'Ipogeo che le mistificava entrambe. Costruito durante l'Età del Toro, il tempio era un luogo di culto solare e di riti sciamanici. In un'occasione riuscirono a perdere la loro visita guidata e si nascosero nelle catacombe con quaderni di schizzi e una torcia. In assenza di altri esseri umani, le camere del tempio, con la loro aria immobile e gli spazi neri, si caricarono di meraviglia e intrigo. Ore dopo, ripresero le tracce dell'ultimo tour della giornata, emergendo alla luce del giorno disorientate e leggermente spaventate.

Ah, Malta, quella terra aspra, con tutti i suoi templi, fortezze e chiese, emblemi della sua ricca e travagliata storia. L'isola le aveva toccato l'anima. Era tutt'uno con lo spirito del luogo in un modo così diretto, così immediato, così totalizzante; era come un incantesimo. Carlos era stato parte di quell'incantesimo. Girò la carta. Anche con il suo limitato ricordo di Maltese - Josie stava mostrando le sue nuove conoscenze linguistiche - riconobbe nella calligrafia irregolare di Josie le parole 'sposato' e 'moglie' nella frase che iniziava con 'Carlos'. Yvette era indifferente alla notizia. Così era tornato a Malta e aveva voltato pagina. Non aveva perso tempo a struggersi per lei. E lei non si struggeva per lui.

La vacanza a Bali era stata un disastro fin dall'inizio. Carlos l'aveva invitata solo per dare l'impressione di una coppia felice in vacanza. La verità era che aveva bisogno di allontanarsi per un po' per evitare ritorsioni da parte di una banda rivale, che era furiosa dopo che la sua ultima truffa era andata male. Yvette non ne aveva mai saputo i dettagli. Carlos era di pessimo umore già all'aeroporto, e quando erano arrivati a Kuta il suo umore era nero. Lei aveva passato due settimane a vagare lungo la spiaggia e le strade animate cercando di stare lontana dalla sua ira sputa-pallottole, il tutto mentre era colpita dalla perdita del suo bambino abortito. Josie aveva sempre avuto ragione: Non c'era niente di buono in Carlos.

5.2

Chiuse la porta della camera da letto e camminò lungo il breve corridoio, catturando il suo riflesso nello specchio mentre passava davanti al bagno. Vestita con jeans larghi e un cardigan marrone trasandato, fu sorpresa di scoprire che non era turbata dal suo aspetto da madre di neonati, il tipo di madre che sapeva di non avere il tempo di preoccuparsi del proprio aspetto, e aveva adottato dal momento in cui era arrivata a Cobargo un modo di affrontare il problema. Era una sopravvissuta, aveva superato le prime quattro settimane con le gemelle.

Nel soggiorno, Yvette guardava le sue bambine mentre dormivano nei loro marsupi sul pavimento. Dal momento in cui si erano sviluppate nel suo. ventre, la sua vita aveva assunto una qualità surreale, come se volando a Perth fosse entrata nel 'Sogno causato dal volo di un'ape' di Salvador Dali. Ogni dettaglio della sua vita lì era stato in qualche modo strano e presi insieme gli eventi formavano una composizione intrigante come se lei, la madre, fosse un attore in una commedia di cui non aveva il copione, una commedia scritta e diretta dai suoi figli non ancora nati.

E ora che erano nate era impossibile staccarsene; erano così parte di lei, sue estensioni, come braccia. Sentiva lo squisito abbraccio della gioia. Sentì la stanchezza. E sentì l'ineluttabile agonia della deportazione, un'ombra che si addensava all'orizzonte del giorno. Dovette afferrare l'acciaio interiore della sua volontà per farcela. Da quando era tornata alla fattoria di sua madre si era sentita irretita dalle circostanze. Portava quel tipo di peso che, non poteva saperlo allora, sarebbe rimasto con lei per sempre.

Voleva proteggere le sue bimbe con il proprio amore, proteggerle entrambe dalle devastazioni del mondo, da ogni dolore e danno.

La primogenita si agitò. Presto entrambe furono completamente sveglie. Sveglie e piangenti. Si inginocchiò sul pavimento e riuscì a sollevarle entrambe tra le braccia. E anche Yvette pianse. Si aggrapparono a lei. Lei si aggrappò a loro. Mentre il sole dell'est entrava dalla finestra, riscaldando la stanza, le tre si strinsero l'una all'altra sul tappeto di Leah e piansero.

Doveva farcela. Non c'era scelta. Respirò profondamente.

Cambiò i loro pannolini e i vestiti e le nutrì entrambe contemporaneamente. Faceva tutto questo con un dolore nel cuore e un dolore nella testa. Che tipo di madre era? Era una madre.

E non le avrebbe mai lasciate indietro.

Non riusciva a capire come le madri abbandonassero i loro figli. Come poteva la madre di Heather aver abbandonato la figlia a sei anni, per non tornare più? Quale passione in lei annullava il suo attaccamento materno? E la madre di Gordon, consegnarlo a un orfanotrofio, forse sapendo che era destinato a salpare per l'altra parte del mondo. Dovevano aver sentito un immenso dolore. Era ineluttabile.

Quando le bambine si furono riaddormentate, uscì e si sedette sulla veranda, sentendo il fresco del cemento sulle cosce. La betulla argentata, con la sua nuda filigrana di rami e il suo tronco bianco e croccante, si ergeva in tenera sfida contro lo sfondo della foresta australiana. Leah era nell'orto, accovacciata accanto alle file di piselli. Yvette non si sentì obbligata a raggiungerla. Entro i confini della casa e del giardino evitava sua madre il più possibile, ora che il 'Avresti dovuto sposare Terry' di Leah era diventato un imperativo. Non perdeva occasione per dire a Yvette che avrebbe dovuto, doveva sposarlo. Forse avrebbe dovuto. Eppure, l'intero scenario era irto di implicazioni sgradevoli, sicuro di sfociare in una situazione poco migliore dell'esistenza incerta che ora sopportava.

Leah si alzò e si diresse verso la casa. Yvette saltò in piedi e tornò dalle sue bambine nel soggiorno.

Poco dopo sentì la zanzariera chiudersi, poi sua madre aprire l'anta di un armadio nella lavanderia.

'Hai già telefonato a Debbie?' Leah chiamò.

'No. Telefonerò più tardi'. Yvette desiderava che sua madre non insistesse. Non le piaceva la compagnia di Debbie ed era sicura che a sua sorella non piacesse la sua. Per tutto il viaggio di tre ore da Canberra, Debbie non aveva fatto altro che blaterare dei suoi ragazzi, e di che gioia sia Alan ora che è incinta di due gemelli. Di come lui le massaggia le spalle e le prepara la colazione a letto e porta fuori i ragazzi così lei può riposare. Yvette non voleva sentirla. Ma era intrappolata nella sua macchina, costretta dalla sua volontà di guidare fino a Canberra, nelle sue condizioni, a sopportare la sua filippica di sentimenti. Quella donna non aveva empatia? Come era diventata così egocentrica? Yvette si chiedeva a volte se fossero della stessa carne.

L'unica tregua dal suo monologo auto- arrivò quando una stazione radio locale aveva riferito di un'altra rivolta nel centro di detenzione.

'Il governo deve rispedire i clandestini da dove sono venuti', disse Debbie con aria sprezzante.

In passato Yvette avrebbe accolto un simile commento con indifferenza fattiva, al massimo con una vaga simpatia per gli sfollati. Ora lo sdegno la avvolgeva. Era anche sbalordita dalla prevalenza dell'atteggiamento che si era fatto strada nel cuore di sua sorella.

'Suppongo che questa osservazione includa anche me', disse lei, ricordando subito quell'ignobile receptionist dell'ospedale.

'Certo che no'.

Nessuna delle due frasi avrebbe potuto essere più sconsiderata. Lei, quella col visto scaduto, era la 'clandestina', anche se si vergognava dell'imbastardimento della lingua inglese che questo uso comportava.

La zanzariera si chiuse di nuovo. Yvette si voltò verso le ragazze, che erano state entrambe svegliate dal rumore.

Dopo un'ora intensa di poppate e cambi di pannolini, di sferragliare qua e là davanti a quattro piccole mani afferranti, di tubare, di chiacchierare e di coccole, le gemelle erano assorte, sdraiate sulla schiena sul pavimento, tranquillamente intrattenute dalle giostrine che un altro membro del comitato dello spettacolo le aveva prestato. Anche lei era assorta, guardava le sue bambine e si interrogava sulla sua prima infanzia, che non riusciva a ricordare completamente. Eppure, le era diventata familiare, con il passare degli anni, la natura irreggimentata del modo di fare la madre di Leah, le regole, i rigori, le punizioni. Era il vecchio paradigma. Leah non era il tipo di madre che sottoscriveva i modi liberali degli anni ottanta. Ora Leah, una governante immacolata, sembrava indifferente al caos di cose per bambini sparse per la casa. Questo era cambiato.

Yvette si sedette sul divano per godersi qualche momento di quiete, guardando fuori dalla finestra l'albero morto nel recinto del vicino. Un corvo si posò su uno dei rami superiori. Se avesse avuto la possibilità, avrebbe disegnato di nuovo quell'albero. In un momento fugace si chiese cosa avrebbe fatto Gordon della scena in acrilico. Fugace, perché Leah era entrata dal giardino per preparare il pranzo.

Lasciando le bambine a sonnecchiare nei loro marsupi, e Leah incollata al televisore dalle saghe melodrammatiche di *I giorni della nostra vita*, Yvette uscì. Si mise le scarpe da ginnastica troppo grandi che sua madre le aveva dato il permesso di prendere si incamminò verso il villaggio.

Nulla era cambiato nei mesi in cui era stata a Perth. Persino i solchi e le buche sulla strada sterrata che portava all'autostrada erano proprio come li ricordava. C'era un accenno di avvallamenti fangosi dall'altra parte del recinto del bestiame. Le ondulazioni sulla prima curva. Il cratere sotto un eucalipto rosso morto. Il tratto in cui i solchi erano così profondi che le auto erano costrette a percorrerli con titubanza, guidando una serie di ruote lungo la striscia centrale rialzata, mentre quelle dell'altro lato scivolavano sull'erba fradicia accanto al recinto di filo spinato.

In autostrada si fermò per ammirare il cimitero dove il suo patrigno riposava insieme agli antenati della città, tombe vecchie come la morte dei primi coloni, i Tarlinton. Un discendente di quella famiglia di allevatori cattolici era presidente della società di spettacolo. Un gentiluomo, dice sua madre. Un tipo attento alla comunità. Ed è così che le città isolate come Cobargo sopravvivono e addirittura prosperano: lo spirito comunitario. Generazioni su generazioni di famiglie di contadini, negozianti e commercianti che lavorano insieme, gestiscono comitati, raccolgono fondi, si sostengono a vicenda. Anche le faide si legano, come i nodi dello spago.

Scendendo dalla collina, ammirò le ampie vedute che circondavano il villaggio. Osservò la scuola materna, un tempo sede del club di golf, con il suo cortile recintato ora pieno di bambini strillanti che si divertivano con le attrezzature da gioco e la fossa nella sabbia.

Superò la panetteria con notevole facilità, fermandosi là intorno per guardare attraverso le vetrine in stile georgiano del negozio di bambole antiche. Più avanti, c'era il negozio di ceramiche, il negozio di curiosità e oggetti da collezione, la galleria d'arte e due caffè. Nell'insieme Cobargo era un villaggio affascinante in un ambiente affascinante.

Mentre prendeva la chiave per aprire la cassetta della posta di sua madre, una donna formosa con corti capelli castani aprì la porta dell'ufficio postale e la salutò con un 'Buongiorno, Yvette. Come stai?'

'Bene, grazie'. Yvette le sorrise. Aveva dimenticato il nome della donna, ma la riconobbe come la receptionist dello studio medico.

Tirò fuori un fascio di lettere e sfogliò le buste, tutte per sua madre, tranne l'ultima, che Heather le aveva inoltrato. Era dall'ospedale. Aprì la busta e lesse la fattura dettagliata delle tasse, sogghignando alla cifra esorbitante in fondo. Come se avesse voluto pagare anche solo un dollaro per quel calvario. Considerò invece di fare causa all'ospedale, prima di strappare la fattura e gettarla in un cestino vicino.

Attraversò la strada ed entrò nell'edicola. L'uomo grande e

allegro dietro il bancone chiese delle gemelle. 'Hai battuto tua sorella, allora, eh? Buon per te'.

Lei rise, gli porse una moneta da due dollari e piegò il giornale locale del giorno sotto il braccio.

Prima di risalire la collina spinse la porta di una galleria e di un negozio di souvenir appena aperti, più un emporio esotico in omaggio a Bali. Cosa c'era tra gli australiani e Bali? Un'isola che le era sembrata del tutto remota ed esotica vista dalla sua casa a Malta, eppure quando aveva camminato per le strade di Kuta, il posto era così invaso da turisti australiani che sembrava una colonia. Qui, in questo negozio, su ogni parete dal soffitto al pavimento, in ogni vetrina e cesto, e su ogni tavolo e sedia: Bali. Abiti batik, bandiere buddiste, elefanti intagliati, campane e campanelli d'ottone, ogni sorta di stoffa intrecciata dai colori vivaci, e pacchetti e pacchetti di incenso. Non era sicura che il negozio meritasse il nome di 'galleria' fino a quando non entrò nella stanza sul retro.

E lì, insieme a una serie di paesaggi colorati e intricati dipinti di fiori, c'era la scultura di Eros di Terry. Si avvicinò di più. Fino ad allora non aveva voluto pensare a Terry. Fino a quel momento non aveva provato alcun sentimento per lui. Vedendo i delicati, quasi invisibili strati di pelle stesi finemente e appuntati al supporto di legno, fu come se Eros stesso le avesse scoccato una freccia nel cuore. E il desiderio si fece strada in lei, non richiesto, non voluto, un desiderio di lui, un uomo, qualsiasi uomo che la travolgesse, che trasformasse la sua vita da quello che era ora in qualcosa di nobile e puro, una vita di amore inebriante e affetto devoto senza fine, un'esistenza senza problemi di completa comodità e sicurezza. Vide il suo destino aprirsi come una noce e si aspettò quasi che Terry entrasse proprio in quel momento, si genuflettesse di fronte alla sua cornice trasandata, e la sua vita sarebbe stata completa, il dramma finito e gli inchini presi, il sipario che cadeva e le luci dell'auditorium che si accendevano gradualmente mentre il pubblico usciva.

No.

Quella non era la vita reale.

E non sarebbe mai diventata un'attrice.

Voltò le spalle all'eros di Terry. Voltò le spalle al desiderio. Terry non l'avrebbe mai fatto. La sua pancia sfigurata non avrebbe mai fatto per lui. Le persone non cambiano. Non era arrivata al punto di innamorarsi di un maniaco dei motori amante del pasticcio di carne e andare a vivere in una baracca fangosa in una zona selvaggia. Non era disposta a sottostare ai desideri di Leah, né alle connivenze sue e di Debbie. Non era una rifugiata. Era libera, nonostante le sue nuove appendici. Poteva fare qualsiasi cosa, andare ovunque, essere chiunque. E con il piede ricoperto della sua volontà calpestò il desiderio che si agitava in lei, calpestò forte il terreno come se ci fosse uno scarafaggio.

Attraversò il negozio e tornò fuori.

Un camion di bestiame vuoto si fece strada verso il ponte in fondo alla collina. C'erano alcuni turisti. Una coppia di anziani attraversò l'autostrada e un uomo dall'aspetto robusto con una camicia di flanella assicurò il carico sul suo veicolo. Stava per risalire la collina quando notò un'auto parcheggiata più in basso nella strada. Doveva essersi appena fermata. Anche da quella distanza riconobbe Terry al posto di guida. Le sue gambe si sentivano deboli. Cosa stava cercando di farle la vita?

Si girò.

Non avrebbe sposato Terry per rimanere in Australia, per quanto il destino spingesse in quella direzione. Non perché non lo amava. Non perché fosse immorale o illegale. Nemmeno perché la sua pancia era un disastro. Nonostante il suo recente apprezzamento per la terra intorno a quel villaggio, lei non apparteneva e non era legata a quel posto. Sua madre e sua sorella erano ancora estranee, così separate dalle loro prospettive che non guardavano nemmeno lo stesso panorama. Si sentiva soffocare qui, in una terra governata da politici freddi, duri e indifferenti come sua madre. Doveva solo considerare la situazione dei richiedenti asilo puniti per aver osato venire qui per capirlo. A Malta, la chiromante le aveva detto che stava meglio senza la sua famiglia e aveva ragione. Aveva sempre avuto ragione.

Era passato più di un anno da quando aveva lasciato Malta. Pensò all'entusiasmo scritto nelle ultime frasi della cartolina di Josie, questa volta in inglese, il desiderio di perdono, il mi manchi e il vorrei fossi qui. Josie aveva un nuovo ragazzo, Fonzu, il proprietario del bar. L'appartamento al piano di sopra era vuoto. Yvette conosceva Fonzu, conosceva la famiglia allargata di sorelle, cugine, zie e soprattutto le nonne Sophia e Mari. Due donne minuscole, tanto larghe quanto alte, con grandi occhi marroni e sorrisi accoglienti. Ricordava i loro rapidi discorsi e le loro esclamazioni, le loro risate gioiose, le loro smancerie. Erano sempre indaffarate, quelle due nonne, impegnate a fare da babysitter, a cucinare per feste di famiglia, a portare questo qui per qualcuno, quello lì per qualcun altro, a fare un salto al bar con un cestino di vimini tenuto nella piega di un braccio, il contenuto coperto da un quadrato di pizzo di cotone. Sophia e Mari; pensava a loro con nostalgia, erano brave donne. Fece scorrere i loro nomi nella sua mente diverse volte e una prima piccola fu presa. Sophia e Mari - Leah non sarebbe stata contenta.

Josie, Fonzu, il bar con il suo appartamento al piano di sopra, la calda famiglia surrogata che si accalcava intorno a lei, che adorava le sue bambine, che la inondava di ogni sorta di regali e sostegno. Era un'immagine troppo rosea per rinunciarvi.

Aveva ancora la sua carta di credito inglese. Tutto ciò di cui aveva bisogno era l'accesso a un computer. Le bambine avrebbero avuto bisogno di passaporti? Probabilmente sì. E certificati di nascita. Senza dubbio il processo di richiesta sarebbe stato accelerato per sbarazzarsi in fretta degli indesiderabili. Avrebbe chiamato l'Immigrazione una volta tornata da Leah. Spiegò la sua situazione, la sua volontà, anzi il suo desiderio di andarsene.

Perse la sua sicurezza in uno scatto di panico. E se il Dipartimento dell'Immigrazione avesse messo in dubbio la paternità dei suoi gemelli? Insistesse sui test? Avrebbe dovuto mentire; dire che lui era un perfetto sconosciuto scomparso nella notte, qualcuno con un accento straniero, qualcuno di dubbia reputazione, un indesiderabile, un possibile terrorista che l'aveva violentata contro la sua volontà. In caso contrario, sarebbe fuggita, sarebbe partita per il deserto del Tanami alla ricerca di Angus, che senza dubbio stava ancora seguendo le tracce di Leichhardt. Qualsiasi cosa, per quanto drastica, piuttosto che rivelare la paternità dei suoi gemelli alle autorità, e soprattutto a Leah, che ancora non sembrava avere idea dell'identità del padre. Era convinta che una volta che Leah l'avesse saputo, l'imperativo sarebbe diventato un ordine.

A malapena pensava a come Leah avrebbe reagito alla sua partenza. Leah aveva Debbie, i ragazzi, due nipoti in arrivo. Avevano tutti l'un l'altro. Lei non avrebbe mai fatto parte di quella scena. La separazione era durata troppo a lungo. Sembrava sleale, quasi insensibile, ma sapeva che non le era mancata la sua famiglia in tutti quegli anni di lontananza. Non le sarebbero mancati nemmeno questa volta. Anche se avesse fatto uno sforzo, sarebbe stato falso. Era venuta qui perché stava scappando dal dolore del cuore, non per ricongiungersi con loro.

Quando raggiunse la scuola materna si fermò e si voltò. Un

giorno sarebbe potuta tornare. Forse in vacanza. Forse per vivere. Forse.

E con un'oscillazione decisa, affrontò la direzione in cui era diretta.

Fu una lunga camminata per tornare sulla collina.

Caro lettore,

Speriamo che leggere *Nove Mesi D'estate* ti sia piaciuto. Per favore, prenditi un attimo per lasciare una recensione, anche breve. La tua opinione è molto importante.

Saluti

Isobel Blackthorn e il team Next Chapter

BIOGRAFIA DELL'AUTORE

Isobel Blackthorn è una autrice di narrativa unica e coinvolgente, vincitrice di premi. Scrive misteri avvincenti, oscuri thriller psicologici e narrativa storica e contemporanea. Isobel è stata selezionata per l'Ada Cambridge Prose Prize 2019 per il suo racconto biografico 'Nothing to Declare', una versione del primo capitolo del suo prossimo romanzo di storia familiare. Isobel ha conseguito un dottorato di ricerca per le sue ricerche sulle opere della teosofa Alice A. Bailey, la 'madre della New Age'. È l'autrice di *The Unlikely Occultist: un romanzo biografico di Alice A. Bailey*. Con una grande passione per le isole Canarie nel cuore, Isobel continua a scrivere romanzi ambientati a Lanzarote e Fuerteventura.

L'albero Drago
Nove mesi d'estate
Trovare suo padre
Tutto a causa di te: Undici storie di rifugio e speranza
Le sessioni della cabina
L'eredità dei vecchi Gran Parchi
Twerk
L'improbabile occultista
Una questione di latitudine
L'avvertimento di Clarissa
Una prigione nel sole

Nove Mesi D'estate
ISBN: 978-4-82410-915-6

Pubblicato da
Next Chapter
1-60-20 Minami-Otsuka
170-0005 Toshima-Ku, Tokyo
+818035793528

14 ottobre 2021